BEAUTIFUL

MONSTER

TOME 1

Vengeance, Désir & Passion

Dark flower

Résumé de la série

Un contrat. Une vengeance. Une passion noire.

« Deviens ma psychologue et mon épouse. Je te libérerai uniquement quand tu parviendras à me faire retourner dans la vie normale, en d'autres termes, à me guérir. »

Moi, c'est Ana. J'ai vingt-trois ans. Je viens de terminer mes études supérieures (diplômée en psychologie) et je suis à la recherche de mon premier job. Bref, une fille banale avec une vie banale.

Jusqu'au jour où j'ai perdu ma petite sœur Carla, à cause d'un monstre. Oui, c'est un être humain mais il est pire qu'un démon. Il est très riche et puissant, il vit dans un grand manoir effrayant parait-il et à l'instar des vampires, il ne sort jamais le jour mais seulement la nuit. Il est aussi mystérieux que célèbre. Cherchez l'erreur ?

Chaque semaine, il reçoit une dizaine de jeunes femmes dans son château lugubre qu'il enferme et qu'il viole à sa guise, certaines même en perdent la vie. Mais lui, il s'en fout. C'est un pauvre obsédé sexuel de la chair féminine. Et comme il a de l'argent, il peut tout se permettre.

Mais c'était sans compter mon existence. Car depuis que j'ai su que c'est lui qui a violé et tué ma petite sœur, j'ai pris la ferme décision de pénétrer ce putain de manoir et de me faire justice puisque même la police et la justice sont corrompues avec ce « malade mental ».

Et jamais au grand jamais, je ne me permettrai d'échouer à ma noble mission de venger ma petite sœur et toutes ces femmes qui ont été violées et souillées. Même pas cette passion noire, intense et destructrice, que j'ai commencée à vivre avec le diable en personne...

Avertissement :

Cette histoire est une Dark Romance.
Elle contient des scènes de relations
sexuelles explicites, de torture, de viols,
violence et de meurtres. Elle ne convient
pas à un jeune public ni aux âmes sensibles.

Puisqu'il existe plusieurs types de Dark Romance, autant prévenir tout de suite.

Dans ce roman :

- Un, le héros est un dérangé mental. De ce fait, le style littéraire quand il narre n'est pas toujours « normal » comme pour les autres personnages, puisque son esprit est très différent du nôtre. Bref, c'est un fou.

Et je pense que, même dans sa façon de raconter, cette folie doit transparaître à travers les mots employés et les tournures de phrase.

Je m'efface complètement. Je ne parle pas mais je donne plutôt la parole à mes personnages, selon leur caractérisation. Donc, merci de ne pas confondre le langage de l'auteur du langage des personnages narrateurs. Vous savez, comme quand on confond souvent l'acteur (l'auteur ici) avec son personnage interprété dans un film (le personnage narrateur ici).

- Deux, les pages abondent en violence gratuite. Aussi, le langage est cru et vulgaire, dans certains passages. Pas partout, rassurez-vous.

- Trois, le héros malmène l'héroïne. Autant vous dire, c'est très violent et dérangeant.

Si, malgré tous ces aspects évoqués, vous souhaitez lire ce roman (tordu), je vous souhaite une bonne lecture ☺

Et sachez que je ne cherche pas à vous faire peur ou à vous faire fuir puisque mon désir est que vous lisiez cette histoire. Je ne l'ai pas écrite pour la garder dans un tiroir, mais pour la partager avec vous.

Néanmoins, suite à plusieurs critiques reçues (pas seulement sur Amazon), je fus obligée d'ajouter cette clarification afin que le lecteur sache à quoi s'attendre, avant d'ouvrir ce livre, car j'ai l'impression de décevoir des lecteurs. Or, ce n'est pas mon intention.

<u>**Ceci n'est pas une Dark soft.**</u>

Je préférerais avoir deux lecteurs qui lisent en toute connaissance de cause et apprécient cet univers très sombre, plutôt que mille lecteurs qui se sont trompés de genre.

Merci. ❤❤❤

Attention, danger

Le monde dans lequel vous allez entrer est très choquant et dégoûtant,

de par le héros de cette histoire qui est un

dérangé mental et qui n'a aucun respect pour la femme.

Ce n'est pas un « bad boy » au cœur tendre,

c'est un méchant dans le vrai sens du terme.

Il est encore possible de faire demi-tour.

Dans le cas contraire, vous lisez cette histoire à vos

risques et périls. De ce fait, bienvenue dans l'univers

de Georges Mikael de Sade.

☺

CHAPITRE 1

Mikael

En Normandie, Rouen

Je suis Georges Mikael de Sade. J'aurais préféré enlever le « Georges » qui sonne trop banal et maniéré, tout ce que je ne suis pas évidemment. C'est pourquoi, mieux vaut m'appeler « Mikael », tout court.

Le seul adjectif que les gens emploient pour me décrire est : indiscernable. Pour eux, c'est un défaut, pour moi c'est un privilège. Et pour le « Sade », n'allez pas croire que j'ai des liens de parenté avec cet homme qui a tant fasciné le monde à une époque, de par son sadisme qui a été inspiré de son nom.

Cependant, quel grand homme, je me dis. La plupart des gens ne l'ont jamais compris, jusqu'à aujourd'hui, il est traité de fou, de dérangé et de machiavélique.

Pourtant, moi je l'ai compris et pour vous dire, je le trouve impressionnant et inspirant. Surtout qu'il en faut beaucoup pour m'impressionner et m'inspirer. C'est pour vous dire combien cet homme, le Marquis de Sade, avait une personnalité incroyable et fascinante.

Sinon, je ne donnerai aucune information supplémentaire sur ma noble personne car je n'aime pas me dévoiler, c'est trop facile et satisfaisant. Or je n'aime ni la facilité ni satisfaire les autres. Torturer est encore plus excitant, et ce, dans tous les sens du terme.

Je n'y peux rien si je ne prends du plaisir que lorsque je torture et fais du mal aux autres, non je veux dire aux femelles.

Donc, n'allez pas tenter de trouver une explication « logique » à mon comportement malsain (aux yeux des autres) car je me trouve sain d'esprit, évidemment.

Il est cinq heures du matin. Avant le lever du soleil, je reviens de mon activité professionnelle passionnante qui ne peut se dérouler que la nuit. Accompagné de mes deux gardes du corps (si ennuyeux au passage), je marche dans la cour gazonnée de mon beau et magnifique château pour rejoindre ma chambre et dormir. Je ne dors pas les nuits mais plutôt le matin. Original non ?

Durant ce court moment de ma promenade pour intégrer l'intérieur de ma demeure, le calme total doit régner dans mon environnement. Même une mouche ne doit pas voler. C'est l'une des règles de mon château. Il en existe tellement que j'en oublie certaines parfois. Et pourtant, c'est moi qui les ai rédigées.

Je suis devant la porte pour entrer, mais que vois-je devant moi ? Un chaton sur mon chemin ? Je sors mon pistolet de la poche de mon long manteau, en velours rouge bordeaux et je lui tire pile dessus.

— Comment a-t-il pu me barrer le chemin, même pour une seconde ? Jetez-le ! ordonné-je à mes monotones gardes du corps.

— Vos désirs sont des ordres, Monseigneur, répondent-ils.

Ils sont deux à m'accompagner rejoindre l'intérieur de mon château. L'un d'eux, Adrien, est le plus incroyable de mes gardes du corps, de par sa fidélité et sa loyauté envers moi. Depuis tout petit, il est à mon service. Ah, d'ailleurs, nous avons grandi ensemble. Il me suivrait partout. Même en enfer. N'est-ce pas romantique ? Ce que je déteste par-dessus tout. Je voulais dire : n'est-ce pas une belle amitié ? Même si je ne crois pas en « l'amitié ».

Je rejoins mon second salon, un salon privé et tranquille, où j'attends mon petit-déjeuner, avant d'aller au lit.

Ma jeune gouvernante, non, ma moelleuse gouvernante est debout à côté de moi, elle me donne envie dès ce matin de bonne heure. J'enfonce mon doigt dans sa courte robe moulante et stimule ardemment son vagin. La voilà déjà en train de gémir, très fort. Et sa chatte n'attend pas pour déverser du liquide en abondance, quelle femme fontaine !

Je sais qu'elle rêve d'être baisée comme une salope, à l'instar de toutes ces autres femelles qu'on m'envoie chaque semaine pour être défoncées. Je sais aussi qu'elle prie que je ne sorte pas mon doigt. Hors de question de continuer à la satisfaire. Je retire mon doigt et la tire par ses longs cheveux blonds pour la mettre à quatre pattes. Elle sait ce qu'elle doit faire, je n'ai pas besoin de parler. Après tout, c'est ma gouvernante non ?

Elle fait sortir ma queue, qui ne bande nullement au passage et elle commence à me sucer. Mais c'est trop lent et trop mou. J'appuie sur sa tête pour enfoncer plus profondément ma queue dans sa petite bouche en augmentant le rythme des vas et viens. Tiens, je lui paierai bien une chirurgie esthétique pour élargir sa bouche. J'aime quand les femmes autour de moi, ressemblent à ce que je veux, visuellement et sexuellement.

Enfin, avec ma main lui tirant sauvagement les cheveux, elle y met de la hargne et de la vie dans sa façon de me sucer. Oh que c'est bon, que c'est délicieux, que c'est savoureux, que c'est jouissif.

Au même instant, deux servantes, pas mal physiquement, l'une a des lèvres pulpeuses et l'autre un peu de poitrine assez ronde, frappent à la porte déjà ouverte, pour entrer.

Soudain, ma gouvernante m'ennuie, il manque de l'intensité dans ce qu'elle fait, elle est si nulle parfois. Je l'attrape par les cheveux pour la faire arrêter, elle hurle de douleur, j'adore. Je la gifle fort avant de la pousser brusquement sur les carreaux, elle tombe. Je prends mon temps de rire. Quel petit spectacle du matin.

Je vois mes deux servantes à la porte, déjà en train de trembler ? Tiens, ça ne m'étonne pas. C'est toujours la même chose avec les femelles. Elles ont facilement peur et pour un rien, elles crient ou pleurent. Les cris et les larmes ne sont excitants à voir et entendre que lors d'une séance de baise, en dehors, ça me rebute.

— Fais ton boulot, Cécile, dis-je.

Cécile est ma foutue gouvernante qui vient de se retrouver par terre, mais elle adore ça de toute façon. Elle aime être maltraitée par quelqu'un comme moi. Elle me l'a montré plus d'une fois.

Cécile se relève et part prendre les deux plats que tiennent les servantes. Ces dernières ne sont pas autorisées à pénétrer ce salon privé. Enfin, à moins qu'elles ne veuillent être « déviergées », ce dont je n'ai nullement envie présentement, après la terrible fellation de ma putain de gouvernante.

En parlant de Cécile, elle m'apporte mon petit-déjeuner et dépose les plats sur la table. Les deux servantes, à la porte, me souhaitent un « bon appétit ». Pourquoi ça me fait penser à femme « appétissante » ?

Tiens, maintenant que j'y songe, je n'ai jamais rencontré une femelle qui m'ait donné envie de lui défoncer le cul, des jours d'affilée. Une seule fois et je me lasse déjà du vagin des femelles qui me sont apportées.

Bref, on verra tout ça plus tard. Il est temps que je prenne mon petit-déjeuner : œufs sur le plat avec du fromage Edam, beaucoup de piments, du gingembre, des épinards, sans oublier ma bouteille de whisky.

Je vérifie le jaune d'œuf qui ne doit être ni trop cuit ni trop cru. Il doit avoir le milieu parfait. Je regarde mon perroquet, dans sa cage. Il est encore calme, à ce que je vois. Je lui fais goûter en premier, mon déjeuner.

Je patiente et j'observe. Après avoir vu que mon perroquet est resté en vie, je peux à présent, tranquillement savourer mon petit-déjeuner, exempt de poison.

— Bonjour. Bonjour. Comment ça va ? Mika-èle. Mika-èle. Bonjour, dit mon perroquet.

— C'est bon tu vas le clouer un peu, ton bec ? Ne commence pas, si tôt, le matin.

Je déguste mon repas, dans un beau silence, pendant que ma chienne de gouvernante se remet à ses tâches : me sucer ma queue, sous la table. Gare à elle si elle ne me fait pas jouir cette fois-ci, elle recevra une punition des plus atroces.

Après mon petit déjeuner et mon « petit » orgasme car oui, force est de constater que ce n'était pas très fameux, cette fellation du matin.

Mais nul besoin de me presser. Dès ce soir, j'aurai ma dose de jeunes femelles vierges à quatre pattes, rien que pour moi. Car la condition pour que j'en baise une ou que j'aie même cette envie, il faut être vierge. Qu'aucun homme n'ait jamais touché à mon jouet sexuel. Ah non, je ne peux être un second, je dois toujours être le premier, en tout. Jusque dans le sexe.

Et une femme vierge est beaucoup plus excitante et exaltante de par son innocence à détruire peu à peu pour la transformer en « garce » et la rendre dépendante du plaisir sexuel, avant de l'abandonner. Ne me méprenez-pas, ici « garce » s'entend dans le bon sens du terme.

Ainsi, je regagne ma chambre pour dormir jusqu'à midi. J'ai un sommeil très léger et une ouïe très développée. De ce fait, quand je dors, le silence total doit régner dans mon château. Quiconque me réveille doit immédiatement être exécuté. Même si c'est un oiseau qui chante.

CHAPITRE 2

Mikael

Ma journée se déroule comme il faut.

Enfin, le soir tombé, c'est le moment de m'amuser, avec mon passe-temps favori. J'attends avec impatience de voir ce que mes envoyés spéciaux m'ont apporté aujourd'hui.

Les envoyés spéciaux sont également mes employés. Ils sont appelés ainsi car c'est eux qui dénichent les femelles vierges à faire venir dans ma majestueuse demeure.

Deux des envoyés spéciaux sont dans la salle de réception pour faire le bilan de leur apport, avant de me montrer mes nouvelles femelles.

— Pourquoi tu as apporté une rousse ? Tu es fou ? Tu veux ta mort ? Le prince ne supporte pas de voir cette couleur de cheveux auprès des femmes ! dit l'un.

— « Prince » ? Comment peux-tu l'appeler ainsi ? N'évoque plus jamais cette expression au risque de te voir exécuté. Emploie « Monseigneur » tout court.

— Désolé, tu as raison. Mais qu'allons-nous faire maintenant ?

— Tuer la rousse ?

— Quoi ? La tuer ? Mais on ne peut pas. Tu oublies que les femmes doivent être au nombre de dix au moins. Si on élimine cette rousse, il ne va rester que neuf. Monseigneur risquerait de nous faire exécuter pour « incompétence ».

— Trouvons-lui une perruque brune ou blonde.

— Bonne idée.

— Hey toi la rousse, viens ici !

La jeune femme rousse, dix-sept ans, s'approche des deux envoyés spéciaux.

— Rappelle-nous ton nom sur la liste !

— Euh… Je m'appelle Carla, répond-t-elle d'une petite voix effrayée, avec la tête baissée.

— Tu vas porter une perruque. Fais tout pour éviter que la vraie couleur de tes cheveux ne soit découverte par Monseigneur ! On t'aura prévenue !

Carla hoche timidement la tête. Plus tard, elle met donc une perruque brune.

Ensuite, mes dix femelles reçoivent chacune un grand verre de vin rouge à boire, sans aucune autre option. En peu de temps, les voilà déjà toutes euphoriques et chaudes. J'adore.

Il est dix-sept heures, c'est l'heure de mon goûter sexuel.

Après que mes dix nouvelles femelles ont été droguées par les envoyés spéciaux, je les attends dans la salle « Paradis sur Terre » : c'est la pièce de tous les plaisirs charnels qui puissent exister. Quiconque y entre, connaitra l'extase, à l'infini, même ces faiblardes de femelles.

C'est une large pièce somptueuse, décorée par de nombreux et légers rideaux rouges transparents. Les murs et les carreaux sont noirs, mais la salle est éclairée par des bougies rouges. Elle est dotée d'une grande piscine, mais c'est loin d'être une pièce moderne comme l'architecture démodée de nos jours. Non, c'est plutôt lugubre et sombre, tout ce que j'aime. Après tout, c'est du chaos que naissent la puissance et la jouissance : deux valeurs qui me sont chères. Trêves de bavardage, passons aux choses sérieuses.

Mes dix femelles, toutes nues, se baignent tranquillement dans la piscine. Je dois même dire qu'elles s'amusent. Cela se voit sur leurs visages tout souriants et le jeu qu'elles se plaisent à faire dans l'eau. Elles se versent de l'eau entre elles, en rigolant. Que c'est beau, tout ceci. Hélas, si fastidieux en même temps. Je n'aime point le bonheur et je n'y crois pas. J'aime encore moins le voir chez les autres.

Assis sur mon majestueux fauteuil, je me plais à visionner le spectacle sous mes yeux.

— Sortez de l'eau et alignez-vous devant moi.

Mes femelles font comme je dis et se placent devant moi.

Je vois trois blondes et sept brunes.

Qui sort du lot ? Je cherche, je cherche. Déjà, je vois une qui sera éliminée d'office, elle ne me dit rien. Je sors mon pistolet et vise cette femelle qui ne m'inspire rien. Hahaha, je l'ai atteinte au vagin. Comme on dit : « en plein dans le vagin ». Elle tombe aussitôt. Que je suis doué.

Le sang coule sur les carreaux et toutes les autres femelles autour, crient de peur. J'y suis habitué. Les voilà déjà en train de vouloir fuir cet endroit. Mais où pensent-elles pouvoir bien s'enfuir ?

Il est temps que je jouisse un peu, non ? Je me lève et me dirige vers l'une d'entre elles, une brune, un peu timide sur les bords, qui recule lentement. Elle a un visage plutôt mignon, avec un grain de beauté à côté de ses lèvres. Un peu comme Marilyn Monroe, même si cette dernière était blonde.

Je vois que ma mignonne brune veut courir, mais ses jambes semblent paralysées par le choc de tout à l'heure. Je la comprends. Enfin, j'essaie. Waouh, quelle poitrine généreuse, à laquelle je ne tarde pas à donner une gifle. Elle sort un léger cri aigu. Je plonge ma tête entre ses deux gros seins que je remue, c'est des vrais ? Je crois bien. Le naturel n'a pas d'égal, je dois reconnaitre.

Je commence à sucer les seins de ma première femelle à dévierger. Elle ne tarde pas à gémir, de plus en plus fort. Ça alors. Je vois déjà quelques femelles en train de se doigter ou de se caresser leurs clitoris, et dire qu'on prend les « vierges » pour des innocentes.

Comme disait mon cher ami de longue date, Sigmund Freud : la découverte de sa propre sexualité commence dès le bas-âge. Il faut être aveugle pour ne pas s'en rendre compte, ou préférer faire la politique de l'autruche.

J'insère trois de mes doigts dans le vagin, ô combien étroit de cette brune timide qui crie de douleur aussitôt. Je stimule ardemment le petit trou de son vagin qui sort de plus en plus du liquide d'excitation. Pourtant, elle pleure de tout son corps. Son hymen se déchire ? Que c'est émouvant, avec ces cris et ces pleurs qui accompagnent le tout, en plus.

Soudain, je ressors mes doigts tâchés de sang. J'aime bien ce type de sang. Je hume l'odeur. Ça me fait du bien.

Je retourne ma brune timide afin qu'elle me montre dos et m'expose son petit cul mignon que j'accueille par une fessée. Elle crie encore. Je mets mon préservatif puis je la pénètre en levrette avec des vas et viens vifs et rapides. Elle gémit (de douleur ?) dans toute la pièce.

Cependant, elle prend trop de temps à me faire jouir. Je retire mon pénis et je jette par terre cette inutile femelle. Elle tombe. Qu'est-ce qu'elle est fragile, de surcroît. Mais, que vois-je, tout d'un coup ? Elle avait porté une perruque ? Sa perruque s'est retrouvée par terre et je découvre que ma fausse brune est une rousse ! Qui a osé faire entrer une rousse dans mon château ?

Ma colère monte subitement. Au moins, je ne l'ai pas tuée, c'est une bonne chose, n'est-ce-pas ? Non, je veux dire pourquoi elle doit rester en vie ? Alors qu'elle n'a même pas pu m'amener au septième ciel ? Sans compter qu'elle est rousse. La couleur interdite dans ma demeure. Cette femelle n'a aucun mérite.

Je prends encore mon flingue. Elle pleure et me supplie de l'épargner. Haha, ça me fait sourire mais ça ne m'émeut pas du tout. Je lui tire dessus. Elle ne peut avoir un autre destin que la mort immédiate. Encore des cris de frayeur des autres femelles qui ont intérêt à me satisfaire si elles ne veulent pas être les prochaines.

En goûtant aux nouvelles chairs une à une, certaines sont sorties du lot. J'ai finalement passé une soirée pas mal dans ma salle « Paradis sur Terre ».

Les huit femelles restantes ont toutes été déflorées par ma noble personne. En plus, elles sont restées vivantes, même si quelques-unes semblent déjà traumatisées, à vie, pendant que d'autres expérimenteront bientôt la douce folie. Peu importe, ce fut un spectacle vivifiant pour moi. C'est tout ce qui compte.

Les gardes de mon manoir viennent prendre ces huit femelles restantes pour les emprisonner en attendant qu'elles découvrent leur futur et funeste destin. A mes yeux, elles sont déjà désuètes, je n'ai plus besoin d'elles.

Je ne baise que les vierges et ce, une seule fois. Logique non ? On ne peut être « vierge » qu'une seule fois dans sa vie. Et je ne parle aucunement de ces femmes déjà déviergées qui trichent en trouvant des moyens pour « redevenir vierges ».

CHAPITRE 3

Ana

Moi, c'est Ana. J'ai vingt-trois ans, je suis rousse, de taille moyenne avec quelques rondeurs. J'ai récemment obtenu ma maitrise en psychologie spécialité psychopathologie et psychologie clinique.

Il faut dire que la psychologie est une discipline qui m'enthousiasme depuis mon adolescence car le côté obscur des individus m'a toujours fascinée : comprendre la psyché de l'homme, ses conflits intérieurs, le refoulement de ses désirs les plus enfouis ainsi que toutes les conséquences sur sa vie en société. Je fais partie de ceux qui pensent que le bien et le mal sont indissociables.

Par contre, ça ne fait pas de moi une personne qui va essayer de compatir avec les êtres les plus sombres et cruels de ce monde. Mais savoir au moins le pourquoi d'un acte condamnable et tenter de « soigner » mentalement les êtres tordus et torturés, me passionnent. Même si ce « pourquoi » n'est jamais assez pour justifier des actes immoraux puisqu'on vit en société. Après tout, « ma liberté s'arrête où commence celle des autres ».

Ce soir, je dois partir voir mon copain dans son mini-studio. On s'est connus à l'université de Rouen, mais on n'a pas suivi la même filière. On est en couple depuis un an maintenant.

Hier, j'ai découvert qu'il me trompait. J'avoue que je suis tombée des nues quand j'ai appris cette dure vérité. Puis, j'ai finalement compris une chose : il séparait ses sentiments pour moi et le sexe qu'il faisait avec d'autres femmes. On n'a jamais fait l'amour, en même temps je le voyais plus comme un ami. Avec lui, je n'ai jamais ressenti de désir qui puisse me pousser immédiatement à me donner à lui.

Cette sorte de pulsion sexuelle irrésistible qui fait que deux personnes se sautent dessus dès qu'ils se rencontrent, avant même de bien se connaitre parfois. Car je sais que ça existe.

En tout cas, je ne sais pas si c'est moi qui suis compliquée ou si c'est les hommes que je rencontre qui ne me font pas un grand effet car il m'arrive souvent de me masturber pourtant.

Le jour où je rencontrerai un homme qui me donne envie de lui faire l'amour, je crois que je ferai partie de ces gens qu'on dit avoir une forte libido. Tout cela montre combien l'attirance est du domaine de l'irrationnel. Ça ne se force jamais.

J'arrive chez mon copain. Furieuse, je suis décidée à rompre aujourd'hui. Je ne me vois pas rester avec un « infidèle ». D'accord, peut-être je n'ai pas été très présente dernièrement car je préparais ma soutenance de mémoire de fin d'études. C'était ma priorité. Et puis, j'avais tellement de recherches et d'entretiens à faire, par ci et par là.

Mais ce que je n'ai pas encore révélé sur mon copain, c'est qu'il m'a déjà battue. A trois reprises.

D'abord, je reconnais que je n'ai pas ma langue dans ma poche, mais ce que je ne comprends pas est pourquoi je ne l'ai pas quitté la première fois qu'il a levé la main sur moi ?

Parfois je me trouve « idiote » de vouloir accorder le bénéfice du doute à l'autre en essayant de comprendre le pourquoi de son agissement. Le pire ? J'ai cru pouvoir changer mon copain, en le rendant moins violent. Je me suis acharnée à trouver des explications logiques à son comportement déplacé, mais rien n'y faisait. Car en fin de compte, les personnes qu'on s'obstine à vouloir changer, peuvent-elles vraiment changer ?

Alex (mon copain) m'ouvre la porte. J'entre et je reste debout devant la porte. Alex part s'installer sur le sofa.

— Pourquoi tu restes plantée là-bas ? Tu ne viens pas t'assoir ? demande-t-il.

— Pas besoin puisque je ne vais pas durer, rétorqué-je en le regardant avec mépris et dégoût.

— Pourquoi tu es si insolente ? Déjà revois ta manière de me parler sinon tu vas le regretter !

— Suis passée pour… te dire que c'est fini entre nous deux.

Je le vois surpris. Je crois qu'il ne s'attendait pas à cette phrase. Mais le voilà sortir un sourire. Je ne comprends pas du tout.

— Je peux savoir ce qui s'est passé ? Pourquoi si brusquement ? Sans même tenter de communiquer avec moi ? demande-t-il.

— Alex, cesse de jouer à l'innocent. Tout le monde à l'université savait que tu me trompais ! Tout le monde sauf moi ! J'étais tellement enfermée dans mon monde et dans mes études que je ne me souciais plus de rien autour de moi. Sauf que tu es complètement descendu de mon estime ! Finalement tu es comme tous ces hommes sans valeur et qui n'ont aucun respect pour la femme ! Notre amitié me retient de t'insulter !

Je le vois se lever. Il se dirige vers moi.

— Tu oserais m'insulter Ana ? Tu l'oserais ?!! Crie-t-il en m'étranglant.

J'avoue qu'il est effrayant quand il s'énerve. Mais hors de question de me laisser encore faire cette fois-ci. Je prends ma tête, la ramène en arrière avec beaucoup de mal pour prendre de l'élan. Ensuite je la ramène devant et la cogne fort sur le front d'Alex. Aussitôt il me relâche, il a mal au front. Moi, encore plus. Je me retourne vite et j'ouvre la porte pour fuir. Il me poursuit.

Je cours dans le couloir pour rapidement arriver dehors, dans la rue. Au moins là-bas, devant les gens et les passants, il n'osera pas me frapper. Ouf, je peux souffler un petit coup de soulagement. Je suis sortie de l'immeuble. Je le vois à l'entrée, en train de me regarder avec une haine intense. Qu'est-ce que je m'en fous. De nous deux, c'est moi qui suis la plus blessée.

Mais c'est loin d'être terminé. Ce serait trop simple. Certes, je peux supporter et encaisser sauf qu'il ne faut jamais réveiller mon côté rancunier. Être rancunière est mon plus grand défaut. J'ai atteint ma limite de tolérance. Je ne compte pas le laisser s'en tirer si facilement. Il est temps que je rende à Alex, mon ex-copain, la monnaie de sa pièce. Je compte me venger sur tout ce qu'il m'a fait subir. Je trouve une bande de gangsters et leur paie la moitié de mes économies pour qu'ils cassent la gueule à ce salopard d'Alex.

Ils ont exécuté leur mission à merveille. Ça m'a fait un bien fou quand le leader du gang m'a envoyé les images d'Alex qui s'est effondré par terre, défiguré et saignant de partout. Il s'est retrouvé hospitalisé pendant une semaine.

Mais bon, il m'arrive aussi de repenser à notre relation car on a passé quelques bons moments tout de même. Je laisserai le temps effacer tous ces souvenirs dont je ne veux plus me rappeler puisqu'Alex a trahi ma confiance.

CHAPITRE 4

Ana

Après mon ex-copain, c'est au tour de mon bailleur de m'énerver à présent. Il veut me sortir de la chambre que j'avais louée.

Depuis deux ans, j'y habitais avec ma petite sœur Carla. C'est un mini-studio : une chambre, une toilette et un petit espace pour la cuisine. En ayant sorti la moitié de mes économies pour payer au gang, j'ai un sérieux problème financier maintenant. Ça m'apprendra pour la prochaine fois.

Je suis dans mon studio, debout en face du bailleur, la trentaine. Mais il a déjà les cheveux tout blancs. Je me demande à quoi lui sert tout son argent encaissé chaque mois. Et pour son jeune âge (encore), il a un langage ou une façon de parler à l'ancienne, je ne sais pas comment l'expliquer.

— Mademoiselle Duval. On est le dix du mois aujourd'hui. Et je n'ai toujours rien reçu. Je crains de ne pouvoir laisser passer cet écart cette fois-ci.

— Oh svp, j'ai toujours payé à temps.

— Ça vous arrive souvent de payer en retard vous vouliez dire plutôt ? Combien de fois ai-je toléré vos demandes de report ? Cette fois-ci, vous voilà avec trois mois de retard !

— Monsieur Laporte, vous savez bel et bien que j'ai perdu ma petite sœur et depuis lors, je n'ai eu aucun répit, entre les dépenses pour les procédures à la police, au tribunal, les documents demandés, mes nombreux déplacements, parfois de ville en ville. N'auriez-vous donc pas de cœur pour au moins comprendre un peu ma situation ?

— Mademoiselle Duval, n'essayez pas d'utiliser les sentiments pour me toucher et me berner. Je vois dans votre jeu.

— Dans mon jeu ? De quel jeu parlez-vous ? Mais je suis sérieuse bon sang de merde !

Je vois le bailleur hausser les sourcils. Oh, non j'ai parlé plus vite que j'aie réfléchi. Il doit penser que je me montre irrespectueuse à son égard. Je dois vite rattraper cette erreur.

— Je voulais dire je suis sérieuse « nom de Dieu », ajouté-je, en lui sortant un sourire tout innocent.

Mais il m'ignore et passe un coup de fil à son équipe pour venir faire sortir tous mes bagages. Je suis consternée.

— Qu'est-ce que vous faites ?! Vous n'avez pas le droit de m'expulser ! Selon les lois françaises, ça ne se passe pas ainsi !! lui crié-je.

Le bailleur sourit tranquillement suite à ma phrase. C'est quoi ? Il a des amis magistrats ? Ou avocats ? Ça ne m'étonnerait pas de toute façon qu'il ait des amis haut-placés dans la justice corrompue puisqu'il ne respecte pas mes droits en tant que locataire.

— Je peux appeler mon équipe pour annuler et vous donner une semaine de plus, me dit-il soudainement.

Sérieux ? Oh, vraiment ? Qu'est-ce que ça me rassure ? Seulement, pourquoi il a changé d'avis tout d'un coup ? Mes menaces sur le contrat de bail ont fini par lui faire peur ?

— A une condition, ajoute-t-il.

Je savais que c'était trop beau pour être vrai.

— Je vous écoute, monsieur Laporte… dis-je avec un petit désespoir.

— Faites-moi une fellation et je vous accorderai une semaine de plus.

Bordel, c'est un cinglé cet homme.

— C'est à vous de voir. Soit vous passez la nuit dehors dès aujourd'hui, soit vous aurez ce studio pour une semaine supplémentaire, le temps de réunir la somme à payer.

— Vous voulez que je suce votre queue ? Seulement ça ? lui rétorqué-je.

— Seulement ça, mademoiselle Duval.

Alors je m'attèle à la tâche. Je me baisse pendant que cet enfoiré de bailleur fait descendre son pantalon et son caleçon, ringard au passage. Il sort son pénis, tout petit et flasque. Je me rapproche, même si j'ai plutôt envie de vomir car cet acte qu'il me fait faire est contre ma volonté. Ça aurait été un homme pour qui j'éprouve du désir, aucun souci.

Bref, je commence à sucer son pénis. Je vais juste imaginer que je suce un bonbon tout ovale, au moins j'ai déjà mis dans ma bouche de nombreuses sucettes. Je suis dégoûtée. Si je ne faisais pas cette transposition mentale avec un bonbon au caramel que je suçote, je vomirais sur le coup.

Tout à coup, je le mords atrocement. J'ai fait exprès. Même si je n'avais jamais fait de fellation, j'avais lu que la plupart des hommes trouvent douloureux quand la femme fait intervenir ses dents durant l'acte, leur pénis étant très sensible.

Suite à ma morsure, le bailleur crie de douleur en retirant automatiquement son pénis de ma bouche. J'ai ri comme pas possible dans ma tête. Ça lui apprendra !

Il s'est retrouvé à l'hôpital pour saignement et blessure à l'appareil génital.

Mais qu'est-ce que j'y ai gagné en fin de compte ? Puisque je me suis retrouvée dehors avec tous mes bagages. Et tout ça me rend triste, quand même.

Comment vais-je faire maintenant ?

CHAPITRE 5

Ana

Je sais que ce n'est pas parce que je suis sortie diplômée en psychologie que forcément mon premier job se fera dans un cabinet de psychologue.

Seulement, je voyais mon avenir autrement. Aller jusqu'à me retrouver sans toit ? Je ne l'aurais jamais imaginé.

En tout cas, je dois me reprendre et effacer tous mes rêves de gamine. La vie n'est pas si rose et ne se passe jamais comme on l'a prévue. Je dois devenir plus réaliste. Par exemple, je peux bien commencer par un job autre que ce qui me passionne, même si rien qu'en y pensant, j'ai envie de pleurer. Je vais devenir serveuse dans un resto ? Ou stripteaseuse dans un bar ? Démarrer un petit commerce ?

En gros, faire un métier qui ne me passionne pas du tout ?

Ce qui est sûr. J'ai besoin de trouver au plus vite du travail, pour me loger à nouveau quelque part. Sinon, je risque de passer mes nuits dehors ? Oh, non. Il faut que je me bouge.

De plus, ma mère ne doit pas être au courant de ce qui m'est arrivé, sinon je sais qu'elle ne pourra plus dormir les nuits à venir. Tiens, en parlant d'elle, la voilà qui m'appelle.

— Allô, Ana. Je t'entends rarement dernièrement. J'espère que tout va bien ?

— Ce n'est rien maman, rassure-toi. Juste un peu occupée avec plein de choses qui se passent dans ma vie.

— Ah bon ? Comme quoi ? J'espère que ce n'est rien de grave ?

— Non pas du tout. Et toi comment ça va ? Prends-tu comme il se doit tes médicaments ? Où est tonton Jean ? S'occupe-t-il bien de toi ?

— Oui, ne t'en fais pas. Je prends bien soin de ma santé, me dit-elle avec bienveillance.

Dès que ma mère a raccroché, me revoilà triste avec un sentiment de solitude. Alors que je suis à Rouen depuis ma première année d'université, ma mère vit à Bruxelles. Je me souviens quand elle avait appris la mort de ma petite sœur Carla, elle s'était retrouvée hospitalisée pendant deux semaines pour dépression sévère.

Mon père a abandonné ma mère alors qu'elle était enceinte de ma petite sœur. Oui mon père est un connard, maintenant que j'ai grandi, je m'en rends compte. Depuis qu'il nous a abandonnées, je ne l'ai plus revu ni entendu.

J'ai développé une certaine haine et méfiance vis-à-vis des hommes, surtout ceux qui se croient supérieurs et tout permis, vous savez, ces fameux « mâles alphas dominants » dont toutes les femmes semblent fantasmer. Heureusement qu'elles en « fantasment » uniquement.

Pour en revenir à ma mère, c'est une femme si forte et courageuse, elle est ma plus grande idole, non ma seule idole. Je l'admire tellement. Malgré toutes ses souffrances, elle s'est toujours battue pour nous éduquer ma sœur et moi et nous mettre dans de bonnes conditions.

Elle s'est sacrifiée pour nous faire entrer dans les meilleures écoles. Et aujourd'hui, elle sera bientôt à la retraite. Elle n'avait pas un salaire fameux à la base mais elle enchainait de petits jobs par ci et par là. Elle s'occupait de nous, cuisinait, nous amenait à l'école puis partait au travail, ensuite elle revenait nous prendre. Waouh, quand j'y repense, qu'est-ce qu'elle est super ma mère.

A présent, les choses ont commencé à s'inverser. Durant mes études universitaires, je faisais des jobs étudiants et la moitié de mes revenus était envoyée (fièrement) à ma mère. Et je veux continuer dans cette lancée. Lui rendre tout ce qu'elle nous a donné. Lui offrir une vieillesse heureuse et aisée, où elle n'aura plus aucun souci financier. Elle est une grande source de motivation pour moi.

Et c'est pourquoi, je dois travailler dur, gagner beaucoup d'argent et la rendre heureuse pour le restant de sa vie.

Même si nous ne venons pas d'une famille aisée, ma mère nous a toujours appris, à ma petite sœur et moi, à garder la tête haute, où que l'on soit, dans n'importe quelle situation. Elle nous a inculqué deux valeurs primordiales que toute femme se doit d'avoir : la dignité et la volonté.

Quand on est digne, partout où l'on ira, on se fera respecter de manière naturelle. Et quand on a de la volonté, n'importe quel objectif que l'on se sera fixé dans la vie, on l'atteindra. J'ai toujours vu ma mère comme étant un être humain doté d'une incroyable force de caractère. J'ai appris que pour survivre et vivre au jour le jour dans ce monde cruel, avoir une « force de caractère » est tout ce qui comptait.

Ainsi, je me suis toujours sentie assez forte, mentalement. Jusqu'au jour où j'ai perdu ma petite sœur Carla… Un soir d'hiver où j'ai trouvé une lettre devant la porte de la chambre que j'avais louée pour Carla et moi. Une seule phrase était écrite sur le papier : « Bonne nouvelle : vendue au Monseigneur Georges Mikael de Sade ». Je tremblotais de colère à la lecture de ces mots.

Pendant un mois, je n'ai fait que m'enfermer et pleurer, sans cesse. Pas seulement parce que j'avais perdu ma sœur, mais également à cause de l'injustice que j'avais subie autour de moi, avec un sentiment d'impuissance qui me rongeait le cœur : j'avais porté plainte auprès de la police mais sans suite. J'avais tout tenté pour dénoncer ce maudit Georges Mikael de Sade. Quel nom long et ennuyeux. Rien que de prononcer ce nom en entier devrait faire perdre autant de calories qu'une marche rapide de trente minutes.

Puis au fil du temps, je me suis rendue compte que dans ce monde, quand tu n'as pas l'argent et que tu ne viens pas non plus d'une famille aisée, tu te retrouves souvent impuissant face aux nombreuses injustices.

Pourquoi les gens de pouvoir m'aideraient s'ils ne voyaient rien qu'ils pourraient y gagner en retour ? Ils préféreront toujours protéger les actes criminels d'un aliéné riche et puissant plutôt que de répondre à la demande d'une jeune fille qui n'a rien à leur offrir, comme moi. A moins qu'ils ne veuillent mon corps, car ils sont tellement nombreux les salopards dans cette société.

Mais il est hors de question que je me soumette de cette façon. Vouloir toujours réduire la femme à son corps. Bande d'imbéciles et de corrompus.

D'ailleurs, c'est pourquoi autant j'aime l'humanité autant je hais profondément la société.

Aujourd'hui, c'est l'anniversaire de décès de ma Carla. Un an plus tôt, elle disparaissait à jamais. Jusqu'à présent, après avoir tout tenté pour dénoncer ce criminel de Georges Mikael de Sade mais sans vain, j'ai décidé que je n'allais plus compter sur personne d'autres que sur moi-même.

J'ai toujours été rancunière. Je me souviens encore au lycée, j'étais une solitaire dans mon coin, toute calme mais à ne jamais déranger ou provoquer sinon on aura affaire à la femme en feu.

Quand des « pimbêches » tentaient de me faire de sales coups, je prenais tout le temps nécessaire pour échafauder mon plan de vengeance et j'atteignais toujours mon but. Je ne sais pas, il existe quelque chose de jouissif dans la préparation d'une vengeance.

Arrivée à l'université, on m'a toujours appelé « féministe ». J'ignore si j'ai la même définition que la majorité des gens mais pour moi, une féministe n'est rien d'autre qu'une humaniste. Une personne qui veut l'égalité de tous les êtres humains qui existent sur Terre, que l'on soit homme, femme, les deux ou aucun des deux.

Donc oui, ce qui me révolte chez ce monstre, c'est qu'il va continuer à abuser de pauvres femmes durant toute son existence ? Non, je ne vais pas regarder ça et rester passive, hors de question. Ce connard ! Je le hais du plus profond de mon âme, avant même de l'avoir rencontré. Rien qu'en pensant à lui, mon cœur brûle de colère. Vite, j'ai besoin d'eau, fraîche.

La première étape de mon plan de vengeance ? Intégrer le manoir de ce démon. Comment ? En me préparant au minimum pour être mieux armée.

C'est ainsi que j'ai pris la moitié de mon économie (encore), je suis à sec maintenant. Mais bon, comme on dit : on ne gagne rien sans perdre quelque chose en retour. Je me suis inscrite aux arts martiaux : le Krav maga, un sport complet de combat et d'auto-défense avancée.

Je dois bien être capable de me défendre face à l'ennemi tout de même. Non, il est hors de question que je sois une victime potentielle de ce violeur de monstre, une fois dans son habitation.

Donc pendant un an, j'ai lutté et sué. Je me suis mise à l'apprentissage de ce sport de combat de haut-niveau, j'ai tenté de me perfectionner. J'ai même participé à des compétitions où je suis sortie grande vainqueur. Pour gagner de l'argent à côté, j'assurais en même temps l'entretien et le ménage de toutes les salles de sport de l'institut. C'est avec ce petit salaire que je me débrouillais pour vivre au jour le jour, tout en envoyant une partie à ma mère à Bruxelles, pour le traitement onéreux de son diabète, qui demande beaucoup de médicaments et surtout, une alimentation saine et de qualité.

Quand mon maitre de combat m'a dit : « Bravo Ana. Tu viens d'atteindre un niveau supérieur », j'étais tellement heureuse d'entendre cette phrase. S'y connaitre en techniques de combat n'assure en rien que je pourrai me venger plus facilement, mais au moins ça me fait gagner en confiance. De plus, ça renforce le mental. Enfin, c'est une arme à ne pas négliger.

Une semaine plus tard, c'est le jour de l'entretien pour intégrer le manoir.

J'ai décidé de postuler en tant que servante puisque c'est le seul poste que j'ai vu pour les femmes. De potentielle « psychologue » à servante, j'aurai beaucoup à raconter à mes enfants. Enfin, si d'abord je suis recrutée et que je survis dans le château. Je ne dois pas parler si vite.

Mais je donnerai tout pour être sélectionnée et entrer dans la résidence de ce monstre pour le tuer.

CHAPITRE 6

Ana

Je suis en direction du château pour passer l'entretien au poste de « servante ». Il n'existe aucun moyen de transport qui mène directement à cette résidence, c'est hallucinant. Ce monstre n'habite pas dans un simple château, non il a un quartier entier pour lui, tout seul. Je me demande s'il paierait une somme importante d'impôt à l'Etat ? Ou alors pourquoi est-il si « protégé » ?

J'ai marché jusqu'à arriver à destination.

Déjà, la taille du château me surprend. Elle est énorme. Je comprends pourquoi ce monstre doit avoir besoin de beaucoup d'employés pour l'entretien de sa demeure. J'arrive devant la porte de fer en grille. Une porte très en hauteur, qui fait cinq fois ma taille. Deux gardes viennent à moi.

— Oui vous désirez ?

Pff. Déjà, bonjour ça se dit non ? Qu'ils sont mal éduqués. Ça ne m'étonne pas d'eux, après tout, ils sont des employés de cet homme satanique.

— Bonjour. Je suis venue pour l'entretien.

— Montrez-nous votre convocation.

— Bien sûr, avec plaisir. Un instant svp, rétorqué-je, pendant que je fouillais dans mon sac en bandoulière. Je sors mon smartphone et leur montre en image ma convocation pour aujourd'hui.

— Nous n'acceptons que les papiers, nous sommes désolés. Merci d'être passée.

— Ça veut dire quoi "que les papiers" ? Mais n'est-ce pas la même chose ? Et puis ne sommes-nous pas dans la grande ère du numérique ? En plus, les papiers c'est du gaspillage. Vous trouvez ça normal tous ces arbres qu'on abat chaque jour ? Attendez, vivons-nous dans le même monde ? Qui s'effondre de par le changement climatique et ses conséquences ?

Pendant que je radote, les deux gardes m'ignorent complétement et retournent à leurs postes devant la porte. Ok. Ils veulent du papier. Ce n'est pas la mer à boire. Je vais aller imprimer ce foutu papier.

Une heure plus tard, après avoir galéré pour trouver une imprimerie dans les environs, je reviens devant la même porte et je montre ma convocation aux gardes. Enfin, ils me laissent entrer dans le manoir.

Dès que j'entre, je vois une dizaine de servantes alignées en rang. La première du rang vient à moi. Elle a l'air sympa. Même si mieux vaut se méfier des apparences dans ce genre d'endroits.

— Bonjour et bienvenue, me dit-elle en souriant.

— Bonjour, merci. Pouvez-vous m'indiquer où se trouve la salle pour l'entretien svp ?

— Bien sûr avec plaisir. C'est pourquoi nous sommes là aujourd'hui, me répond-t-elle, avec sympathie.

Je marche derrière elle. Je vois autour de moi une dizaine de gardes à chaque deux pas. Cet endroit est hyper surveillé, apparemment.

C'est à croire que le président d'un État loge ici. Ce qui n'est pas le cas. Je suis sûre que Georges Mikael de Sade n'est le président d'aucun État sinon la troisième guerre mondiale serait déclenchée depuis.

Pendant qu'on marche le long d'une allée interminable, entourée de grands arbres bien taillés, de gauche et de droite, la servante qui m'accompagne commence une petite discussion.

— Moi, c'est Nadia. Et vous ?

Oh, c'est gentil de me donner son nom et d'être si accueillante.

— Moi, c'est Ana. Enchantée. Et on peut se tutoyer tu sais.

— D'accord, Ana.

— Tu es là depuis combien de temps ? Si ça ne te dérange pas d'y répondre bien sûr, lui demandé-je.

— Je suis là depuis trois mois maintenant, me révèle-t-elle.

— Ah, cool. Et tu t'y plais bien ?

Je vois Nadia pensive. Elle prend du temps à répondre. Je suppose que non elle ne se plaît pas du tout ici. En même temps avec un patron comme violeur, comment trouver du plaisir à travailler ici ?

— Je suis là car j'ai besoin d'argent et le salaire payé aux servantes ici est mille fois supérieur à ce qui est payé aux ingénieurs dans les grandes entreprises.

Je cligne des yeux car cette grande révélation, je l'ignorais. Ce monstre doit avoir beaucoup d'argent à gaspiller, dis donc.

— Mais le travail d'ici est loin d'être facile. Le revers de la médaille est que le château est rempli de règles à respecter. A chaque faux pas, tu peux risquer de perdre ta vie.

Ok. Elle commence déjà à me faire peur avec toutes ces informations or je n'ai même pas encore débuté mon entretien.

— Quand tu travailles ici, tu dois être dévouée entièrement au Monseigneur. Tu ne dois vivre que pour lui et jurer de le servir à vie. Tu ne sors plus, tu ne communiques plus avec ta famille, d'ailleurs aucune des servantes ne détient de téléphone portable.

Ok. Là ça y est. J'ai subitement envie de faire demi-tour. Pas de téléphone portable ? Ah ça, non. Personne ne me prendra mon petit bébé, mon tout. J'y note toutes mes tâches à faire, toutes mes idées, j'y ai gardé tous mes secrets, mes futurs projets, mes codes et plein d'autres choses encore. Et personne ne m'empêchera d'appeler ma mère pour avoir de ses nouvelles.

Oh non, Ana. Dans quoi tu te fourres ? Je sens déjà que ce ne sera pas facile. Mais bon, en aucun cas je ne dois oublier ce qui m'a amenée ici.

Après une longue marche, nous voilà enfin devant l'entrée d'un bâtiment. Même mon long trajet pour prendre le métro est plus court que la distance que je viens de parcourir avec Nadia. L'architecte de ce gigantesque château a vraiment exagéré dans son plan.

Devant la porte, Nadia ne tarde pas à me faire une remarque importante :

— En fait, ne le prends pas mal mais tu dois immédiatement cacher la couleur de tes cheveux.

— Euh, pourquoi ? En plus de devenir des ermites, les servantes se voilent aussi à l'intérieur ?

Nadia sourit. Suis-je drôle pour elle ? Je n'ai même pas envie de l'être.

— Les cheveux roux sont formellement interdits dans l'enceinte de ce manoir. Quiconque se présente avec des cheveux roux, que ce soit des vrais ou une perruque, il se fera exécuter dans l'immédiat. Article 2 du règlement intérieur du château.

Waouh, Nadia a dû être une bonne élève dans le passé. Et ce monstre a même un règlement intérieur avec lequel il terrorise ses employés ?

— Mais, qu'est-ce que je peux faire pour régler ça ? demandé-je à Nadia.

— Eh bien, je peux te prêter une perruque brune.

— D'accord, ça marche. Merci Nadia, c'est vraiment gentil.

Nadia me sourit. Puis nous entrons ensemble à l'intérieur du bâtiment. Que vois-je en premier ? Des longs couloirs sans aucune lumière. Attendez, Mikael aurait-il peur de la lumière ou quoi ? C'est tout noir à l'intérieur. Un grand contraste quand tu viens de dehors. On dirait même qu'il fait nuit.

Je continue de suivre Nadia en marchant derrière elle. Je vois des bougies qui éclairent le long couloir où je suis. Je ne vois aucune lumière d'électricité. C'est à croire que ce monstre a fait un voyage dans le temps et qu'il vient de l'antiquité. Pourquoi personne ne lui dit la vérité sur le décor de son château si lugubre et effrayant ?

J'arrive devant une pièce avec une porte fermée. Nadia entre dans la pièce, je l'attends dans le couloir.

Puis elle m'appelle et me demande de venir. J'entre dans la pièce, c'est un dortoir avec trois lits superposés. Il n'y a que Nadia et moi à l'intérieur. J'imagine que ça doit être la chambre de Nadia et d'autres servantes.

Nadia vient me remettre une longue perruque brune. Je prends le temps de couper mes longs cheveux roux cuivrés. Ça me fait mal, hélas je suis obligée. Nadia m'aide à bien arranger la perruque brune.

CHAPITRE 7

Ana

Après avoir adapté mon apparence, Nadia me conduit à la salle où se déroule l'entretien. Je patiente dans la salle d'attente, aux côtés d'une dizaine d'autres jeunes candidates. Quand c'est mon tour, je me lève et frappe à la porte du bureau d'entretien. Puis j'entre.

Une femme est assise sur un fauteuil en face d'une chaise séparée par la table de bureau. Je m'installe sur la chaise en face de la femme devant moi : une belle blonde au corps en forme de sablier, la poitrine bien ronde et les fesses bien pleines, avec une taille très (trop ?) fine.

Je dirai que je suis à peu près comme elle sauf au niveau de ma taille, qui n'est pas si fine tout de même. Et mes seins ne sont pas si énormes non plus. Bref, pourquoi je m'attarde sur les apparences ? Commencerai-je à ressembler à tous ces gens que je traitais souvent de « superficiels ».

— Bonjour, je suis Cécile, la gouvernante de ce château ainsi que la recruteuse des servantes.

— Enchantée, Cécile. Moi, c'est Ana, rétorqué-je, en souriant.

— Je vous remercie d'être passée. Mais vous êtes éliminée d'office. Merci d'avoir postulé au poste de servante dans le manoir de Monseigneur Georges Mikael de Sade.

Cette femme est pire qu'un robot. C'est à croire qu'elle récite une leçon.

— Je ne comprends pas, madame. Pourquoi suis-je éliminée d'office ? lui demandé-je.

— Je suis navrée. Mais votre apparence ne colle pas à l'éthique de ce château.

Ok, quelle remarque aberrante de la part de cette gouvernante. Et en quoi une apparence peut-elle être liée à la morale ?

— Mon physique ne correspond pas ? Comment faire pour que ça corresponde au juste ? Je dois maigrir ? Grossir ? Diminuer mon ventre ? J'avoue que ce n'est pas si plat que ça. Bref, continuons : me mettre du rouge à lèvres vif ? Peindre tout mon visage ? Porter des faux seins ? Aller me faire de la liposuccion pour mes fesses et hanches ? Et puis quoi encore ?!

— Je vois des mèches rousses sur vos cheveux bruns, voyons !

— Ah bon ? Comment ça ? Et puis vous avez bien dit « mèches » ? Juste des mèches et vous en faites tout un problème ?! Franchement ! Bref, je vais arranger ça tout de suite.

Je sors mon smartphone, je mets le mode « selfie » et je me mire pour réarranger ma perruque pour camoufler mes cheveux roux.

— Pas besoin d'arranger quoi que ce soit, mademoiselle. De par votre attitude, votre réponse déplacée et votre indiscipline, je constate également que votre personnalité ne correspond pas au poste. Toute servante dans ce manoir doit être soumise et docile or vous ne l'êtes pas !

Oh, non. Je dois vite me rattraper alors. C'est vrai qu'il m'arrive de répondre impulsivement parfois, du tic au tac, sur le coup de l'émotion. Ça m'apprendra.

— Je suis prête à obéir à tous vos ordres et à satisfaire tous vos désirs, pour vous prouver combien je suis docile et soumise au fond, lui dis-je, en sortant un (faux) sourire.

— Ah oui ? Laissez-moi réfléchir… Baissez-vous, enlevez mes talons et léchez mes pieds, me dit-elle.

Quoi ? Ah non, pas ça. Je suis en face d'une vraie sorcière, apparemment. De toute façon, au stade où j'en suis, je ne dois faire aucun faux pas. Il faut que je sois sélectionnée.

Lui lécher les pieds ? Ça ne doit pas être si difficile non ? Oh mon Dieu, rien que de m'imaginer le faire me rebute déjà. J'arrête de visualiser dans mon esprit sinon je ne serai jamais capable de le faire.

Je me baisse. La gouvernante est surprise, elle ne s'y attendait pas, cette sorcière. Je lui retire ses talons aiguilles. Ne me dites pas que toutes les servantes vont porter ces talons si hauts ? Je risquerai de tomber chaque jour.

La gouvernante se lève et marche pieds nus, elle fait dix pas en avant puis revient vers son bureau pour s'assoir. A quoi joue-t-elle ? Oh la mauvaise, elle a fait exprès de marcher sur les carreaux, pour se salir les pieds afin de me décourager. Cette femme me dégoûte. Elle est odieuse.

En plus, si je suis recrutée, ce sera elle ma chef ? Je sens déjà que ce ne sera pas le calme plat…

Je me remets au travail pour décrocher ce foutu poste. J'observe les pieds de la gouvernante. Non, je suis incapable de les lécher. Ce n'est pas possible.

Puis, je me décide. Je dois arrêter d'hésiter. Donc je ferme les yeux et je me force à le faire.

Mais notre odieuse gouvernante ne se limite pas à ça. Elle fait entrer son gros orteil dans ma bouche, de force. Elle se permet de rire en plus. J'ai envie de vomir mais je résiste et n'essaie pas de me montrer dégoûtée ni d'enlever son orteil de ma bouche. Puis elle le fait sortir. Je suis incapable d'avaler ma salive, j'ai juste envie d'aller tout cracher et de me rincer la bouche.

Malheureusement, ce n'est pas possible, je ne peux pas quitter cet entretien. De plus, si je dois parler, je vais forcément devoir avaler ma salive. Tout cela me donne des nausées, mais je tiens bon.

L'entretien se poursuit. Cécile me pose plein de questions, j'y réponds convenablement, enfin je crois. En tout cas, Cécile a dû comprendre le plus important dans cet entretien : cuisiner, nettoyer, laver la vaisselle, faire le ménage, toute tâche domestique qui puisse exister dans ce monde, je sais la faire, sans fautes, avec brio et rapidité.

Il reste la dernière étape de l'entrevue qui consiste à vérifier si je n'ai pas de maladies sexuellement transmissibles et si je suis vierge. Je suis restée sans voix quand j'ai entendu ces critères de sélection, surtout : la virginité ?

C'est la première fois que je vois ça dans un entretien. Je me trouve vraiment dans la demeure d'un fou.

A la sortie du bureau d'entretien, Nadia m'amène dans le cabinet du gynécologue, qui se trouve dans un autre bâtiment. Décidément, ce château est comme une mini-ville. Rien n'y manque.

Tout se déroule bien lors de la consultation avec le gynécologue. Je n'ai rien à craindre sur ce point puisque je suis encore vierge.

À la sortie de mon entretien, Nadia me dit « au revoir ». Elle doit retourner travailler.

Pendant ce temps, je ne sors pas encore du château. J'attends toute seule, dehors dans le jardin, jusqu'au soir. Qui sait ? Ce Georges Mikael de Sade, mondialement connu de nom mais pas du visage pourrait passer par ici.

Je pourrai déjà le repérer, même si ça m'étonnerait. De toute la journée, je n'ai pas vu une ombre de ce monstre. Comment je le sais ? Il doit sûrement être entouré de plusieurs gardes du corps s'il trimbalait par ici ou ailleurs dans le château.

Peu de temps après, je reçois une bonne nouvelle par sms : je suis sélectionnée. Qu'est-ce que j'en suis soulagée. Je dois débuter le travail dès demain.

Je rentre au mini studio, ma nouvelle habitation, après que j'aie été expulsée de l'ancienne par le bailleur pervers. Je prépare toutes mes affaires à emporter pour mon séjour au manoir.

Pour un moment indéterminé, je vais vivre dans le château d'un criminel.

Dès que j'arrive, le matin de bonne heure, je signe mon contrat de travail. Ensuite, dans la cour, Cécile (la gouvernante) me fait part des premières règles :

— Règle numéro une : ne jamais aller au sous-sol ou même tenter d'y aller. C'est une zone interdite pour tout employé du château.

Merci de piquer ma curiosité et de me donner cette irrésistible envie d'aller voir ce que ton monstre de patron cache au sous-sol.

— Horaires de travail : cinq-heures du matin à vingt-et-une heures. Deux jours de repos dans la semaine. Code vestimentaire : toutes les servantes sont vêtues de la même robe courte, noire et moulante, ajustée à la taille de chacune, avec des talons aiguilles rouges, à n'enlever que la nuit au moment de se coucher.

Ce Monseigneur est un pur pervers, c'est incroyable. Et il prend les femmes pour des robots ou quoi ? Comment il peut nous faire trimballer en talons aiguilles de cinq heures du matin à vingt-et-une heures ? Et quel irrespect envers le code du travail. Seize heures de travail par jour ? Même si je retire les pauses, c'est très loin des huit heures par jour. Heureusement qu'il a attribué deux jours de repos.

N'empêche, au sortir de ce manoir, je le dénoncerai. Non, le jour où j'aurai assez de pouvoir social ou politique, je le dénoncerai. Pour le moment, je sais qu'aucune autorité publique ne m'écoutera. J'en ai déjà fait le constat récemment avec les démarches pour rendre justice à ma petite sœur Carla. Mais qu'est-ce que je raconte encore ? Comment le dénoncer si je l'ai déjà tué ?

Etant donné que les règles dans ce château sont nombreuses et que Cécile ne pourra pas toutes les citer, elle me remet le règlement intérieur : un vrai pavé. Je suis sans voix. Je sais déjà que j'aurai la flemme de lire toutes ces pages, franchement.

Ensuite, Cécile confisque mon smartphone, retire la puce et la détruit. Je suis choquée.

CHAPITRE 8

Ana

Ma première journée de travail se déroule bien à part que je me suis retrouvée avec des ampoules au pied. Sûrement avec le temps, je finirai par m'adapter au port continuel de ces talons qu'on nous force à porter. Par contre, je n'ai toujours pas rencontré le maudit maitre de ce château.

La nuit tombée, je regagne ma chambre à coucher, c'est le dortoir de Nadia. Super. Je partage avec elle la même chambre, même si c'est avec quatre autres servantes. Voilà une nouvelle rassurante d'être aux côtés de Nadia.

Les autres servantes que j'ai rencontrées aujourd'hui n'étaient ni ouvertes ni sympathiques avec moi, contrairement à Nadia.

Seulement, pourquoi les pièces de ce château sont toutes éclairées par des bougies, noires et énormes au passage ? Son propriétaire, ne sait-il toujours pas que le monde a évolué ?

De plus, dans ce manoir, tu peux difficilement faire la différence entre le jour et la nuit. Sauf quand tu entres dans les pièces pourvues de grandes fenêtres qui font entrer la lumière du jour. Et elles sont rares.

Après avoir pris une bonne douche, je m'allonge au lit superposé. Je suis couchée sur le lit qui est en bas et Nadia est sur celui d'en-haut. Elle me révèle des choses :

— Les employées domestiques ne durent jamais plus de six mois dans ce manoir, me dit-elle.

— Ah bon ? Pourquoi ?

— Elles finissent par disparaitre, une à une.

J'ouvre grand mes yeux car cette réponse me fait vraiment peur.

— Et il parait que Monseigneur provient d'une famille noble, riche et puissante. Mais on raconte que depuis des années maintenant, il a fui sa famille, il s'est enfermé ici et il ne sort plus le jour.

— Ah bon ? Et pourquoi ?

— Je l'ignore. Même les employés qui ont duré ici n'ont jamais connu les vraies raisons.

Waouh, ce Georges Mikael de Sade est vraiment mystérieux. Normal. Un criminel ne peut que se cacher.

Une semaine est passée et je sens que je n'avance pas dans la mission qui m'a faite venir ici.

Aujourd'hui, je me lève du lit, avec la ferme motivation de rencontrer Mikael cette fois-ci. Je dois trouver un moyen sinon si je continue ainsi, je risque de ne jamais voir l'homme que je dois tuer.

Mais la journée démarre mal car Nadia a cassé un plat, dans la cuisine. Juste cela et voilà que Cécile l'amène dans la pièce de punition. Elle bat Nadia à coup de bâton en bois : cette dernière est agenouillée et reçoit les coups de Cécile, debout derrière elle.

Je décide d'interférer, il est hors de question que je laisse cette odieuse gouvernante abuser de son pouvoir. J'entre dans la pièce et j'arrête Cécile en bloquant son bras. Nadia, en me voyant, est surprise et inquiète en même temps.

— Ana ! Stp, ne t'attire pas de problèmes, tu viens de débuter...

Cécile tente de se retirer de mon emprise mais elle n'y parvient pas. Je tiens fermement son bras et lui empêche tout mouvement. Je balance le bâton au loin. Cécile est furieuse. Elle me gifle aussitôt avec son autre main.

Deux servantes entrent. Je croyais qu'elles étaient de mon côté mais non, l'une d'entre elles remet le bâton à Cécile, que je relâche en même temps. Je prends vite Nadia en la relevant et je la pousse délicatement de l'autre côté. Je me mets à sa place en m'agenouillant pour recevoir les coups de Cécile.

— Tu joues à la sainte et à l'amie loyale ? Voyons voir jusqu'où va ta loyauté ? Sale hypocrite !

Cécile me bat à coup de bâton. Ça fait mal, je fais tout pour ne pas crier ma douleur, je serre mes lèvres. Nadia crie mon nom et veut venir m'aider mais elle est retenue par les deux autres servantes. Cécile laisse tomber le bâton et s'en va avec ses deux acolytes. Nadia, les larmes aux yeux, accoure vers moi.

— Ana ça va ?

— Super bien, lui dis-je, en souriant.

Ana attrape mon bras et m'aide à me relever. Oui, je vais bien. Même si j'ai hyper mal au dos. Je suis venue ici pour me venger et je sais une chose : ce qui ne tue pas rend plus fort. Je dois me préparer en conséquence.

Mais au-delà de tout cela, Nadia est une personne importante pour moi, même si on ne se connait il n'y pas longtemps. Son accueil chaleureux lors du premier jour, sa sympathie et son sourire me réconfortent dans cet endroit dépressif. Je ne laisserai personne lui faire du mal. Je n'ai jamais supporté qu'on touche aux gens que j'affectionne.

Nadia me serre fort dans ses bras et me remercie. Je l'enlace en retour.

Le soir tombé, c'est l'heure d'apporter le diner à Mikael. Je me porte volontaire auprès de cette sorcière de gouvernante, pour faire le service. Je veux voir ce monstre et connaitre un peu plus l'endroit où il passe du temps pour mon plan de vengeance.

— Mademoiselle Duval, comment va votre dos ?

J'ai envie de tuer cette femme aussi. Elle m'énerve comme pas possible.

Je ne réponds pas à sa question car elle me provoque. Elle rajoute :

— Une simple servante ne peut pas pénétrer dans la chambre de Monseigneur, auriez-vous oublié ? Ou bien n'avez-vous toujours pas lu le règlement intérieur de ce château ? Eh bien, je vais vous rappeler ce passage : « Il est formellement interdit à toute servante de pénétrer dans la chambre de Monseigneur Georges Mikael de Sade, à moins qu'il ne le demande lui-même. Seules la gouvernante et la servante VIP le peuvent. » me dit-elle, avant de s'en aller, d'un air hautain.

Quand vais-je rencontrer ce monstre bon sang ? Mais une vengeance doit se préparer, je le sais. Il ne faut rien improviser. Tout doit être calculé dans les moindres détails et planifié. J'apprendrai à mieux connaitre ce monstre, pourquoi ne pas me rapprocher de lui ? Pour enfin lui placer un couteau dans le dos.

Pour cela, je suis partie me renseigner sur comment devenir une servante VIP : il n'en existe qu'une seule dans le manoir. Et c'est uniquement elle qui peut être proche de Mikael, comme par exemple entrer dans son salon privé ou dans sa chambre à coucher. En dehors de miss Barbie Alias la gouvernante bien sûr.

Chaque mois, le concours de servante VIP est ouvert. Apparemment, ce maudit Monseigneur aime voir constamment de nouvelles têtes féminines autour de lui. En plus d'être un pervers, c'est un inconstant. D'ailleurs, je plains la femme qui sera un jour son épouse, tout en espérant qu'il n'en ait jamais. Il ne mérite aucune femme dans ce monde.

A l'heure de pause-déjeuner, je me pose quelque part dans la cour des servantes, sur un banc, aux côtés de Nadia. Je lui parle de mon désir de m'inscrire au concours de servante VIP et tente de recueillir plus d'informations pour mettre toutes les chances de mon côté.

— Quoi ? Tu veux postuler ? Pour devenir servante vip ? me demande-t-elle, avec étonnement.

— Pourquoi cette réaction ? C'est difficile la candidature ?

— Non, enfin si... C'est rempli de rivalités et de méchancetés car chacune des candidates veut devenir la servante vip de Monseigneur. Mais heureusement les règles ont changé maintenant.

Franchement, je ne vois pas pourquoi elles se tuent pour ce poste si c'est pour servir un salopard de la pire espèce.

— Ah oui, c'est-à-dire ? lui demandé-je

— Deux seuls critères comptent pour être éligible : il faut être nouvelle servante depuis deux semaines au moins et avoir moins de trente ans.

— Donc, je suis éligible ? Dis-je à Nadia en étant toute contente de le savoir.

Je rajoute :

— Mais sur quels critères on se base par la suite pour choisir la gagnante ? Comment se passe le concours concrètement ?

— C'est Monseigneur qui élit lui-même sa servante vip, en fonction de celles qui se présentent devant lui.

Oh non, si c'est ça, il ne va jamais me choisir alors. Je veux dire, ce n'est pas comme si j'étais une femme super sexy qui sortirait facilement du lot de par un atout féminin particulier.

Déjà, je ne suis pas si filiforme que ça. J'ai des formes, malheureusement devrai-je dire ? Je sais que la tendance est à la minceur, être toute fine et élancée. Je suis moyenne de taille et je ne suis ni mince ni grosse. En gros, on ne me recruterait jamais si c'était pour faire du mannequinat.

Quoi qu'il en soit, je me ferai belle. Je me maquillerai et tenterai de me mettre en valeur puisqu'il s'agit de « charmer » cet imbécile de Mikael pour remporter la première place. En avant, Ana.

Sans plus tarder, je pars m'inscrire sur la liste. Je vois que nous sommes cinq au total à candidater. Je pensais que nous serions plus nombreuses mais bon, j'imagine le dernier recrutement n'a pas fait beaucoup de nouvelles entrées dans le manoir et si ce n'était pas ma persévérance, je ne serais jamais sélectionnée d'ailleurs.

CHAPITRE 9

Ana

Aujourd'hui est le grand jour pour la sélection de la servante VIP. Autant je suis excitée, autant je suis stressée. Si je suis choisie, ce sera un pas en avant dans ma mission. En plus, je vais enfin découvrir à quoi ressemble ce monstre. J'imagine déjà qu'il doit être tout moche et affreux.

Il est sept-heures du matin. Dans le salon privé, quatre servantes et moi, toutes pomponnées, vêtues de robes moulantes, sommes alignées. Le maitre pervers de ce château ne veut voir que des femmes en robes moulantes. Quand j'ai vu cet article dans le règlement intérieur, j'étais sidérée.

Nous attendons la venue de Mikael. Moi qui pensais que l'évènement se déroulerait un soir, mais non. Apparemment, pour ce maudit Monseigneur, c'est le jour qui est la nuit et la nuit correspond à son « jour ».

Un homme entre : il est grand et costaud. Il n'est pas mal je trouve. Serait-ce Mikael ?

— Bienvenue à toutes. Je suis Adrien, garde du corps de Monseigneur. Il m'a demandé de vous transmettre le message suivant : « seules les femel--, euh femmes nues seront éligibles. Je serai là dans un instant ».

Les servantes et moi nous lançons immédiatement des regards car nous sommes choquées. Mikael n'a aucun respect pour nous. Il change les règles à la dernière minute. Cet homme est juste un cinglé. Il veut qu'on se mette toutes nues ? Je suis si embarrassée. J'ai toujours été très pudique.

Je regarde Adrien et remarque qu'il me sourit. Je rougis. Qu'est ce qui m'arrive ? En même temps, le garde du corps de Mikael est « hot » je dois reconnaitre.

Reprends-toi, Ana. Les amis de tes ennemis sont tes ennemis.

Seulement, depuis que je suis au manoir, c'est la première fois qu'une personne autre que Nadia me sourit.

C'est normal que ça me touche non ? Quel être humain ne veut pas d'une petite dose de chaleur humaine ? Ça fait un bien fou, surtout dans cet univers si obscur dans lequel je me retrouve aujourd'hui.

Adrien sort, sûrement pour nous laisser nous déshabiller dans la plus grande intimité. Je vois déjà les quatre servantes commencer à retirer leurs vêtements. Qu'est-ce qu'elles sont déterminées. Pourtant, je devrai l'être autant qu'elles. Allez, Ana. Pense à la finalité et non au moyen employé. Je décide, malgré moi, d'enlever ma robe et mes sous-vêtements.

Quand je pense que Mikael doit choisir en fonction de nos apparences. C'est vraiment du n'importe quoi. Jusqu'au 21e siècle, la femme reste cantonnée à son physique. Pauvre de nous.

Un autre homme entre. Quelle aura. Les quatre servantes et moi sommes subjuguées. Serait-ce Mikael ? En tout cas, il avance vers nous.

Waouh, quelles lèvres sensuelles. Et quelle beauté... Comment dire ? Rare et diabolique. Une fois devant son visage, tu ne peux plus détacher ton regard, autant il est fascinant, autant il est terrifiant. Son regard est perçant et très profond. Son corps n'est ni flasque ni trop musclé. Il est finement musclé, voilà. Et ce manteau noir en cuir qu'il porte sur son pantalon noir et sa chemise noire, il a vraiment l'aura d'un démon. Mais un démon sexy et magnifique. Il ferait l'acteur parfait au cinéma pour jouer le rôle d'un ange déchu. D'ailleurs, ça ne m'étonnerait pas qu'il soit du signe astrologique du scorpion.

Et si j'arrêtais de le mater ? Qu'est ce qui me prend ? Aurais-je déjà oublié que je suis venue pour prendre sa tête ?

Sauf que... Je n'arrive pas à détacher mes yeux de son corps et de son visage. Bon d'accord, j'avoue que cet homme est canon, putain. Et très (trop ?) sexy. Il dégage un magnétisme sexuel hors du commun. Le genre d'hommes dangereux que l'on sent à des kilomètres. Waouh et quelle présence. Quelle prestance. Quels yeux envoûtants. Reprends-toi Ana. Reprends-toi. Respire. Tu ne dois rien trouver de beau chez ce type. Rien ne doit t'attirer chez cette horrible créature. N'oublie pas qui il est.

Il donne l'air d'avoir trente-ans, pas plus. Bon, je peux bien me tromper aussi. J'avais remarqué que les hommes faisaient souvent plus jeunes que leurs vrais âges, comparés à nous les femmes, malheureusement.

Il arrive devant nous. Il ne salue pas ni ne souhaite une « bienvenue » ou une « bonne chance ». Rien. Il se contente de nous observer chacune. Non, de m'observer moi particulièrement.

Pourquoi il reste fixé sur moi ? Il m'intimide d'ailleurs. En plus, je rougis comme une idiote. Il me dévore du regard, un regard rempli de désir. Il me scrute de haut en bas. Soudain, il attrape mes cheveux et me tire sauvagement pour me faire sortir du rang. Quelle façon brutale de s'y prendre. J'ai mal. Et il garde toujours sa main sur mes cheveux. Je suis stressée. Je ne veux pas qu'il constate que j'ai porté une perruque. J'espère que les nombreuses pinces que j'avais placées tiendront bien.

— Vous autres, vous pouvez disposer, dit-il aux quatre servantes.

Ces dernières sont déçues. Elles prennent leurs vêtements et s'en vont pour sortir de la pièce. Mikael ne les a même pas laissées se rhabiller d'abord ? Cet homme est dégoûtant.

Mikael et moi restons seuls. Je commence à transpirer, je ne sais pas à quoi m'attendre. Mikael relâche enfin mes cheveux. Puis il se met à tourner autour de moi en me « matant ».

Malheureusement je me sens comme un objet sexuel actuellement. Je ne comprends rien sur ce qui se passe. Et c'est moi la servante VIP ? Comme ça ? Si facilement ?

Tout d'un coup, il pose ses mains sur mes fesses et les palpe pour en pétrir la chair. Je suis très surprise et choquée. Non mais quel malade ! Ne me dites pas qu'il se tape aussi ses servantes ? Qu'attendent les psychiatres pour interner ce type ?

— T'es pas mal. T'as de la chair, me dit-il.

Okay. Au moins ça diffère de mon ex-copain, qui voulait que je maigrisse.

— Passe la matinée avec moi.

Quoi ? Non, tout sauf ça, de grâce. Puis-je refuser ? Bien sûr que non. C'est un ordre, exprimé de manière très subtile en plus. D'après ce que je vois, cet homme pense que tous les droits lui reviennent, il est autoritaire. Cet aspect semble ancré profondément en lui.

— Comment t'appelles-tu ?

Après avoir fait des attouchements sur ma personne, maintenant tu penses à demander mon nom ? Connard, va.

— Ana.

— Ana ? Quel nom… banal.

Moi, au moins mon nom est banal. Le tien, il est long, fastidieux et ringard.

Je lui sors un sourire de politesse.

— Tu ne me demandes pas pourquoi je t'ai choisie ?

Euh, mec, t'as qu'à dire le pourquoi, pendant qu'on y est. Pourquoi faire long ? Que je hais ce monstre !

— Pourquoi ? lui demandé-je, en sortant un faux sourire sympa et innocent.

— Ton corps m'a attiré, c'est d'une évidence, me dit-il en me donnant une forte claque aux fesses.

Ça fait mal et je suis sans voix.

— Les traits de ton visage m'ont plu. Mais surtout, tu as montré plus de volonté à être choisie. Ne me demande pas comment je sais tout ça. Einstein disait : « Le plus important pour un homme de science n'est pas ses diplômes, ni le nombre de ses années d'étude, ni même son expérience, mais tout simplement son intuition ». Alors je dirai que mon intuition peut-être m'a fait deviner tout cela ?

Cet homme croit en l'intuition ? Et en son intuition de surcroit ? Je ne m'y attendais pas du tout. Il a l'air si « carré » au premier abord.

Pourtant, mon professeur de psychologie cognitive m'a toujours conseillé d'éviter de juger les gens trop facilement car l'être humain est de nature complexe.

Mais bon, je suis sûre de ne pas me tromper sur cet homme que je vois devant moi, qui ne détient qu'une personnalité sombre, agrémentée d'une absence de cœur.

— Tu vas me suivre dans ma chambre à coucher, tout de suite, me dit-il, en partant sortir une corde dans un placard.

C'est pour faire quoi ? J'espère que cette corde n'a rien à voir avec moi. Pourquoi il se dirige vers moi ? Il arrive devant moi et se met à attacher la corde autour de mon cou.

— Monseigneur, svp… Je risque de ne plus pouvoir respirer.

— Ferme-la et contente-toi d'obéir, si tu ne veux pas que je monte d'un niveau supérieur.

Je ne dis plus rien. Mais je sens déjà la corde qui serre autour de mon cou.

— Mets-toi à quatre pattes maintenant.

Quoi ? Qu'est-ce qu'il vient de dire ?

— Ana.

Aussitôt je fais comme il dit : je me mets à quatre pattes. Il attrape le bout de la corde nouée à mon cou. Il s'en va en me tirant par la corde derrière lui, je rame à quatre pattes. Je me sens si humiliée. Comme quoi la beauté extérieure ne fait pas tout.

Mikael est autant beau de l'extérieur qu'il est vilain de l'intérieur. Il sort du salon privé et marche dans un long couloir, vide heureusement. Car je souhaite que personne ne me voie dans un état d'avilissement pareil.

CHAPITRE 10

Ana

Quand va-t-on arriver dans la chambre ? Ce couloir est interminable. Encore cet architecte que je maudis pour le plan morbide de ce château.

Enfin ! Je crois que nous sommes arrivés dans une chambre à coucher. Une grande chambre où tous les meubles sont noirs et les murs sont gris sur certains endroits, rouges bordeaux sur d'autres. Les rideaux (encore rouges bordeaux) sont tirés sur les fenêtres. Des grosses bougies éclairent la pièce. Pourtant, on est en pleine matinée, c'est incroyable.

Mikael serait-il un vampire, tout compte fait ? Déjà qu'il ne sort jamais le jour. Oh, mon Dieu. Va-t-il sucer mon sang ? Que va-t-il m'arriver ? Je viens de me rappeler de Nadia qui m'évoquait les servantes qui disparaissaient toujours dans ce manoir.

Pause. Qu'est-ce que je raconte ? Les vampires n'existent pas, voyons. Pourtant, je parierais que Mikael est un descendant direct de Dracula. Et que finalement, Dracula a vraiment existé.

Que va-t-il faire de moi… ?

Déjà qu'il ne met aucune délicatesse dans sa manière de me tirer par la corde. Ça serre à mon cou. Et ça fait tellement mal. J'étouffe, je sens que je vais mourir tout de suite, je n'ai plus de souffle… Au secours…

Tout à coup, il lâche la corde. Il me délaisse. J'étais à deux doigts de mourir par suffocation. Dieu soit loué !

Par contre, je ne sais pas si je peux me lever maintenant et me mettre debout ? Je ne vais tout de même pas rester dans cette position à quatre pattes ? Je le vois se déshabiller. En tout cas, il ne se gêne pas. Oh putain, ce corps. Si bien sculpté. Ne devrai-je pas fermer les yeux ? Pour ne pas me laisser berner par la beauté physique qui n'est que trompeuse.

Mikael, tout nu, se dirige vers moi. Il sourit. Pourquoi au juste ?

— Ana. Lève-toi.

Je n'ai jamais autant aimé recevoir un ordre de ma vie. Enfin, je peux me lever. Je me relève. Aussitôt, Mikael pince mes tétons, sans aucune finesse, avec brutalité. Je gémis de douleur. Puis, il les suce avec sa langue. Là, j'avoue que je prends du plaisir.

Soudain, il enfonce son doigt dans mon vagin. Je suis surprise. Il insère son doigt plus en profondeur. C'est si brusque et violent. Il stimule l'intérieur par un mouvement de vas et viens rapide avec son index. Et moi, bête que je suis, je commence à gémir de plaisir.

Je sens mon vagin qui devient de plus en plus mouillé. Si ce monstre continue à ce rythme, il risque de déchirer mon hymen rien qu'en me doigtant, ce pervers !

Il retire son doigt et qu'est-ce que je vois ? Du sang. Oh, mon Dieu. En plus, j'ai hyper mal maintenant. Oui, j'ai mal à ma partie génitale.

— J'adore la vue de ce sang pur provenant des femelles qui expérimentent leur première fois. C'est si exaltant, dit-il.

Je suis sans voix. A ce stade, je ne sais même plus quoi penser. Il a vraiment déchiré mon hymen ? Rien qu'avec son doigt ?

Mikael se met à détacher la corde autour de mon cou. Nos corps et nos visages sont collés. Je frisonne, malgré moi. J'éprouve du désir pour ce monstre alors que je ne devrai pas. J'avoue que j'ai envie de goûter à ses lèvres si sensuelles que je vois devant moi. Mais je ne dois pas oublier qui est cet homme.

Dès qu'il enlève la corde, j'appose mes mains autour de mon cou. Je suis sûre que des marques doivent y rester car la douleur est encore présente.

Mikael me soulève et me porte assise sur lui debout, en veillant à bien écarter mes jambes. Il fait entrer son pénis qui bande dur, dans mon vagin mouillé. Je ferme les yeux car j'ai peur que ça fasse mal. Pourtant, non, ça glisse plutôt bien. Peut-être parce que je suis excitée et que mon vagin est lubrifié ?

Il avance et me plaque contre le mur, en tenant mes jambes écartées sur lui, qui est resté debout. Avec la pénétration, il fait des mouvements de vas et viens vifs et rapides. Nous gémissons tous les deux. Je suppose qu'il prend autant de plaisir que moi. Il tire violemment mes cheveux. Et je m'agrippe à son dos, je commence à crier, sans savoir pourquoi. Ai-je vraiment besoin de faire autant de bruits ?

Puis je viens de me rappeler de quelque chose. Mikael n'a pas porté de préservatif ! Quel malade ! Ou bien, il se dit qu'il n'en a pas besoin après mes tests effectués auprès du médecin ? Non, ça n'a rien à voir. Ce type est un aliéné. Sa place est en asile et non autour des êtres humains dotés d'un minimum de bon sens.

Je sens que je vais bientôt atteindre l'orgasme, comme quand je me masturbe toute seule. Tout mon corps vibre, j'ai envie de pleurer, de joie en plus. C'est si bon. J'en ai honte. Il fait sortir son pénis et me fait descendre, je suis debout face à lui. Il me fait baisser en me mettant à quatre pattes encore. J'en ai marre de cet homme. Et le pire ? Il éjacule sur mon visage. Beaucoup de spermes en plus. Je ne peux rien faire à part fermer mes yeux et espérer que je pourrai sortir de cette pièce dans quelques secondes. Je garde les yeux fermés pendant une minute au moins.

Mais j'entends les pas de Mikael s'éloigner. J'ouvre les yeux et je suis surprise. Où est passé Mikael ? J'entends un bruit de jet d'eau. Je devine qu'il est parti prendre une douche dans la salle de bain de sa chambre. Sérieux ? Il a fini de m'utiliser comme son jouet sexuel et maintenant il me délaisse ici comme une merde. C'est ça être « servante VIP » ?

En toute logique, il ne devrait plus me toucher, puisqu'il ne couche qu'une seule fois avec les femmes non ? D'après les rumeurs qui circulent dans le château. Espérons que ce soit vrai. Donc, je peux être rassurée sur ce point ? Il ne tentera plus de me brutaliser sexuellement ?

Je suis venue ici pour le tuer. La deuxième fois que je vais le rencontrer, je dois tenter quelque chose. D'ailleurs, j'ai déjà une idée.

CHAPITRE 11

Mikael

J'ai pris une bonne douche, avant d'aller au lit, en cette belle matinée. Elle est belle car le soleil n'est toujours pas sorti, tout ce que j'aime : un temps bien gris.

Je sors de ma salle de bain. Je suis en peignoir noir et je vois Ana toujours dans ma chambre ? Elle reste debout, plantée là où je l'avais laissée. Que veut-elle d'autres, cette femelle ?

— Ana. Dois-je te foutre dehors en usant de la force ? lui demandé-je. Maintenant j'ai besoin de ma chambre à coucher, du balai.

— Monseigneur...

Cette femelle est-elle si pudique qu'elle ne peut pas sortir de ma chambre dans cet état ? Oh, que c'est mignon. Et... désespérant, à souhait.

— Ana. Tu n'es pas aveugle à ce que je sache ? Tu vois bien la porte ? Sors.

Et la voilà qui fait un air de chien battu en se dirigeant vers la porte. Je ne suis pas du tout touché par cette comédie à laquelle elle joue. C'est le fort des femelles que je baise. Elle ne peut pas penser me manipuler si facilement tout de même ? Elle arrive bientôt à la porte. Seulement, pourquoi j'ai envie de lui passer un vêtement finalement ? Je l'interpelle :

— Ana.

Elle s'arrête et se retourne vers moi. Putain, cette femelle m'attire vraiment. J'ai envie de me la refaire. Mais je ne touche une femelle qu'une seule fois. Après les avoir déviergées et pénétrées, je ne peux plus être excité par elles.

Et ça m'étonnerait que cette nouvelle servante soit l'exception qui confirme la règle. Sauf que... Mon pénis bouge tout seul et se tend, rien qu'à la vue du corps d'Ana devant moi.

— Reviens ici, lui dis-je.

Elle se dirige vers moi. Dès qu'elle arrive devant moi, je la fixe avec désir, je reconnais que le regard ment difficilement. Je lui caresse les cheveux. Je la vois rougir. Je sais qu'elle aime mon toucher sur son corps. Je vois l'effet que je lui fais et les réactions qu'elle me renvoie. J'adore les femelles sensibles à mon toucher. Surtout quand une alchimie existe entre nos corps, comme avec Ana.

Seulement, il est hors de question que je la baise à nouveau. Donc je la fais agenouiller et j'ouvre mon peignoir pour lui exposer ma queue en érection qui brûle de désir pour elle, Ana. Tout compte fait, j'aime bien son nom, si court, simple, facile à prononcer avec une intonation si... esthétique de par les deux « a ».

J'attrape Ana par les cheveux et j'enfonce ma queue dans sa bouche. Elle me suce. Je suis étonné car je ne m'attendais pas à ce que ce soit si bon. Après tout, elle reste une pucelle sans aucune expérience sexuelle. Mais comme je dis souvent : la compatibilité sexuelle est d'ordre irrationnel.

Oh yeah, que c'est bon. Je vais bientôt jouir. J'aimerais qu'elle ne s'arrête jamais. Que ma queue ne sorte jamais de la bouche d'Ana. C'est si doux comme elle suce et en même temps si sauvage.

A travers sa manière de me faire cette fellation, je sens qu'elle est révoltée. Et qu'elle souhaiterait juste me donner une gifle si elle le pouvait. Haha. Pauvre femelle. Je n'ai point pitié de toi. Et j'éprouve encore moins de l'empathie à ton égard.

Non, je ne suis pas ce genre de personne. Et je ne l'ai jamais été. Dieu, merci. Même si je ne crois pas en son existence.

Oh, plus fort. Encore plus fort ! Je vais jouir. J'éjacule dans la bouche d'Ana. J'adore. Pourquoi je devrai le faire ailleurs que sur le corps de la femelle qui m'a fait éjaculer ?

Bref, ce fut phénoménal.

— Ana, ta fellation fut exquise et enivrante.

Je vois qu'elle ne dit rien et qu'elle reste juste à genoux, tout sagement. Aurait-elle déjà honte de faire ce genre d'actes ? Serait-ce la première fois qu'elle suce un pénis également ? Cette femelle est si pénible et... innocente. Tout ce que j'aime et tout ce qui m'attire.

Mais une fois que j'ai brisé l'innocence d'une femelle, c'en est fini. Elle ne devient plus innocente ni excitante, encore moins « nouvelle ». Elle devient fade et usée.

Je crois que tout le monde aime les nouveaux jouets, les nouveaux cadeaux, les nouveaux objets. La nouveauté fascine.

Mais la fascination ne peut durer longtemps puisque tout ce qui est nouveau devient à un moment donné, « ancien ». C'est la même chose avec les femelles.

— Ana ? Aurais-tu perdu la langue ?

— Non, Monseigneur.

— Alors pourquoi tu ne réponds pas ? J'ai dit : Ce fut phénoménal, ta douce, somptueuse et sauvage fellation.

— Vous faire plaisir est mon devoir, Monseigneur.

Je hausse les sourcils. Elle a bien mémorisé les réponses du règlement intérieur, dis donc.

— Ana, la prochaine fois, je préfère : « vous faire plaisir est ma raison d'être, Monseigneur ».

— Vos désirs sont des ordres, Monseigneur.

Pourquoi ses réponses sonnent si robotiques et me tapent sur les nerfs ?

Et puis, j'ai une soudaine envie de la gifler. Sans tarder, je lui donne une gifle. Avec la réaction de douleur qu'elle fait, c'est si excitant. Je remets une autre gifle. Elle encaisse sans broncher.

Que croit-elle ? Je ne cherche aucunement à lui faire plaisir. Bien au contraire, je m'en tape. Tout ce qui compte est mon plaisir, ainsi que le fait de savoir que je fais souffrir les autres, physiquement, mentalement ou sexuellement.

Pourquoi je n'ai pas mis dans le lot « émotionnellement » car je n'ai jamais été lié émotionnellement à une femelle pour même tenter de la faire souffrir. Non, je n'aime pas les émotions. Je ne suis pas à l'aise avec. Et tant mieux. Je suis bien comme je suis.

J'avais dit avoir subitement envie de lui filer un vêtement ? Tiens, cette envie vient de disparaître. Je veux la voir sortir nue d'ici. C'est beaucoup plus amusant et divertissant.

— Ana, du balai maintenant.

Oh, je viens de me rendre compte qu'elle était agenouillée tout ce temps-là ? Comment ai-je pu oublier de lui dire de se lever ? En même temps, qu'est-ce que j'y gagne qu'elle se lève ou pas ?

— Ana, sors de ma chambre mais en restant agenouillée.

Elle est surprise. Et que vois-je ? Elle me lance un regard méprisant ?

— Monseigneur, comment est-ce possible ?

— Ana. Je n'aime point les femelles qui se rebellent, même un peu.

— Je n'oserai jamais, Monseigneur. C'est sûrement une incompréhension. Je vous présente toutes mes excuses si je vous ai offensé.

— Offensé ? Rétorqué-je en éclatant de rire. Mais une femelle comme toi ne peut pas m'offenser, voyons.

Elle hoche la tête puis elle se dirige vers la porte, en faisant avancer ses genoux apposés aux carreaux, qui sont froids, de plus. J'avais oublié, c'est encore mieux non ?

Je l'observe déguerpir en position si embarrassante. Quel spectacle ! Mais quelle lenteur.

J'imagine, ça ne doit pas être facile pour elle de se déplacer dans cette position. Et alors ? Du moment que ça me plaît, rien d'autres ne compte.

CHAPITRE 12

Ana

Dès que j'arrive dans le couloir, devant la chambre de Mikael, je me relève aussitôt. Je me sens rabaissée. Je n'ai jamais été autant humiliée de ma vie.

En plus, on dirait que ça lui plaît de me traiter de la sorte, ou de maltraiter toutes les femmes qu'il rencontre je devrai dire. Vu comment il m'a accueillie, je ne pense pas qu'il fasse dans le respect et dans la douceur pour les autres femmes qu'il rencontre dans sa vie.

Je marche tout au long du couloir interminable et je prie que personne ne passe par là car je suis complètement nue. Je cherche à regagner au plus vite le salon privé où j'avais enlevé ma robe et mes sous-vêtements qui doivent toujours s'y trouver.

J'entre dans le salon privé mais je n'y vois plus mes habits. Je ne comprends plus rien. Je les cherche. Le perroquet dans la cage me voit et commence à parler :

— Ana. Ana. Comment ça va ? Ana. Ana. Comment va Mikael ? Mikael et Ana. Ana et Mikael.

Il est mignon le perroquet mais trop bavard. Et tout ce qui appartient à ce salopard de Mikael doit sûrement être de nature démoniaque alors je ne m'approche pas du perroquet et je l'ignore. D'autant plus que ce qu'il sort de son bec me déplait : associer mon nom à Mikael.

Je m'inquiète car je ne retrouve pas mes vêtements. Je vais traverser la cour en étant toute nue pour rejoindre mon dortoir ? Non, surtout pas ça... Déjà avec le froid qu'il fait dehors. Sans ajouter tous les employés, hommes comme femmes que je risque de croiser. Je commence déjà à trembler. Car je panique. Je suis stressée. Que vais-je faire maintenant ?

Tout à coup, devant moi, je vois Adrien, le garde du corps de Mikael, qui entre. Je mets automatiquement mes mains sur mes seins et sur ma partie génitale pour tout cacher. Je suis si embrassée. Il ne manquait plus que ça. Je me demande ce qui me retient de m'évanouir.

Adrien tient une couverture et je le vois retourner sa tête en regardant de côté alors qu'il avance vers moi. Il met sa main autour de ses yeux pour ne rien voir. Waouh, quel homme poli. J'en suis émue. De par ce simple geste. Même si je ne dois pas trop rêver.

Il ne reste qu'un homme. Et les hommes sont tous pareils. Au début, ils tentent de montrer leurs bons et meilleurs côtés avant de révéler plus tard leurs vraies personnalités.

Adrien arrive devant moi et me couvre avec le drap qu'il tenait. Je suis tellement touchée par son geste. J'arrange la couverture pour bien la nouer autour de mon corps. Le perroquet recommence à parler :

— Et Adrien sauva Ana. Adrien sauva Ana. Ana. Ana. Comment ça va ?

Apparemment, ce perroquet est aussi dérangé que son maître.

Je vois Adrien qui me montre dos, pour toujours éviter de me regarder nue.

— Adrien ? C'est bon maintenant, lui dis-je, en souriant.

Il se retourne et me fixe.

— Merci pour tout, ajouté-je.

— Pas besoin de me remercier, me répond-t-il en souriant.

Je sens le courant qui passe bien entre lui et moi.

— Regagne vite ta chambre pour te changer puis reprends ton service avant que Monseigneur ne te trouve ici, me dit-il.

Je hoche la tête.

— D'accord. Merci encore, lui dis-je avant de m'en aller pour sortir de la pièce.

Pendant que je marche vers la porte, je sens le regard d'Adrien sur moi. Je souris. Mais légèrement. Car je ne peux pas être si enjouée actuellement, après tout ce qui s'est passé, en seulement l'espace de deux heures. C'est incroyable. Une mauvaise expérience que je ne suis pas prête d'oublier de sitôt.

Je regagne mon dortoir pour prendre une douche et me changer : m'habiller en servante du manoir de Georges Mikael de Sade. Je bannis cet homme. Je le maudis. Je le hais ! Et je sens que je compte le haïr encore plus, les jours à venir.

Quand je me retrouve dans ma chambre, je n'ai même plus envie d'en ressortir pour aller travailler. Franchement, qui peut aller bosser directement après avoir subi toute cette méchanceté gratuite d'un être humain ?

Je suis triste et pensive. Je viens de perdre ma virginité… Je n'aurais jamais cru que ma première fois se passerait ainsi. Non, il n'y avait rien de bon dedans. Ce fut douloureux. Pénible. Enfin, j'ai pris du plaisir après. Vers la fin mais c'est tout.

Ok, je me mens peut-être. Pour ne pas accepter que j'ai pris du plaisir car j'en ai honte. Et même si j'ai eu un orgasme intense, j'étais plus choquée qu'autre chose.

Rien n'était doux ou tendre dans les gestes de Mikael. Durant tout l'acte, il n'était centré que sur lui-même et sur son plaisir. Rien d'autres ne l'intéressait. Même quand il me suçait les seins, ce n'était pas pour me faire plaisir. Non, c'était juste pour m'exciter afin que j'aie envie de coucher avec lui sans donner l'air d'être forcée. Quel égoïste ! Et quel être méprisable !

Nadia entre et me remet une boîte de pilules de contraception. Je la remercie infiniment.

— Où as-tu pu en trouver ? lui demandé-je.

— Je les ai volées dans la chambre de Cécile (la gouvernante).

— Bien joué, dis-je, en souriant.

J'adore Nadia. Heureusement qu'elle est présente dans ce manoir, pire qu'une maison hantée.

— A l'heure de pause, tu peux passer voir le gynéco, il te remettra des boîtes, ajoute Nadia.

Maintenant qu'elle le dit, j'avais oublié que c'était stipulé dans le pavé du règlement intérieur : « Le gynécologue fournit gratuitement des pilules de contraception à toutes les employées du château. Il est du devoir de toutes les employées sexuellement actives de s'en procurer ».

Le « sexuellement actives » m'a fait tiquer. Les employées coucheraient donc avec les employés ? Et entre eux ? (Homme et homme, femme et femme).

Pourquoi je me pose ces questions même ? C'est d'une évidence. A force de rester enfermés ici, des liens se nouent et des relations sexuelles se créent également entre habitants de ce château. Mais pourquoi je ne vois pas de bébés ? Ni d'enfants ? Ne me dites pas que Mikael a interdit d'enfanter dans son château ? Il faut que je termine de lire ce règlement intérieur, bon sang.

Quoi qu'il en soit, je ne dois pas me laisser abattre par ce qui s'est passé tout à l'heure avec Mikael. Je dois rester fixée sur mon objectif. Retrouver le moral et regagner la motivation pour anéantir ce criminel de la pire espèce.

CHAPITRE 13

Ana

Deux jours plus tard, c'est à moi, en tant que servante VIP, d'apporter à Mikael son diner. Quand ce n'est pas moi, ce sont des servantes qui s'arrêtent à la porte du salon privé et remettent les plats à Cécile qui les dépose sur la table pour leur monstre de maitre.

Aujourd'hui, j'ai décidé qu'il est temps d'exécuter ma première tentative pour tuer Mikael. En tant que servante VIP, je peux être à proximité de lui, sans aucun problème.

Je marche le long du couloir obscur, éclairé par quelques bougies. Je roule le chariot de service où se trouve le diner de Mikael : les plats, les fruits, les verres, les bols, les couvercles et les boissons alcoolisées.

J'arrive dans le salon privé, personne n'y est encore. C'est super car c'est ce que je souhaitais : arriver avant Mikael. J'aménage au plus vite la table à manger de Mikael, en y déposant tout ce que j'ai apporté.

Puis, je pars me placer à côté de la porte, pour ne pas me faire repérer dès l'entrée. Dès que Mikael entre direct, je vais enfoncer le couteau tranchant que je garde à la main, dans son cœur. J'entends déjà des pas approcher. Je me mets en bonne position pour ne pas le rater. Avec mon maitre de combat, j'ai aussi appris à manier les objets tranchants. Dans les normes, je devrai bien m'en sortir.

Les pas s'approchent de plus en plus, c'est le moment où jamais. Dès que la personne entre, je m'apprête à enfoncer le couteau mais je m'arrête en pleine action à la vue de l'individu qui vient d'entrer : c'est Adrien. Je suis surprise, où est Mikael ?

Adrien, en me voyant, est stupéfait. Il regarde le couteau que je tiens.

— Ana, ça va ? Qu'est-ce que tu comptais faire avec ce couteau ?

Ayant honte, je place mes mains derrière mon dos pour cacher le couteau et je regarde vers le bas.

J'entends d'autres pas qui approchent. Cette fois-ci, serait-ce Mikael ? Mais comment mener à bien mon plan ? Ne l'ai-je pas déjà raté en étant tombé sur Adrien ?

— Je t'interdis de blesser Monseigneur. Donne-moi vite ce couteau avant qu'il n'entre ici sinon tu risques de subir des atrocités de sa part, me dit Adrien.

Mais je me borne. Tout compte fait, je refuse de rater cette occasion, tant rêvée, depuis des lustres. Adrien décide de venir prendre le couteau de force. Je ne veux pas le blesser, lui. Bien au contraire, je lui suis tellement reconnaissante après qu'il m'ait sauvé la vie la fois passée, en m'ayant passé un drap pour me couvrir le corps.

Au même instant qu'Adrien tente de dérober le couteau de ma main, je me défends en reculant et en esquivant ses mouvements, mais son connard de maitre entre dans la pièce et nous voit. Adrien prend vite le couteau, en ayant profité de mon moment d'inattention lors de l'entrée de Mikael. Et il cache ses mains derrière son dos. Mikael remarque quelque chose dès qu'il entre. Il s'arrête près de la porte et nous observe longuement. Un silence pesant se fait dans le salon privé. Gênée, je regarde vers le bas. Adrien aussi fait de même.

— Que se passe-t-il, Adrien ? demande Mikael.

— Elle était sur le point de tomber et je sais que vous ne voudriez pas que votre servante VIP glisse sur les carreaux. Donc, je me suis empressé de lui empêcher un pénible choc.

— Mon cher Adrien, tu es trop adorable et… pathétique, répond Mikael, en se dirigeant vers la table à manger.

Je souffle un coup de soulagement. Heureusement qu'il n'a rien soupçonné et j'espère aussi qu'Adrien ne lui dira rien sur mon intention de tout à l'heure.

Enfin, en toute logique, Adrien devrait lui en parler puisqu'il est son garde du corps, non ? Je suis si confuse. Je bouillonne de colère également. Ce monstre est toujours là, planté tranquillement, en train de savourer son dîner.

— Adrien.

— Oui, Monseigneur.

— Tu peux disposer.

— Bien, Monseigneur.

J'en profite pour suivre Adrien en espérant que Mikael ne me retienne pas ici. Car il n'y a jamais rien de bon quand cet homme te veut à ses côtés, même quand il déguste un repas. Pendant que je me dirigeais vers la sortie en marchant derrière Adrien, voilà que Mikael m'interpelle :

— Ana.

— Oui, Monseigneur, rétorqué-je, en m'arrêtant en chemin.

— Ne connais-tu donc toujours pas les règles de mon château ?

— Où ai-je fauté, Monseigneur ? Permettez-moi de me rectifier, svp.

Vas-y, je t'emmerde ouais. Que je hais cet homme, je n'en peux plus. De rester là à nous faire répéter des « Monseigneur » si ennuyants et désuets !

— Tu n'as point le droit de sortir d'une pièce tant que ton maitre ne t'en donne pas l'ordre.

— Je comptais vous laisser déguster tranquillement votre repas. Veuillez excuser ma bêtise, Monseigneur.

— Ana.

— Oui, Monseigneur.

— Approche.

Oh, non, qu'est-ce que ce démon veut encore ?

Je fais comme il demande en me dirigeant vers lui. Je reste debout à côté de lui. Pendant qu'il coupe son morceau de steak saignant, à l'aide d'un couteau et d'une fourchette, Mikael me demande :

— Que faisais-tu avec ce couteau, au juste ?

Je suis très surprise. D'abord, comment Mikael a-t-il pu deviner ? Donc il a eu le temps de repérer le couteau dans les mains au dos d'Adrien ? Comment a-t-il pu faire le lien avec moi ? Et que vais-je bien pouvoir lui répondre maintenant ?

Mikael sort un pistolet de la poche de son long manteau en velours noir et le pointe vers moi. Je suis tellement apeurée que j'en deviens paralysée, je ne m'y attendais pas.

— Tu es qui ?

Je ne sais pas quoi répondre, je ne dis rien, je suis plus effrayée qu'autre chose. Son pistolet est-il chargé ? C'est tout ce qui se trame dans mon cerveau actuellement.

— Parle ! crie-t-il.

Je tremble de peur mais également de colère. Dois-je lui avouer qu'il est le violeur et meurtrier de ma petite sœur ? Ou serait-ce idiot de faire une chose pareille dans cette circonstance ? Ce n'est pas parce que j'ai échoué aujourd'hui que je n'aurai pas l'opportunité de le tuer une prochaine fois. Donc, je ne dois pas gâcher tous mes efforts. Il faut que je trouve vite un moyen de me faire pardonner et de le calmer pour lui faire effacer ses soupçons à mon égard.

— Ana. Pourquoi tu avais ce couteau avec toi ? Tu as cinq secondes pour répondre, sinon je tire. J'adore appuyer et tirer, au cas où tu ne le saurais pas. Tuer pour moi, c'est aussi excitant que baiser.

— Je... voulais me venger de ce que vous m'aviez fait subir la dernière fois. Je voulais vous blesser au bras... Pour vous faire payer. J'ai gardé de la rancune depuis ce jour. Je n'aurais pas dû...

— Me blesser, dis-tu ? Seulement ? Me prendrais-tu pour un idiot ?

— Non, je n'oserai jamais, Monseigneur, rétorqué-je, en baissant la tête, avec un air désolé.

Mikael ne cesse de me regarder. C'est si intimidant et effrayant. Surtout qu'il garde toujours son pistolet pointé vers moi. Je sais que ma réponse n'est pas très convaincante mais elle reste logique et cohérente, donc Mikael peut m'attribuer le bénéfice du doute au moins. J'ai espoir de pouvoir m'en tirer aujourd'hui.

— Baisse-toi et suce ma queue. Tu as cinq minutes pour me faire jouir sinon tu peux dire adieu à ton existence, me dit-il, en déposant son pistolet sur la table.

Je suis si soulagée. J'avais tellement peur. J'étais à deux doigts de faire un arrêt cardiaque. Je me baisse sous la table et enlève son pantalon noir. C'est à croire qu'il n'a des vêtements qu'aux couleurs noires et rouges bordeaux, ce monstre sanguinaire.

Et puis, pause. Il vient de me demander de lui faire jouir en cinq minutes ? Me prend-t-il pour une experte ou quoi ? Comment je le pourrai en cinq minutes ? D'autant plus qu'il est plus expérimenté que moi et qu'il pourrait retarder volontairement son éjaculation. J'en ai marre de ce type.

Pendant qu'il mange, je commence à sucer son pénis.

— Où est passé Pi, mon doux perroquet ? Ah, comment ai-je pu oublier que j'ai dû le tuer car il parlait trop et me gênait durant mon sommeil.

Il tue même des animaux, sans aucune raison valable ? Et pourquoi il me sort ce genre de phrases dégoûtantes ? Chercherait-il à me déconcentrer ? Il veut vraiment que je rate cette fellation pour me tuer aussi ?

Mikael continue :

— Pourtant, je l'ai remplacé avec un autre perroquet, mais plus calme cette fois-ci. Espérons, à la longue aussi. Il viendra bientôt s'installer dans mon salon privé. J'ai hâte d'accueillir mon nouvel animal de compagnie. Humm, c'est pas mal Ana. Mais il ne te reste plus qu'une minute, on dirait.

Je sais que je me force à retenir mon désir pour Mikael. Je crois qu'à ce stade, je dois exprimer tout ce désir brûlant que j'éprouve pour lui, dans l'acte de la fellation. Et aimer ce que je fais, pour pouvoir le faire jouir au plus vite.

De ce fait, je lui suce le gland avec tendresse, tout en écoutant mon corps et mon ressenti. Je mets beaucoup d'amour et de passion dans ce que je fais. Et je sens que je commence à vibrer avec Mikael. Je l'entends gémir. Un bon signe ?

CHAPITRE 14

Mikael

Waouh, que se passe-t-il tout d'un coup avec cette femelle ? Ce qu'elle fait est si exquis. Je sens que je vais bientôt jouir, sans même pouvoir retarder mon éjaculation, tellement j'adore (une fois de plus) sa fellation.

Fellation que je ne suis pas prêt d'oublier. Je jouis, intensément en gémissant fort. Je fais ressortir ma queue et j'éjacule sur le visage d'Ana sous la table. J'en souris, même si je ne la vois pas. Normal, elle est sous mes pieds. J'adore.

Et si je l'épargnais pour aujourd'hui ? Qu'elle est chanceuse, cette femelle. Même Cécile, ma putain de gouvernante sexy ne parvient pas à rendre aussi mémorables les fellations qu'elle me fait.

Je vais laisser Ana en vie. Enfin, en attendant, tant qu'elle ne dérape pas à nouveau.

Qui sait ? Je voudrais peut-être bien renouveler cette expérience avec sa bouche et sa langue. Sans compter qu'elle vient d'être promue servante VIP, comment pourrais-je mettre si vite fin à sa médiocre vie ?

— Tu as dépassé les cinq minutes. Mais à la fin, c'était si bon que je n'ai pas pu te tuer, heureusement pour toi, non ?

J'entends un soupir de soulagement. Elle n'a même pas dû faire exprès en réagissant si spontanément. Je la sens si soulagée. Mais ça m'agace. Je ne retire rien du fait de satisfaire les autres, à part de l'ennui.

Je tire Ana par ses cheveux bruns pour la faire sortir de la table. Elle hurle de douleur. Je sais, ça fait mal. Après tout, c'est l'intention recherchée, non ? Mais Ana appose ses mains sur ses cheveux comme si elle avait peur de quelque chose ou bien qu'elle cachait quelque chose. Alors, elle réveille ma curiosité.

— Ana. Baisse tes mains.

Elle reste têtue et se permet de garder ses mains sur sa tête ? Je prends mon pistolet et tire sur sa main gauche. Elle crie et réagit aussitôt en faisant tomber ses deux mains. Elle est surprise, choquée et gravement blessée. Quel beau sang qui coule. En quantité en plus. Et elle commence déjà à trembler ? Va-t-elle faire une hémorragie ? Quel spectacle en début de soirée.

Pour savoir ce qu'elle cache sur sa tête, je décide donc de tirer de toutes mes forces ses putains de cheveux. Et que vois-je ? Une perruque brune que je me permets de balancer au loin. Ana est rousse. Ana a les cheveux roux ! Je suis furieux et fou de rage.

Je reprends mon arme et la pointe vers Ana. Elle est toute effrayée, mais qu'est-ce que je m'en tape. Pourquoi une rousse trainerait dans mon château ?

En me voyant pointer à nouveau mon pistolet vers elle, Ana, très affaiblie, panique :

— Monseigneur, je vais tout vous expliquer. Svp… dit-elle, d'une faible voix.

— Tu n'as rien à m'expliquer, Ana. Meurs !!! lui rétorqué-je, sur le point de tirer, quelque chose m'arrive : je commence à trembler, à avoir d'atroces maux de tête, j'attrape ma tête, l'arme tombe en même temps, je suis hors de contrôle.

Mais je vais lutter pour tuer cette rousse devant moi. Je me lève de ma chaise et me baisse pour ramasser l'arme, alors que je tremblote de partout. Je ne contrôle plus les gestes de mon corps. Je veux tirer sur cette putain de rousse que je vois devant moi, mais ma main refuse et je tourne en rond. J'appuie pour tirer, la balle traverse la fenêtre et atterrit dehors. Je hurle de colère car je ne supporte pas ce qui m'arrive.

Adrien entre vite dans la salle, sûrement après avoir entendu le coup de feu. Il voit Ana accroupie au sol, blessée à la main, elle perd beaucoup de sang. Il fait appel à deux gardes qui viennent prendre Ana pour la faire sortir d'ici et l'amener immédiatement à l'infirmerie.

— Ana ne va nulle part ! dis-je, pendant que je lutte contre moi-même pour reprendre le plein contrôle de ma personne.

Adrien, Ana et les deux gardes s'arrêtent en chemin.

— Selon les règles en vigueur de mon château, elle doit être exécutée ! leur dis-je.

Adrien et Ana, inquiets, se regardent. Qu'est-ce qu'ils sont pathétiques et pénibles, à souhait. Tout à coup, Ana se met à genoux, elle se baisse et appose sa tête sur les carreaux.

— Monseigneur, je suis prête à changer tout de suite de couleur de cheveux, de manière définitive. Je suis prête à brûler ces cheveux roux de mon cuir chevelu, à jamais, dit-elle.

Une partie de moi veut laisser en vie Ana, sans savoir pourquoi. Mais cette partie de moi n'est sûrement pas moi. Car le vrai Mikael n'a ni sentiments ni remords. Je parviens à ramasser mon pistolet et le pointe vers Ana pour vraiment la tuer cette fois-ci.

Ana ne voit rien, elle garde la tête collée aux carreaux froids, en restant agenouillée.

Adrien est apeuré. Pourquoi ? Se serait-il épris de cet imposteur de femelle ? Je ne l'espère pas. Être attiré par une rousse ? Qu'est-ce qu'il manque de goût.

Hélas, je commence à faire une crise en criant de rage, encore une fois le pistolet tombe de mes mains. Bordel, Ana, qui es-tu ? Et pourquoi ça m'arrive à cet instant précis ?

— Faites vite sortir Ana d'ici. On doit protéger Monseigneur, ordonne Adrien.

Les deux gardes prennent Ana et la font sortir pour la conduire à l'infirmerie.

CHAPITRE 15

Ana

Je suis à l'infirmerie du château, qui allait fermer dans cinq minutes. Heureusement, qu'Adrien était (encore) présent. Si ce n'était pas lui, Mikael m'aurait laissée pourrir dans son salon privé.

Je n'arrive toujours pas à croire que Mikael ait tiré sur moi et qu'il était sur le point d'achever ma vie. Mikael est odieux. Je le hais de plus en plus. Comment l'apprécier, ne serait-ce qu'un peu ? Comment lui donner le bénéfice du doute ? Tout ce qu'il fait chaque jour conforte les pensées que j'avais sur lui. Il est même pire que tout ce que j'avais imaginé encore.

Tout à l'heure, j'étais à deux doigts de mourir. Ce qui veut dire que je ne dois rien prendre à la légère dans ce manoir. Je dois constamment rester sur mes gardes, respecter les règles et ne pas offenser Mikael. Je dois faire profil bas, si je veux atteindre mon objectif.

D'autant plus que Mikael est très intelligent. Il remarque tout et ne laisse aucun détail, il est perspicace, en plus d'être cruel.

Je me rends compte que ce château est pire qu'une jungle… J'étais vraiment effrayée face à Mikael. Mais, chaque épreuve que je vivrai ici, me donnera encore plus de force pour aller de l'avant dans ma mission, je n'en doute pas.

Par contre, quelque chose a retenu mon attention tout à l'heure. Qu'est ce qui était arrivé à Mikael tout d'un coup ? Comment expliquer ce phénomène ? Ça ressemble à quelque chose que j'ai appris en quatrième année de psychologie, mais en même temps j'ai des doutes… Je ne peux pas juger si vite.

Quand je sors de l'infirmerie, ma main gauche est bandée. A présent, je dois impérativement aller au salon de coiffure, qui se trouve dans le château.

Comme je le disais tantôt, il ne manque absolument rien dans la demeure de ce monstre. Ah, si. Un SPA. Je n'en ai pas encore vu. Mais ça ne m'étonnerait pas qu'il y en ait quelque part, car Mikael aime tous les plaisirs de la chair : se faire masser par des femmes, il doit adorer. Ce pervers et obsédé sexuel.

Arrivée au salon, j'y trouve un trio de coiffeuses. Elles me font une décoloration de cheveux et me transforment en brune.

D'abord, brutalement « déviergée ». Maintenant, pour couronner le tout, la couleur de mes cheveux vient d'être changée. Je suis devenue brune, en quelques minutes, c'est ahurissant.

Je suis née rousse. Je les aimais mes cheveux roux, je les préférais ainsi, je les adorais. Ça faisait « feu » et « coloré, vif, joyeux ».

Et puis, je me demande quels produits chimiques elles ont mis sur ma chevelure, ces subalternes de malade. Car il ne faut qu'être aussi malade que Mikael pour le servir si fidèlement.

Il m'énerve tellement que je me mets à détester tout le monde dans ce château, or je ne devrai pas. Ces coiffeuses ne m'ont rien fait. Je ne dois pas déverser ma colère partout.

En réalité, je dois faire attention à ne pas laisser mon désir de vengeance prendre le dessus sur tout jusqu'à me détruire et détruire les autres autour de moi.

Je pars diner à la cantine, un grand espace, où se trouvent déjà les nombreuses employées du château, qui se servent à manger. D'autres sont assises à table et dégustent leurs plats. Dès que j'entre dans la salle, tous les regards sont posés sur moi : c'est gênant.

D'abord, je suis la servante VIP, je sais que certaines employées me détestent rien que pour cela. Alors qu'elles ne devraient pas car si elles savaient la galère que je vis chaque jour, auprès de Mikael, au contraire, elles auraient pitié de moi.

Ensuite, tout le château est au courant de l'évènement de tout à l'heure : mes cheveux roux et le port de perruque. Je suis devenue le centre de l'attention et des ragots.

Mais bon, je m'en fiche. Je ne suis pas venue ici pour me faire aimer ou pour chercher l'approbation des autres. Je dois rester concentrée sur mon principal objectif.

J'aperçois Nadia au loin, installée à table, en train de diner. Elle me voit et me sourit en me faisant signe de la main. Je lui souris en retour en hochant la tête. Je pars me servir à manger puis je rejoins Nadia.

— Et ta main ? me demande-t-elle.

— Ça va. L'infirmière a pu arrêter à temps l'hémorragie, t'en fais pas. Elle m'a juste demandé de ne pas l'utiliser au travail, pour les jours à venir.

— Donc, tu ne pourras pas travailler ?

— Si, si. Avec ma main droite, lui dis-je, en souriant, même si je reste triste, au fond.

Rester enfermée dans cet endroit lugubre, sans contact avec l'extérieur, commence à me peser. Ma mère me manque. De plus, je dois lui envoyer de l'argent en fin du mois, pour son traitement médical. Mais comment ? Si on ne peut pas sortir du château...

Mon plat de diner est posé devant moi, mais je n'ai pas d'appétit. Je me force mais même me forcer devient difficile. Je suis songeuse. Je reste fixée sur le même endroit, avec un regard vide.

— Ana ? Ana ? Tu es là ?

Je regarde Nadia.

— Oui, j'étais un peu dans les nuages. Ça ne m'arrive pas souvent, désolée, lui dis-je, en souriant.

Nadia a dû deviner que je n'ai pas le moral actuellement. Elle pose sa main sur la mienne en la serrant fort. Elle ne sait même pas l'effet apaisant que ça me fait. Je suis au moins heureuse d'avoir rencontré ici cette jeune femme adorable, qui me soutient en plus, sans connaitre la véritable raison qui m'a poussée à intégrer ce manoir.

Quelques heures plus tard, dans la nuit, alors que j'ai regagné mon dortoir. Un garde passe et me fait part du message de Mikael : « Je veux voir Ana, tout de suite. Elle a deux minutes pour me retrouver dans la cour de mon palais. Si elle dépasse ce temps donné, elle perdra une autre main ce soir ».

J'étais déjà en robe de nuit, je me change vite fait. Et hors de question de porter des talons, nous sommes descendues du travail. Donc j'enfile mes baskets à peine et je sors du dortoir en courant de toutes mes forces, le plus grand marathon de ma vie.

Le bâtiment où se trouvent nos dortoirs se situe à des kilomètres du bâtiment (palais) de Mikael.

Depuis qu'il m'a blessée par balle, je sais que ce monstre est capable de tout et que ses menaces ne sont jamais à prendre à la légère.

J'arrive devant la porte du palais de Mikael. J'espère être dans les délais, même si ça m'étonnerait. En tout cas, je suis toute essoufflée. Je ne peux même pas me redresser, je garde mes mains posées sur mes genoux, en inspirant et en expirant fort.

Je vois Mikael sortir, accompagné d'Adrien et de trois autres gardes du corps.

Il se dirige vers moi. Il regarde sa montre.

— Quarante secondes… de retard ?

Je savais que j'arriverais avec un petit retard. J'ai dû attacher mes lacets en cours de chemin. C'est ce qui m'a retardée. Ce n'est pas juste.

Mikael observe mes cheveux, bruns à présent et devenus courts (au niveau de mon cou) depuis le jour de l'entretien où je les avais coupés. Il sourit. Cet imbécile.

— Ana. Tu es une femelle chanceuse. Très chanceuse. Je laisse passer ce petit écart de quarante secondes de retard. Vois-tu, je suis souvent de bonne humeur à ces heures tardives de la nuit, où je dois aller « travailler ». Mon activité nocturne est tant passionnante que rien ne peut gâcher mon humeur, même pas une femelle aussi fastidieuse que toi. Donc, autant te faire un petit compliment : tes cheveux devenus bruns au naturel te vont, pas mal.

C'est ça son compliment ?

— Merci, Monseigneur. Je vous souhaite une belle nuit.

— Tant que tu resteras loin de moi et hors de ma vue, ma nuit sera belle, je n'en doute point, me dit-il, avant de s'en aller, avec Adrien et ses trois autres gardes du corps.

Lui et ses piques incessantes. J'ai vraiment envie d'insulter tout haut cet homme, mais je me contente de sortir un sourire de politesse. Dès qu'il me montre dos, je lui lance un doigt d'honneur. Même si concrètement, ça ne sert à rien.

Je me demande ce qu'il part faire à ces heures si tardives de la nuit ? Une activité qui l'excite et l'emballe autant ? Ça ne prédit rien de « moral ».

CHAPITRE 16

Ana

Une semaine plus tard, la blessure par balle à ma main guérit peu à peu.

Aujourd'hui, je dois changer les draps (tout le temps noirs ou rouge bordeaux) dans la chambre à coucher de Mikael. Ces derniers jours, j'ai tout fait pour éviter de croiser ce monstre, à cause de ma blessure, je n'étais pas au mieux de ma forme.

En cette matinée, il est en peignoir, comme d'habitude. Et debout, collé au mur, en train de m'observer « travailler ». Cet homme a vraiment du temps. D'où provient toute sa richesse, au fait ? Car je ne le vois jamais travailler. Ah, j'oubliais, il effectue son métier les nuits. Un jour, je découvrirai son fameux « métier ».

Je finis mes tâches et je m'apprête à m'en aller. Mais voilà que Mikael sort de son silence :

— Déshabille-toi.

Je regarde à gauche et à droite. Il s'adresse à moi ?

— Ana. Tous les mots qui sortent de ma bouche sont des ordres. Qu'attends-tu pour obéir ?

Il ne manquait plus que ça. Cet homme est vraiment imbu de sa personne. Je fais comme il dit, en enlevant ma tenue d'employée : cette courte robe noire et moulante.

Il garde ses yeux rivés sur moi. Sale pervers.

— Je te veux nue.

Je soupire et retire mes sous-vêtements. Si jamais, il essaie de me faire des attouchements sexuels aujourd'hui, il va voir ce qui va lui arriver. Il est temps que j'utilise mes compétences en combat et que je lui donne une bonne leçon à ce crétin.

Il avance vers moi et se place derrière moi. Il me caresse le dos tout en lenteur et en douceur, en descendant jusqu'à mes fesses, tout d'un coup, il me donne une forte claque. Même si je ne suis pas insensible à son toucher et encore moins à ses caresses, je ne vais pas me laisser faire.

Je me retourne et lui donne un coup de poing au ventre avec ma main droite. Il recule aussitôt. Il ne s'y attendait pas, il est surpris. Après, il sourit.

Je lui montre que je suis prête à combattre en me mettant en position, prête à attaquer à tout moment.

— Tu ne pourras jamais m'empêcher de te toucher comme je le veux et où je le veux, me dit-il.

Il s'approche de moi et me tire par la taille en m'amenant dans ses bras. Nos corps sont collés, face à face. Je lui donne un coup de poing sur la joue mais il esquive et me retourne, je lui montre dos. Il place son bras autour de mon cou pour me bloquer et m'empêcher d'effectuer tout mouvement. En même temps, je sens son pénis en érection qu'il frotte sur mes fesses.

Je tente de me défaire de son emprise, je lui mords le bras, il hurle et le retire automatiquement. Je me retourne face à lui et lui donne un coup de pied. Mais il attrape ma jambe. Merde, il peut me faire tomber à tout moment. Je tente de faire un saut de côté avec mon autre jambe pour le frapper au visage, il esquive en reculant et en délaissant ma jambe qu'il tenait.

Je cours vers lui pour donner un autre coup de poing, hélas il parvient à esquiver. Cependant, comme je m'attendais à ce mouvement de sa part, j'enchaine un autre coup de poing avec ma main gauche, affaiblie par la blessure certes, mais au moins Mikael ne s'y attendait pas. Je l'atteins sur la joue, je suis trop contente. Même s'il n'est pas encore à terre. Il n'a pas l'air d'aimer ce coup reçu. Il est très étonné et c'est bien fait pour sa gueule.

Le revoilà en train de sourire.

— Waouh, Ana, tu es également douée en combat ? Quelle servante VIP séduisante et dangereuse. Ne t'ai-je pas dit que je préférais les femmes soumises ? De plus, ton maître de combat a dû oublier de t'apprendre que si tu laisses de l'espace ici, on peut facilement t'atteindre.

Oh, non. Ne me dites pas que Mikael est également un expert en arts martiaux ? A la fin, qu'est-ce que cet homme ne sait pas faire ? Serait-il doué en tout ? Il est assez intelligent comme ça, excessivement riche et il peut même se défendre tout seul ? Moi qui le prenais pour un petit bourgeois qui ne peut rien faire de ses cinq doigts à part baiser, violer, tuer et s'entourer de mille gardes du corps.

Mikael décide de m'attaquer. Il s'approche de moi et me prend le bras pour me faire tomber au sol, sur le tapis de la chambre. Aie, ça fait mal. Il vient de gagner le combat. Je n'arrive pas à y croire. Je suis frustrée.

Et qu'est-ce que cet homme est brutal. Il enlève son peignoir. Il est tout nu. Je suis toujours allongée sur le tapis, il monte sur moi et s'assied. Il m'observe en souriant. Ok, que signifie ce sourire au juste ? Je ne sais jamais comment je dois interpréter ses sourires, qui me font facilement rougir de plus.

Il me palpe violemment les seins. Il se penche et les suce. Puis il commence à les mordre. Sans aucune douceur. Mais je prends du plaisir. C'est ce qui est pire, non ? Je gémis de plus en plus fort. Waouh, j'aimerais qu'il ne s'arrête jamais. Je ne me contrôle plus. Je prends mes bras et appuie fort sur sa tête comme pour lui demander de poursuivre et de ne jamais mettre fin à ce qu'il fait.

Tout d'un coup, il s'arrête en se retirant. Etant sur moi, il m'observe longuement. Nos regards se perdent l'un dans l'autre. Je sens que quelque chose d'inattendu entre lui et moi, est en train de se créer. Je ne comprends rien à ce qui se passe. Mais je reconnais que cet homme devant moi a un charme indéniable.

Soudain, il écarte mes jambes et insère son pénis dans mon vagin, en me tirant violemment les cheveux. Je crie dans toute la pièce. Ses allers-retours se font plus vifs et plus rapides. Je ne cesse de crier comme une folle. J'en ai même honte. Je le tire vers moi et l'enlace en collant son corps au mien. Il gémit de plus en plus fort, lui aussi.

Il se décolle de mon corps et se met à me gifler sans cesse, pendant qu'il continue de me pénétrer ardemment. Les gifles font mal mais je ne saurai décrire ce que je ressens. C'est si paradoxal. C'est si bon.

Suis-je normale d'aimer finalement mes premières fois qui se sont si mal passées pourtant ? Et avec ce monstre, en plus ? Non, je dois me reprendre. Mais comment ? J'adore. Mon corps ne peut mentir. Je sens que je vais bientôt atteindre l'orgasme. Un orgasme intense. J'ai envie de sourire. Mais je culpabilise. Je viens d'atteindre l'orgasme.

Au même moment, Mikael sort son pénis et ouvre de force ma bouche. Il éjacule dedans puis il referme ma bouche. Il se lève et part porter son peignoir noir qui le rend encore plus sexy. Je deviens trop irrationnelle et attirée. Ça ne va plus. Mais je lutterai pour résister.

Mikael m'ignore. Il ne me donne même pas un coup de main pour m'aider à me relever. Déjà qu'il m'a blessée de partout avec sa façon brutale de baiser, mais excitante en même temps, je dois avouer.

C'est sûrement mon désir pour lui qui doit rendre l'acte agréable, car en toute logique, je ne devrai pas aimer sa manière de s'y prendre.

En plus, tout mon corps me fait mal. Je tente de me lever pendant qu'il s'installe sur son fauteuil, en se servant du whisky dans son verre. Il m'observe. Je sens qu'il ne peut détourner son regard de mon corps. Je pars prendre mes sous-vêtements, je les porte puis j'enfile ma courte robe, notre costume commun à toutes dans ce manoir.

Un silence règne dans la pièce mais la manière dont Mikael me regarde est si brûlante. Je sens du désir dans ses yeux. Toute femme voudrait être regardée de la sorte.

Mais encore une fois, je tente de ramener ma raison et de ne pas me laisser toucher. Même si c'est dur.

De plus, Mikael ne couche qu'une seule fois avec une femme, non ? Là, c'est la deuxième fois avec moi. Il vient de briser sa propre règle ? Que se passe-t-il ? Pourquoi ?

Il se lève et vient se coller derrière moi en mettant ses bras autour de mon corps pour m'enlacer. Quel contact électrique. Je suis sûre qu'il ressent la même chose. Je sens déjà qu'il aime mon corps. C'est des choses qui ne s'expliquent pas.

— Ma chère servante VIP... Je dois reconnaître que... Tu es divinement bonne, me dit-il en me donnant une violente fessée.

Puis, il me mordille l'oreille avant d'y souffler chaudement. Cet homme sait aussi être sensuel ? Merde, je ne m'y attendais pas.

Soudain, il me tire par les cheveux et ça fait mal. Je crie de douleur. Il se dirige vers la porte et me pousse avec agressivité pour me faire déguerpir de sa chambre à coucher. Je tombe par terre dans le couloir. Il referme la porte de sa chambre et me délaisse dans le couloir, seule et accroupie au sol.

Je me sens tout à coup idiote et comme une moins que rien. Je me relève.

Je viens de penser à ma mère à qui je n'ai toujours pas parlé au téléphone, depuis bientôt trois semaines maintenant.

Je pars taper à la porte de Mikael :

— Monseigneur, je voudrais vous demander un service, svp.

Dans sa chambre, il me répond :

— Un service ? Je n'en ai jamais rendu à qui que ce soit, depuis ma naissance. Quelle insolence, Ana.

— C'est sûrement un malentendu. Je souhaiterais vous demander une faveur, svp.

— Accouche.

Au même moment, Adrien arrive derrière moi, pour entrer dans la chambre de Mikael. Il me fait signe de poursuivre d'abord ma conversation. Je hoche la tête.

— Je souhaiterais parler au téléphone avec ma mère, svp. Elle est souffrante, dis-je à Mikael, à travers la porte fermée.

— Je n'en ai aucunement envie. Maintenant, du balai.

Sa réponse ne devrait pas m'étonner pourtant.

— Bien, Monseigneur…

Déçue et triste, je me retourne, je vois Adrien qui me fixe, d'un air gêné. Sûrement, il doit médire son patron, lui également. Même passer un simple coup de fil, il n'en donne pas l'autorisation à ses employés ?

Je sens qu'Adrien veut me dire quelque chose mais il ne peut pas le faire dans cet endroit. Il se rapproche de moi, se penche et me chuchote à l'oreille :

— Ça ira. On se retrouve ce soir à 22h30, près du lac.

Je suis surprise par les mots d'Adrien, mais surtout par son geste. Comme toujours, cet homme est si attentionné et prévenant. Je hoche la tête en lui souriant. Il me sourit en retour.

Puis, je m'en vais. Lui également, frappe à la porte de son monstre de patron.

CHAPITRE 17

Mikael

En début de soirée, je suis dans mon balcon, debout avec Adrien. Nous buvons ensemble. J'adore le whisky. C'est ma boisson alcoolisée préférée.

Ce soir, je suis d'humeur à bavarder un peu avec mon monotone garde du corps :

— Ana Duval. Cette femelle est attirante, intéressante et… intrigante. Mais quelque chose me dit que je dois me méfier d'elle. Et mon intuition me trompe rarement.

— Doutez-vous d'elle, Monseigneur ?

— Quelle question idiote, Adrien. Depuis que je suis né, je doute de tout et de tout le monde. Après avoir passé tant d'années à mes côtés, ne le sais-tu toujours pas ?

— Je m'excuse de vous avoir offensé, Monseigneur.

— Offensé ? Personne ne peut m'offenser, Adrien. C'est plutôt moi qui offense les autres, jamais l'inverse.

— Vous avez parfaitement raison, Monseigneur.

Quelles réponses hautement robotisées. C'est encore pire que celles d'Ana.

— Je n'aime point les êtres sans opinion, Adrien.

— Je tenterai d'exprimer davantage mes opinions, Monseigneur.

Cet homme m'exaspère à un point de non-retour.

— Adrien, tu es trop parfait. Tu en deviens détestable, hélas.

— Je tenterai de…

Je lui coupe la parole :

— Oh de grâce, ne réponds plus rien.

Enfin, il se tait. C'est mieux, non ? Il n'a qu'à se contenter de m'écouter parler.

— Je disais… Ana pense qu'en me parlant de la situation lamentable de sa mère, j'aurai pitié d'elle ? Cette pauvre femelle semble me méconnaitre. Et sais-tu qu'elle a appris les arts martiaux ?

Je vois Adrien qui me regarde d'un air étonné. Mais on dirait qu'il joue plutôt la comédie. Bref. Je poursuis la conversation.

— Ana a voulu me mettre à terre ce matin. Quelle audace. Et bêtise, surtout. Moi, me mettre à terre ? C'est encore me méconnaitre, de sa part.

Je prends une pause en buvant mon whisky.

— Je sens que j'aurai beaucoup à lui apprendre, à cette sale gamine, *dis-je, en remuant les glaçons du whisky dans mon verre.* Je suis le whisky et Ana n'est qu'un glaçon à l'intérieur du verre. Le glaçon n'est là que pour servir le whisky et rien d'autres. De plus, il finit par disparaitre très vite, en déglaçant. Quand cette chipie d'Ana va-t-elle comprendre cela ?

Je vois Adrien hocher la tête. Même quand il n'ouvre pas la bouche, cet homme m'agace.

Par contre… Quelque chose cloche. Et si j'arrêtais de parler d'Ana ? Et de tourner tous mes sujets de discussion autour d'elle ? Après tout, elle n'est que ma servante VIP, qui sera bientôt remplacée par une autre servante VIP, dès le mois prochain, qui est dans une semaine d'ailleurs.

Donc, pourquoi cette femelle occupe mes pensées ? Pourquoi je la trouve un peu particulière ? Serait-ce parce que je l'ai baisée deux fois ? Ce que je ne fais jamais, avec aucune femelle, même la plus sexy au monde.

Maintenant que j'évoque cela... Pourquoi j'ai couché une deuxième fois avec Ana ? Pourquoi Ana ne me dégoûte pas à l'instar des autres femelles, dès que je les dépucèle ? Pourquoi Ana est Ana ? Voilà le fondement de tous mes questionnements.

Je bois mon whisky. Et je repense à nos ébats… Que j'ai aimés, à chaque fois. Car elle me fait de l'effet.

Mais attention. Nul besoin de m'emballer. Bientôt, elle sera fade à mes yeux, je n'en doute point. J'ai horreur de l'attache. Et Ana ne fera certainement pas figure d'exception, à ces habitudes ancrées en moi, depuis des lustres.

CHAPITRE 18

Ana

Comme prévu avec Adrien, on s'est rencontrés au bord du lac, dans la nuit. Je ne connaissais pas cet endroit dans le château. J'espère pouvoir venir souvent ici, au bord de l'eau. Même s'il fait froid, c'est si beau, calme et agréable. Ça permet de décompresser après avoir vu la tronche de Mikael. Je dirai que ça permet de se ressourcer pour recharger ses batteries.

Adrien et moi faisons une promenade. Il ne peut pas rester longtemps avec moi car il doit vite repartir pour accompagner Mikael qui part au « travail », comme chaque soirée.

Adrien me prête son téléphone afin que j'appelle ma mère. Apparemment, il est le seul employé à détenir encore son smartphone dans ce manoir. Il semble être l'employé privilégié de Mikael.

Sans perdre de temps, je compose le numéro de ma mère :

— Salut, maman. C'est Ana.

— Oui j'ai reconnu ta voix. Mais Ana, que se passe-t-il ? Tu es injoignable. Je ne t'entends plus. Tu es où ?

— Maman, c'est tellement long à expliquer... Sache juste que je vais bien. Je travaille quelque part...

— Ah bon ? Depuis quand ? Mais tu ne m'as rien dit. Tu travailles où ? On te paie bien j'espère ? Exercerais-tu enfin ta passion ?

Je souris. J'aurais tellement aimé me retrouver aujourd'hui dans un cabinet de psychologue, en train de recevoir mes patients et les aider à améliorer leurs vies...

Néanmoins, je n'ai pas à me plaindre. C'est moi qui ai décidé de venir ici. Je ne veux pas durer ici, mais si ça continue à ce rythme, je vais bientôt y passer mon premier mois.

— Non, pas encore. Mais je reste optimiste, bientôt je le pourrai, qui sait ? dis-je, en souriant, avec espoir.

— Dieu est avec les patients. Continue de persévérer. Tout ira pour le mieux.

Les mots de ma mère me touchent tellement et me font du bien. Ça me booste et m'encourage. Après tout, ma force intérieure vient d'elle et de l'éducation qu'elle nous a donnée, à Carla et à moi.

— Je t'enverrai de l'argent d'ici la fin du mois. Seulement, je n'ai plus de téléphone actuellement… Enfin, je ne peux pas en avoir dans mon milieu de travail.

— C'est quel genre de travail ça, Ana ? Et si tu me disais ce que tu fais exactement ?

Comment dire à ma mère que je suis chez l'homme qui a tué sa fille ? Et que j'ai décidé de me faire justice ? De me venger en tuant cet homme ?

Malgré le caractère indépendant de ma mère, je sais qu'elle n'accepterait jamais que je me venge de la sorte : « Œil pour œil. Dent pour dent. ».

Je sais aussi que c'est une forme de bassesse du point de vue moral.

Cependant, c'est plus fort que moi.

Depuis la mort de ma petite sœur, une part en moi est partie avec elle. Pour un premier temps, j'étais triste, mélancolique et anéantie.

Mais quand j'ai découvert les circonstances de sa mort, et qu'elle n'était pas la seule victime de ces violences, je me suis sentie révoltée et animée d'une haine incommensurable, qui aujourd'hui, grandit de jour en jour.

Mon cœur contient plus de rancœur et de haine que d'amour. Ce n'est pas normal, n'est-ce pas ?

J'aurais aimé pouvoir « pardonner » et laisser tout entre les mains de Dieu, comme disent les sages. Mais je pense que je ne suis pas une « sage » et je ne sais pas si je le serai un jour.

De plus, je suis sûre de ne pas être la seule à avoir perdu un membre de sa famille, à cause des actes vils, égoïstes et sadiques de Mikael.

J'ignore où me mènera cette vengeance mais j'ai déjà pris la décision de tout donner et d'aller jusqu'au bout de ma quête.

Ainsi, je n'ai pas d'autres choix que de mentir à ma mère, aujourd'hui…

— Je suis dans une secte secrète donc chuuut.

— Dans une secte de quoi, Ana ? demande-t-elle d'une voix surprise et choquée.

— Haha maman, calme-toi. C'est pour quelques mois seulement. Ils me paient bien. D'ici là, j'aurais encaissé tellement d'argent que je pourrai chômer, le temps de trouver mon premier vrai job. Et je pourrai également te mettre à l'abri de tout besoin financier, dis-je, en souriant.

— Ana... Je ne te demande rien qui puisse te blesser. Ton bonheur et ton bien-être passent avant tout, tu le sais.

— Oui, maman. Ne t'en fais pas. Je vais devoir te laisser. Prends bien soin de toi. Je t'embrasse.

Adrien me regarde. J'imagine qu'il a compris tous mes mensonges.

Seulement, ce que j'aime chez cet homme : il ne te juge jamais. Et il ne te pose pas non plus de questions qui pourraient t'embarrasser. Il fait tout pour te mettre à l'aise.

Mikael a de la chance d'avoir Adrien à ses côtés. Je dirai même qu'il ne mérite pas quelqu'un comme Adrien.

Je suis tellement heureuse d'avoir enfin pu parler à ma mère. Dès que je raccroche, je saute dans les bras d'Adrien pour l'enlacer fort et le remercier. Il est surpris mais il m'enlace en retour, en souriant.

Les dernières minutes restantes, Adrien tente de me remonter le moral et de me réconforter. Cet homme me donne facilement le sourire.

Dans tout ce chaos, j'ai une petite lueur d'espoir : Adrien.

Hélas, c'est le garde du corps et le bras droit de Mikael, si on peut l'appeler ainsi.

Donc, comment peut-il être proche de moi tout en protégeant son connard de patron ?

Le lendemain matin, je me suis levée en pleine forme. La veille, j'ai passé un petit moment cool avec Adrien au bord du lac et j'ai pu entendre ma mère. Je suis rassurée qu'elle aille bien.

A présent, je dois me rappeler d'une chose : mon poste de servante VIP prend fin dans quelques jours. Donc, bientôt je vais redevenir une simple servante qui ne pourra jamais approcher Mikael.

Ces derniers jours qu'il me reste, je dois concentrer tous mes efforts dans l'exécution de ma mission.

Même si c'est dur, je ne dois pas décourager. Dès midi, je vais faire une autre tentative pour anéantir Mikael : l'empoisonner.

Je me suis arrangée pour verser de la poudre empoisonnée, difficilement détectable, dans son déjeuner : du saumon fumé, de la purée de pomme de terre et des haricots verts.

Je ne lui sers aucun repas aujourd'hui. Donc, je resterai à distance de lui en plus.

J'ai juste hâte qu'il mange son repas et qu'il tombe. Qu'il meurt.

Je suis sûre que tous les employés du château feront une fête à la place d'un deuil.

CHAPITRE 19

Mikael

Je suis confortablement installé dans mon salon privé, pour savourer mon déjeuner. Mon nouveau perroquet est dans sa cage, posée sur la table à manger. Même s'il est moins bavard que l'ancien, il reste tout de même très loquace.

— Mikel. Mikel.

Je l'ignore, déjà qu'il prononce mal mon précieux prénom.

Je me sers à manger sur mon plat. Impatient, je vais déguster du saumon fumé, comme d'habitude. Car c'est mon poisson préféré.

— Mikel. Mikel. Tu manges quoi ?

— Tu vas le clouer ton bec maintenant ? Quand je mange, je ne veux entendre aucun bruit autour.

— D'accord. D'accord. Mikel. Mikel, ajoute-t-il une dernière fois, avec sa voix aigüe qui fait mal aux tympans.

Je prends une bouchée de haricots verts avec ma fourchette puis je donne à manger à mon nouvel animal de compagnie.

Après tout, je fais toujours déguster mes plats, avant d'avaler quoi que ce soit. Je suis une personne trop importante pour mourir d'un simple empoisonnement, n'est-ce-pas ?

Le perroquet avale tout et semble aimer. Mais quelque chose cloche. Je le sens dans l'énergie de mon perroquet.

— Mikel. Mikel.

Même sa voix forte et aigue se fait plus faible. Que se passe-t-il ? Serait-ce lié à ce qu'il vient de manger ? Enfin, je ne pense pas. Qui oserait me jouer un tour pareil en mettant des substances toxiques dans mon alimentation ?

Je dépose ma fourchette et mon couteau. Je laisse le temps défiler et j'observe mon perroquet, qui d'ailleurs, ne parle plus.

Une trentaine de minutes plus tard, mon nouveau perroquet tombe et meurt. Non, je ne suis pas triste. Il ne me manquera pas non plus. Je ne m'attache à rien ni à personne, encore moins à un animal.

Par contre, je fais appel à mes gardes :

— Faites venir toutes les employées domestiques dans la grande salle d'exécution du Palais, immédiatement !

Furieux, je me lève de la table, m'empresse pour me diriger vers cette salle d'exécution.

CHAPITRE 20

Ana

Toutes les employées domestiques (une centaine environ) et moi venons d'être convoquées dans la « grande salle d'exécution ». C'est quoi cette pièce encore ? Rien que par le nom évocateur, je n'ai pas envie d'y entrer.

En plus, j'angoisse vraiment. Mikael aurait-il tout découvert ? Je suppose que oui… Puisqu'il n'est toujours pas mort et qu'il a eu le temps de nous convoquer.

Je marche à côté de Nadia. Miss Barbie Alias la gouvernante (Cécile) marche devant nous toutes. Et les gardes (une dizaine) sont derrière nous.

Nous arrivons dans la grande salle d'exécution. Un endroit insonorisé, spacieux et sombre, éclairé par des bougies, les murs sont noirs. Je vois plein d'objets effrayants tels que des scies, des sécateurs, des tondeuses, des scalpels, des menottes et des gros couteaux.

Nous restons debout, en alignement, sous les ordres d'un garde. Où est Adrien ? Ah, je l'aperçois à côté de son patron démoniaque, confortablement installé sur son fauteuil. Nous faisons face à lui.

— Je ne vais pas faire long. Qui a tenté de m'empoisonner ?

Toutes les employées sont surprises et s'échangent des regards, en faisant des commentaires tout bas.

Soudain, Mikael sort son pistolet et vise une employée domestique en plein cœur, elle tombe. Nous sommes toutes choquées et effrayées. Nous nous taisons immédiatement.

— En plus, vous vous permettez de bavarder ? Si quelqu'un connait la coupable, qu'elle la dénonce. Sinon, vous serez toutes exécutées, dit Mikael.

Comme personne ne parle, Mikael reprend :

— Cécile ?

— Oui, Monseigneur.

— C'est de la sorte que tu gères tes putains d'employées ?

— Je vous présente toutes mes excuses, Monseigneur. La coupable sera immédiatement trouvée et dénoncée.

Pff, cette sorcière.

— Chères camarades, la première valeur dans ce château est la totale loyauté envers Monseigneur. Que la coupable se dénonce, ou que ses complices, ou encore celles qui ont vu peut-être la coupable, la dénoncent. Afin d'éviter une exécution collective, où mêmes des innocentes risqueraient de perdre leurs vies, aujourd'hui, dit Cécile.

Je commence à culpabiliser. Je ne veux pas faire tuer toutes les employées. Après tout, elles n'ont rien fait. Je n'aurais jamais imaginé que la situation prendrait cette tournure. Suis-je vraiment obligée de sacrifier une centaine d'employées pour poursuivre ma quête personnelle de vengeance ? Je suis si partagée…

Un silence se fait toujours. Alors, Mikael fait commencer la procédure d'exécution.

— Je compte rester et assister à ce spectacle jouissif. Je ne me permettrai pas de rater quand vos têtes seront une à une, tranchées par un énorme couteau.

Tout à coup, une servante lève la main.

— Accouche, dit Mikael.

— J'ai vu votre servante VIP verser quelque chose en cachette dans la marmite, dit la servante, en baissant la tête.

Je suis plus que surprise. Quelqu'un m'a donc vue ? Pourtant, j'étais sûre qu'il n'y avait personne aux alentours, à ce moment précis. Je réagis aussitôt :

— Quoi ? C'est des mensonges, voyons. Comment oserais-je ? Monseigneur, ne devriez-vous pas plutôt enquêter, au lieu de croire facilement l'une d'entre nous ? Après tout, chacune peut raconter ce qu'elle veut.

— Ana. Quelle insolence ! Serais-tu en train de me dire quoi faire et comment gérer mon château ?

— Comment oserais-je, Monseigneur. Ce n'est qu'un malentendu. Je vous présente toutes mes excuses.

Vas-y je t'emmerde, ouais. Je n'arrive pas à croire qu'il est toujours en vie. Cet homme est trop chanceux. Tout ça me dépasse. Je n'en peux plus. Il s'en sort toujours. Et pour combler le tout, ma conscience me travaille. Je vais avouer tout simplement.

— Oui, c'est bien moi…

Tout le monde est surpris dans la salle. Cécile se dirige vers moi et me donne une forte gifle à la joue.

— Comment tu as pu ?!! crie-t-elle.

— Cécile, ainsi que toutes les autres employées sauf Ana, écartez-vous et mettez-vous de côté.

Les gardes font déplacer les autres employées, je vois Nadia qui me regarde tristement. Elle doit sûrement se poser plein de questions. Je vois également le regard accablé d'Adrien.

Maintenant, je suis toute seule, debout face à Mikael, assis sur son fauteuil. Il m'observe longuement. Je sens un silence pesant et stressant dans la pièce.

— Ana. Encore toi. Tu aimes te faire remarquer, dis donc ?

Je baisse la tête et ne dis rien.

— Tu as tenté de m'empoisonner ? Tu voulais me tuer ? Tiens, ça me rappelle un évènement il n'y a pas longtemps de cela. Ce fameux couteau… Tu t'en souviens ?

— Oui, Monseigneur.

— Pourquoi tu as voulu me tuer, Ana ?

— Je n'ai jamais voulu vous tuer, Monseigneur. Comment pourrais-je ? Vous êtes le grand maitre de ce manoir. Mais si je ne me dénonce pas, qui le fera ? Si je ne m'accuse pas, qui sauvera ces pauvres employées que vous allez toutes faire exécuter ? Alors qu'elles n'ont rien demandé…

Je vois Mikael hausser un sourcil.

— Tiens, serais-tu une descendante de Mère Theresa ? Pourquoi je ne l'ai jamais su ?

Si je comprends bien, alors que tu n'es pas la coupable, tu dis être prête à mourir pour toutes ces femmes dans la salle ?

— Oui, Monseigneur.

Non, bien sûr. Quelle question idiote. Qui veut mourir ? J'ai très peur. Je ne veux pas mourir. Si tôt ? Je suis encore si jeune. En plus, j'aurais préféré mourir après avoir pris ta tête. Au moins là, je serais morte en paix.

Va-t-il vraiment me faire exécuter ?

— Quelle sainteté. C'en est… exaspérant. Procédez à l'exécution ! dit-il.

Oh, merde. Vraiment ?

— Attendez ! crié-je, soudainement.

Je vois Mikael qui fait signe de « stop » avec ses mains au garde qui était sur le point de m'égorger la tête, en tenant un couteau gigantesque, un couteau encore plus grand que ma tête. Je me demande même comment il parvient à le tenir, ça doit être lourd.

— Qu'y a-t-il d'autres, Ana ? Un dernier mot avant de rejoindre l'au-delà ?

— Oui… Je suis… Psychologue, dis-je, en souriant.

Mikael prend un air interrogatif.

— Quel est le rapport avec la situation de maintenant ?

— Eh bien… J'ai entendu que vous en cherchiez.

— Moi ? Ai-je dit une chose pareille ? Quand ? Pourquoi je ne m'en souviens pas ? Et puis, tu es psy ? Vraiment ? Depuis combien d'années ? Tu fais si jeune.

— Haha, c'est vrai. En fait, je viens d'être diplômée.

— Trêve de bavardages. Ecrasez son crâne !

Je crie encore :

— Attendez !

Le garde (égorgeur) s'arrête encore. Cette fois-ci, sans attendre l'ordre de Mikael. Mon cri a dû lui faire peur ou quoi ?

— Monseigneur, je vous ai entendu dire à votre gouvernante, que vous recherchiez urgemment un psychologue.

Aussitôt, je vois Cécile qui me regarde avec de gros yeux. En même temps, je ne mens pas, cette fois-ci. Donc, elle n'a qu'à aller se faire voir.

Mikael prend un temps de pause, il ne parle plus. Il lance un regard méprisant envers sa gouvernante. Que se passe-t-il ? J'ai l'impression que Mikael n'aime pas ce qu'il vient d'entendre sortir de ma bouche. Il est furieux.

Il sort son pistolet, oh mon Dieu. Va-t-il encore tenter de me tirer dessus ?

Il pointe son arme vers moi. Je sens que je vais bientôt pisser dans ma culotte, dans le vrai sens du terme.

Soudain, il change de cible en visant son pistolet vers… Cécile ! Je vois Cécile commencer à trembloter.

— Monseigneur, ce n'est pas ce que vous croyez, dit-elle.

Mikael n'attend pas une seconde et tire trois coups de balles sur Cécile. Elle tombe sur le champ. Tout le sang s'écoule sur les carreaux. Toutes les employées sont choquées et surtout, effrayées.

Je me demande comment ce monstre a pu être baptisé Mikael, qui signifie : « semblable à Dieu » car cet homme est même pire que Satan. Il vient de tirer sans hésiter sur sa gouvernante ?

A ce stade, je n'ai qu'à me préparer à mourir, moi aussi. Mikael pointe à nouveau son pistolet vers moi.

Je lance un dernier regard d'adieu à Nadia et à Adrien, mes nouveaux amis dans ce manoir. Ils vont me manquer. Quant à toi, maman, pardonne à ta fille de ne pas avoir été filiale. Quant à toi, ma Carla, je ne saurai quoi te dire si je te retrouve au Paradis, j'aurais finalement échoué à ma mission de te venger…

Mais voilà que sur le point de me tirer dessus, encore Mikael commence à faire une crise, en hurlant et en s'attrapant la tête. Sa main tremble, le pistolet tombe.

Tous sont sans voix, dans la salle.

— Faites vite évacuer tout le monde et protégez Monseigneur ! lance Adrien, *serviteur si fidèle*.

Les gardes s'empressent de toutes nous faire sortir de la « grande salle d'exécution ».

Je voudrais tant savoir ce qu'il se passe avec Mikael, mais au moins je suis sauvée.

Oh mon Dieu. Merci. J'ai cru que c'était ma fin, aujourd'hui. Comment pourrai-je mourir sans t'avoir vengée, ma Clara ?

Néanmoins, je me demande ce que ce monstre cache, qu'est ce qui lui est arrivé tout d'un coup ? C'est encore comme la dernière fois. Je dois découvrir ce secret qu'il cache.

CHAPITRE 21

Ana

« Le malheur des uns fait le bonheur des autres », qui disait ça déjà ? Bref, je crois que cette citation vient de prendre tout son sens avec moi.

En effet, d'après le maudit et long règlement intérieur du château : quand la gouvernante est tuée ou bien quand son poste devient vacant, il est stipulé que c'est la servante VIP qui prend automatiquement ce poste en devenant la nouvelle gouvernante.

Pour une fois que j'apprécie un article de ce règlement intérieur. Même si je souhaite à Cécile, une Paix à son âme. Et que Dieu lui ouvre les portes du Paradis.

Je n'étais pas attachée à elle, je ne l'appréciais pas du tout. Par contre, elle a quitté ce monde, injustement. Elle ne méritait pas de mourir de la sorte. Mikael est trop cruel.

Quoi qu'il en soit, je suis devenue la chef des employés du manoir. De tous les employés en plus.

Le point positif ? Cela me permettra de me rapprocher encore plus de Mikael pour lui placer un couteau dans le dos.

En parlant de lui, il n'a pas tardé à me convoquer, en début de soirée, dans son salon privé. Je n'ai aucun répit. Je me demande ce qu'il me veut encore. Après tout le stress vécu de cet après-midi, je n'ai plus de force.

Seulement, il ne faut jamais aller rencontrer ce démon sans se préparer en conséquence, surtout psychologiquement parlant.

J'arrive dans le salon privé. Je trouve Mikael, pensif, debout devant la grande fenêtre. Quand il fait nuit, il tire les rideaux et laisse les fenêtres exposées. J'ignore toujours pourquoi il fuit la lumière du jour. Ça me frustre de ne pas savoir.

Mikael me montre dos. Je tape à la porte.

— Approche, Ana.

Je soupire puis je marche jusqu'à lui, je m'arrête, derrière lui. Il me prend brutalement le bras en me tirant à côté de lui, devant la fenêtre. Je ne dis rien et reste debout à côté de lui.

— Quelles sont tes intentions ? me demande-t-il.

— Vous servir, Monseigneur.

— Ana. Ne me tape pas sur les nerfs, veux-tu ? Si tu es une « psychologue » comme tu le prétends, qu'es-tu venue foutre dans mon château ?

Oulah, je suis bloquée. Quoi lui répondre ?

Il se tourne et me regarde. Cet homme est si intimidant. Et il dégage tout le temps une aura sexy, sombre et dangereuse, surtout quand on est à proximité de lui.

— Eh bien… Je pars travailler là où on paie mieux, c'est si simple que ça, lui rétorqué-je, en souriant.

Je sens qu'il n'est pas convaincu par ma réponse. Après le stress de ce matin, c'est l'interrogatoire maintenant. Je n'en peux plus. Et si je jouais à la comédie ? Je commence à forcer des larmes autour de mes yeux, pour pleurer, surtout que ce que je vais lui dire est vrai :

— Comme je le disais tantôt… Ma mère est très souffrante et je suis la seule fille qu'il lui reste. J'ai besoin de beaucoup d'argent pour lui payer son traitement médical… dis-je, de manière triste et avec les larmes aux yeux.

— Ana. Epargne-moi de ces larmes, veux-tu ? Je ne supporte les larmes que lors des ébats sexuels, car dans ces moments, je suis sûr que les larmes sont causées par moi. En dehors du sexe, ça me rebute. Si tu ne veux pas empirer ta situation actuelle, arrête tout de suite ce cirque ! Nettoie-les immédiatement !

Mikael est un être dérangé et désespérant. Cet homme n'a aucune once d'empathie. C'est sidérant. On dirait même qu'il a peur des larmes chez les autres. Ou bien je me trompe ?

— Tu es une femelle très intelligente, je dois reconnaitre.

Femelle ? Il a bien dit « femelle » ? J'ai juste envie de le balancer par la fenêtre et qu'il tombe de trois étages. Là, c'est sûr qu'il mourra pour de bon, non ?

— Je te félicite pour ton nouveau poste en tant que nouvelle gouvernante. Quelle surprise, dis donc. Je ne dois vraiment pas te sous-estimer. Tu as grimpé si vite les échelons. Bravo, Ana. Et entre nous, laisse-moi gober que tu as voulu sauver les employées, cet après-midi. Car je n'y crois pas une seconde, évidemment.

En plus d'être cruel, il doute constamment de tout le monde.

— Je ne vais pas te tuer, pas pour maintenant en tout cas.

Il a prévu de le faire ? Pourquoi ? Mais qu'est-ce que je lui ai fait ?

— De plus, je ne détiens aucune preuve concrète comme quoi tu es celle qui a tenté de m'empoisonner. Comme je t'ai dit tantôt, tu es une personne très chanceuse. Tu viens d'être promue Gouvernante de mon château, je te souhaite encore plus... d'enfer.

En parlant d'enfer, je suis persuadée que même l'enfer ne voudra pas de toi.

Je lui souris poliment.

— Merci pour vos éloges et vos encouragements, Monseigneur.

Mikael se tourne complètement vers moi et m'observe. Il me prend par la taille et me tire vers lui. Il me colle à lui, en apposant ses mains sur mes fesses qu'il pétrit sauvagement.

Dès que nos corps se touchent, je frisonne de partout. J'ai la chair de poule. Je déteste cette réaction car Mikael me fait vraiment de l'effet.

Il dépose sa tête autour de mon cou et me donne des baisers chauds et passionnés. Je suis surprise et je commence à sentir du liquide vaginal couler. J'aurais aimé qu'il ne m'excite pas si facilement.

— J'aime ton odeur corporelle, Ana, me dit-il avec des yeux remplis de désir.

Je rougis aussitôt.

Nous nous regardons intensément dans les yeux. Chacun se perd dans le regard de l'autre. Je sais que je ne suis vraiment pas indifférente à ce monstre. En plus je sens déjà son pénis en érection sur mon ventre.

Mais bon, autant ne pas me leurrer. Ce n'est que mon physique et le sexe, qui l'intéressent. Rien d'autres. Il n'a même pas de cœur pour y faire entrer qui que ce soit. Et heureusement. Car s'il tombait amoureux de moi, j'aurais également culpabilisé puisque je veux sa mort, plus que tout autre chose dans ce monde.

Ma conscience me fatigue. J'aurais aimé être beaucoup plus guidée par mon inconscient. Même si c'est rare que ça arrive, auprès de la majorité des individus.

Par contre, ça ne m'étonnerait pas que Mikael fasse partie de ceux qui laissent libre cours à leur inconscient leur dicter leurs conduites de vie. Je peux être quasiment sûre que ce monstre assouvit, sans limites, ses fantasmes les plus enfouis.

Même si je ne peux pas croire qu'il soit autant sadique sans raison, derrière ce comportement « déviant ».

Mikael me prend et me soulève. Il me dépose sur la table.

— Couche-toi.

Hein ? Comment ça ? Il veut le faire ici ?

Il n'attend pas et m'attrape par le cou.

Ça fait mal. Comme d'habitude, cet homme n'a aucune délicatesse. Il me fait coucher sur la table puis me tourne en attrapant mes jambes. Je suis couchée sur le ventre. Je ne sais toujours pas ce que Mikael compte me faire cette fois-ci. Il dépose sa tête sur mes fesses et commence à les humer, à les sentir. Mikael est irrécupérable. C'est confirmé.

— Ana, je disais tantôt que j'aimais ton odeur corporelle. J'aime aussi l'odeur de tes fesses. Ça me fait comme l'effet d'une drogue douce.

Il me fait une tape aux fesses. Je sursaute légèrement. Il commence à me lécher le vagin. Je sens mon excitation monter de plus en plus. Et le pire ? Je m'abandonne complètement à lui. Mon corps est si relaxé. Il doit s'en rendre compte.

Soudain, il me mord délicatement la chair des fesses. Il est littéralement obsédé par mon derrière. La morsure est intense mais pas douloureuse. J'en ai des frissons.

— Humm Mikael. Je veux dire Monseigneur.

— Tu aimes ?

Si je lui dis oui, il va arrêter. Si je lui dis non, il va tenter de me faire encore plus mal. Quoi lui répondre ?

— Ça fait mal...

Je ne l'entends plus. Qu'est ce qui se passe ? Je me retourne et je le vois chercher quelque chose dans un meuble. Il revient vers moi en tenant deux pinces à linge. J'espère que ce n'est pas destiné à moi.

Il place les pinces sur mes fesses et je crie de douleur aussitôt. J'ai l'impression que ma peau se déchire. Comment peut-il me faire une atrocité physique pareille ? J'ai très mal.

— Monseigneur, svp…

Il ignore la douleur que je lui communique et vient se placer devant ma tête en sortant son pénis qui bande dur. J'ouvre ma bouche et je commence à lui faire une fellation...

Peu de temps après, on se retrouve à refaire l'amour, avec pénétration.

La nuit, sur mon lit, j'ai une insomnie. Je repense à tout à l'heure. Je n'arrive pas à croire qu'on a refait l'amour, Mikael et moi. On commence à baiser un peu souvent d'ailleurs.

En même temps, on était tous les deux excités. On avait ce besoin pressant et bestial de se sauter dessus.

Tant qu'il ne me touche pas, tout va bien. Mais dès que nos corps entrent en contact, une tornade électrique est déclenchée.

Je n'ai jamais ressenti autant de désir pour un homme. Malheureusement, c'est le mauvais homme sur lequel je suis tombée.

Même le désirer, je ne devrai pas me le permettre...

CHAPITRE 22

Ana

Je monte petit à petit de grades au fil du temps, pour mieux me rapprocher de Mikael.

En étant devenue la gouvernante, maintenant je détiens les clés de toutes les pièces de son château. Aurait-il oublié cela ? Je ne pense pas qu'il me fasse autant confiance que son ancienne Barbie gouvernante.

Je suppose qu'il doit être très occupé par ses activités nocturnes, encore restées mystérieuses mais je suis sûre « illégales et criminelles ». Je vois mal cet homme faire quelque chose de bien ou de moyennement bien même.

Il fait nuit. J'arrive devant la porte qui mène au sous-sol. Cette fameuse zone interdite dont me parlait la défunte Cécile lors de mon premier jour de travail. Puisqu'il est formellement interdit d'y pénétrer, j'ai décidé d'y aller. Tout ce qui m'est interdit, attire et pique ma curiosité.

Cet endroit est encore plus effrayant que les autres pièces du manoir. Il est moins éclairé et une odeur nauséabonde se fait de plus en plus forte. Non, une odeur de sang et de corps pourri. Ou bien je me trompe ? Je l'espère.

En tout cas, j'ouvre la porte et je vois des escaliers pour descendre. Je me rappelle de mon maître de combat qui m'a conseillé de toujours tâter le terrain ennemi, partout où je vais.

Donc, je dois tester l'entrée d'un nouvel endroit avant d'y pénétrer librement. Surtout quand il s'agit de la demeure d'un homme puissant.

Avant de descendre, je prends mon écharpe nouée autour de mon cou et je la jette en bas des escaliers, c'est à dire au sous-sol avant d'y descendre. Et que vois-je ? Des flèches venant dans tous les sens. Oh, merde. Il me faudra toutes les éviter puisque je n'ai pas l'accès direct à cet endroit que je visite en cachette.

Alors, je commence à descendre pas à pas les escaliers. Arrivée au milieu des escaliers, des flèches sortent de ma gauche et de ma droite. Je saute en faisant des acrobaties pour les éviter.

Je me suis longuement entraînée à ces types d'acrobatie à faire pour déjouer des pièges d'un endroit. Finalement, ça me sert à quelque chose.

Je continue d'esquiver les flèches jusqu'à arriver tout en bas. Enfin, me voilà au sous-sol, l'endroit interdit par excellence et dont ma curiosité ne pouvait attendre plus pour découvrir ce que ce monstre y cache. Je ramasse mon écharpe pour ne pas laisser de trace et je continue mon chemin.

C'est tout noir à l'intérieur. Aucune bougie. Mais je perçois une source de lumière au loin, tout devant. Donc, je ne perds pas de temps. J'avance prudemment à pas lents, en mettant en alerte tous mes sens, au cas où d'autres pièges subsisteraient.

Plus je me rapproche de la source de lumière, plus j'entends des bruits de pleurs faibles. C'est comme si des gens criaient à l'aide sans ne plus avoir la force de crier.

J'arrive dans le couloir éclairé et que vois-je ? Oh mon Dieu, mon cœur pourra-t-il supporter cette image ? Une cinquantaine de femmes, toutes nues, sont enfermées dans des prisons. Elles sont toutes maigres, leurs os leur collent à la peau. Il ne leur reste plus aucune chair. Leurs visages crient détresse sans pouvoir parler. D'autres font les bruits de faible gémissement que j'entendais plus tôt. Dès que ces femmes me voient, elles se rapprochent toutes des barreaux et me crient à l'aide.

— Svp, sauvez-nous. Au secours. Faites nous sortir de là, me répètent-elles, incessamment.

Je me sens révoltée de voir tout cela devant moi mais surtout c'est une tristesse qui envahit tout mon être.

Comment un être humain peut-il faire une chose si atroce ? Même les prisons classiques ne traitent pas ainsi leurs prisonniers. Le pire dans tout ça ? Comment je peux faire sortir ces femmes ? Mon cerveau cogite mais je suis trop submergée par l'émotion du moment jusqu'à être incapable de mener une bonne réflexion.

Que compte faire Mikael avec ces femmes ? Je vois en elles ma petite sœur que j'ai perdue. A-t-elle subi tout ceci, elle également ?

— Puis-je savoir depuis combien de temps vous êtes là ? leur demandé-je.

Quand je me rapproche plus d'elles, je vois leurs corps remplis de cicatrices de partout. Je comprends qu'elles ont dû être violemment maltraitées avant d'être enfermées puis affamées. Mon Dieu, quelle cruauté.

— Il y a un mois pour les plus anciennes, me répond une des prisonnières.

— Svp, trouvez les clés et sortez nous d'ici. Svp sauvez-vous, se mettent-elles toutes à me dire.

— Je le ferai. Ne vous en faites pas. Je trouverai un moyen de toutes vous sortir d'ici. Ça ne pourra pas être ce soir mais je vous promets que je reviendrai vous prendre.

Au même moment, j'entends des pas qui arrivent. Je viens de me rappeler que j'ai fait l'erreur de ne pas refermer la porte des escaliers qui mènent au sous-sol. Cinq gardes de la prison viennent en courant et en criant :

— Un intrus s'est infiltré au sous-sol. Vite, attrapons-le !

Oh non, j'espère qu'il y a une autre sortie tout devant, sinon comment je vais faire ? Mikael ne doit jamais savoir que je suis venue ici sinon ce sera l'exécution à mort directe.

Je m'adresse d'abord rapidement aux prisonnières :

— Gardez la foi. Je reviendrai vous libérer. En attendant, vivez toutes, svp.

Puis, j'y vais aussitôt. Je cours tout droit devant moi sans savoir où je mettrai encore les pieds. Après tout, c'est la première fois que je viens ici. Je n'en connais pas le plan pour fuir convenablement.

Les gardes se rapprochent de plus en plus en courant derrière moi. L'un sort son pistolet et tire. Je parviens à esquiver la balle. Mais pour combien de temps ? Si je ne trouve pas vite un endroit où me cacher.

J'arrive devant un mur. Sans porte ni fenêtre. Je suis essoufflée et apeurée en même temps. Tout d'un coup, une grande source de lumière provient de ma gauche avec une porte qui s'ouvre. Qui aurait cru qu'une porte existait ici ? Pas moi en tout cas car elle est incluse à la même matière que le mur. Sauf que je viens de signer ma mort. Les gardes vont m'intercepter à coup sûr. Certains viennent tout devant pendant que d'autres viennent par cette porte de gauche. Vais-je déjà mourir ? Sans avoir pu venger ma petite sœur ? Ni sauver ces pauvres femmes prisonnières ?

A ma grande surprise, une main me tire avec force, je me redresse et voit qui c'est : Adrien. Il me fait entrer avec lui par la porte invisible et la referme aussitôt. Les gardes arrivent et ne voient plus personne. Je me retrouve dans une grotte avec Adrien. J'ai eu tellement peur que je m'accroche à ses bras. Il m'enlace fort.

— Comment tu as su que j'étais ici ?

— J'ai croisé Nadia qui m'a alerté de ce que tu es allée faire. Comment tu peux prendre un risque pareil ? Et si tu étais démasquée aujourd'hui ?

Je ne dis rien à part regarder vers le bas. Je sais qu'Adrien a raison. Mais j'avais besoin de savoir ce que cet enfoiré de Mikael cachait ici.

— Et on est où actuellement ? lui demandé-je.

— Seuls Mikael et moi connaissons cette porte de sortie du sous-sol. Suis-moi, je te ramène au manoir, discrètement. Si jamais il a besoin de toi et que tu restes introuvable, il fera le lien entre l'intrus qui a pénétré le sous-sol et ta disparition soudaine.

Donc, je me contente de suivre sagement Adrien. Mon sauveur. Je l'observe de derrière et je ne peux m'empêcher de sourire. Un sourire de soulagement, d'avoir cet homme dans le manoir. Sinon qu'aurais-je fait aujourd'hui ?

Adrien parvient à me faire sortir du sous-sol. Ouf. Je suis si soulagée. Je regagne aussitôt le dortoir de Nadia.

Je lui raconte tout ce que j'ai vu, par des chuchotements, afin de ne pas me faire entendre par les autres servantes qui dorment déjà dans la pièce. Nadia est autant choquée que moi.

Je pars dans ma chambre de gouvernante. Je me couche, mais je ne parviens pas à dormir. Je me retourne de chaque côté, durant toute la nuit. J'ai finalement une insomnie. Je ne cesse de penser aux images de ces femmes toutes frêles et fragiles, dans la prison du sous-sol et au sort qui les attend, si je ne les aide pas à s'enfuir d'ici.

Mais il me faudra rester discrète et ne pas faire éveiller de soupçons auprès de Mikael qui est quelqu'un de très perspicace.

CHAPITRE 23

Mikael

Le matin, de bonne heure, après être revenu de mon activité passionnante, je regagne mon salon privé pour prendre un bon petit-déjeuner, avec ma gouvernante, cette chipie d'Ana, à mes côtés.

Je m'installe à table. Ana apporte mes plats de petit déjeuner, ainsi que ma bouteille de whisky.

Elle se place debout en face de moi.

Comme toujours, je donne d'abord à manger à mon (nouveau) perroquet. Dès qu'il termine sa bouchée, il ouvre son bec :

— Ana. Ana. Bonjour. Mika. Mika. Bonjour.

Je sens que ce perroquet ne vivra pas longtemps non plus. « Mika » ?

Je commence à manger après m'être assuré que mon repas est exempt de substances toxiques.

J'observe Ana. Quelque chose ne va pas avec elle aujourd'hui. Elle n'est pas là. Son esprit est ailleurs, je parviens à remarquer cela, dans son regard et dans sa posture.

— Ana.

— Oui, Monseigneur, que désireriez-vous ? me répond-t-elle avec un sourire forcé qui se repérerait à des milliers de kilomètre.

— Ana. J'ai horreur de l'hypocrisie.

— Pardon, Monseigneur ?

— Que se passe-t-il aujourd'hui ? Que me caches-tu ?

Je la vois surprise puis elle fait semblant d'aller bien. Elle me prend vraiment pour un idiot ? Ne sait-elle pas que je parviens toujours à voir derrière le masque des gens ?

— J'ai mal dormi, Monseigneur...

Bien sûr, en plus elle ment mal.

— Ana.

— Oui, Monseigneur ?

Je me lève de la table et je m'approche d'elle. Elle garde son regard fixé vers le bas. Elle joue bien son rôle car je sais pertinemment qu'Ana n'est pas si docile qu'elle en a l'air. Et que si elle avait le choix, elle cognerait chaque jour ma tête contre le mur.

Pauvre d'elle. Jamais, elle ne pourra avoir le dessus sur moi ou espérer me voir m'effondrer. Après tout, je ne suis pas n'importe qui. Je représente le pouvoir, la puissance et la haute noblesse.

Je lui donne une forte claque aux fesses. Elle réagit en sursaut. Elle ne s'y attendait pas ? Vraiment ? Ou bien elle joue encore à la comédie ? Ne sait-elle toujours pas que j'adore ses fesses si charnues ? Rien que de les voir ou de les toucher, m'excite comme pas possible. Je dirai même que j'ai envie d'entrer dans ses fesses comme quand on a envie d'entrer dans un endroit caché et confortable pour y rester seul, un bon moment.

Si elle savait qu'il m'arrive de me masturber en pensant à ses fesses, qu'est-ce qu'elle en serait heureuse. Mais jamais, elle ne le saura. Je désire ardemment Ana, sans savoir pourquoi. Car elle est loin d'être la première femelle que je trouve sexy. J'en ai tellement rencontré dans ma vie, mais jamais aucune ne m'a attiré comme Ana m'attire.

Et le pire ? Mon désir pour elle ne diminue pas au fil des jours mais augmente de plus en plus. Moi, qui croyais que ça disparaîtrait si vite, comme ça m'est toujours arrivé, j'avoue que c'est la première fois qu'un tel phénomène m'arrive.

Seulement, il est hors de question de succomber chaque jour à mon désir pour cette femelle. Je n'aime point l'attache. Or je sais qu'à force de la baiser, nos corps risqueraient de devenir accros tellement on voudra renouveler les fortes sensations vécues.

Autant me forcer à la traiter comme je traitais les autres femelles sexy que j'avais autour de moi, c'est-à-dire pas de pénétration.

— Je veux une fellation. Rapplique, lui dis-je, en retournant m'asseoir à table, pour continuer à prendre mon petit déjeuner.

Elle vient vers moi.

— Monseigneur, quand ça ? Tout de suite ? Mais comment le pourrais-je ?

— Ana. Mets-toi à quatre pattes sous la table et tu le pourras.

Elle se baisse et entre sous la table. Je l'aide à faire baisser mon pantalon et elle me suce ma queue.

Oh, c'est si bon.

Je devrai créer un nouveau poste dans mon château : « suceuse de queue » ou « fellatrice » ? Comment intituler ce poste ? J'y réfléchirai.

En tout cas, Ana serait la candidate parfaite pour ce poste. Je serai même prêt à la laisser en vie si ses fellations continuent d'être si douces, intenses et passionnées. Serait-ce parce que j'éprouve du désir pour elle ? Et qu'en même temps, elle en éprouve pour moi ?

Bien sûr qu'elle me désire. Quelle femelle dans ce terne monde ne me désirerait pas ? Hélas, je ne peux en désirer aucune, pour longtemps.

CHAPITRE 24

Ana

Alors que Mikael a regagné sa chambre pour dormir, je veux repartir au sous-sol pour donner à manger aux femmes emprisonnées. Nadia m'en dissuade.

— Nadia, j'y ai même vu des femmes enceintes. Comment peuvent-elles encore tenir ? Je ne peux pas rester sans rien faire, comprends-moi. Ces images n'arrivent plus à sortir de mon esprit. Je serais lâche si je ne faisais rien.

— Sauf que tu n'es pas de taille face à Monseigneur. Donc stp, sois réaliste Ana. Je ne veux pas te perdre...

— Le jour où j'ai décidé d'intégrer ce manoir, je savais déjà que rien ne serait facile. Je me suis engagée, non à moitié mais entièrement.

— Tu es si têtue...

Je lui souris et la rassure :

— Ça ira pour moi, ne t'en fais pas.

Je me suis enfermée avec Nadia dans une petite cuisine pour préparer des plats copieux et succulents, hyper protéinés, accompagnés de pâtes et de pains, avec de nombreux fruits et légumes.

A l'aide d'Adrien, Nadia et moi partons au sous-sol pour distribuer les repas aux prisonnières.

Je les observe manger, se jeter sur la nourriture comme des affamées. Oui, elles le sont. Pourtant, elles restent solidaires et pensent d'abord aux femmes enceintes.

Rien que de voir ces sourires se dessiner sur leurs visages, me permettra de dormir un peu mieux cette nuit. Je regarde Nadia et Adrien. Je leur souris. Ils me sourient en retour.

A présent, je dois parvenir à libérer ces femmes. Je ne m'attendais pas à tous ces imprévus dans ma mission de vengeance. Mais comme le dit un proverbe français : « on sait bien quand on part, mais jamais quand on revient. »

Vais-je réussir à sauver ces femmes victimes de la cruauté de Mikael ? Je ne connaîtrai la réponse que si j'agis, avec foi et résilience.

Cependant, agir sans plan établi est une perte de temps.

Alors, je me réunis avec Nadia et une dizaine de servantes qui vouent une rancune à Mikael. J'ai su utiliser la rancune que ces servantes vouent à Mikael afin de les amener à rejoindre ma cause. Donc, j'ai su les mettre de mon côté. Adrien ne peut pas être avec nous. Déjà que Mikael a commencé à le soupçonner d'être devenu « bizarre dernièrement ».

Le matin de bonne heure, Mikael prend son petit-déjeuner. Comme d'habitude, je suis debout à ses côtés.

— Ana. Approche.

Ne suis-je pas déjà assez proche de lui ? Pff, cet homme. Je me rapproche jusqu'à me coller à la table.

— Mets-toi à genoux.

Ça ne m'étonne plus maintenant. Je suis habituée.

Je me mets à genoux. Et j'attends de savoir ce qu'il va bien me demander de faire. Une fellation ? Je suis devenue une pro en ça, aussi. Enfin, s'il s'agit de son pénis à lui, je veux dire. Car je sais ce qu'il aime et ce qu'il aime moins. Je sais comment lui donner du plaisir et le faire jouir comme jamais, bien que je ne doive pas à en être fière.

Mikael se penche et retire ma robe pour l'enlever, je suis surprise.

Il veut qu'on baise ici, dans le salon privé ? Et si Adrien entrait par accident ? Ou un garde ? Ou quelqu'un d'autre ? Même si personne ne peut entrer sans taper à la porte, n'empêche.

Je me retrouve en sous-vêtements. Il m'arrache mon soutien-gorge et me caresse les seins. Je fais de légers gémissements de plaisir. Il enlève son pantalon. Je vois son énorme pénis en érection. Il vient l'insérer entre mes deux paires de sein.

— Débrouille-toi pour me donner du plaisir et me faire jouir, intensément, me dit-il en souriant.

Je hais son sourire démoniaque.

Je suis déjà à genoux, dans une position inconfortable, pendant que lui, il est tranquillement debout et attend que je fasse tout ? Je frotte son pénis entre mes seins, avec beaucoup de peine, dû à la position qu'on a tous les deux. Il me tire violemment les cheveux en me relevant. Je suis debout, en face de lui. Il fait baisser ma culotte et insère son doigt dans mon vagin. Sur le coup de l'excitation qui monte, je caresse en même temps son pénis.

— Waouh, ta chatte s'élargit de plus en plus. Pas mal.

Il fait entrer trois doigts et stimule ardemment mon vagin, qui sort du liquide en abondance, je crie de douleur (et de plaisir hélas).

— Souvent, c'est les chattes étroites qui m'attirent chez les femelles. Mais je dois reconnaitre qu'avec toi, j'apprends à apprécier ce que je n'apprécie pas d'habitude, me dit-il, en me giflant fort avec son autre main.

Il fait sortir ses doigts, tâchés du liquide gluant d'excitation provenant de mon vagin, le « cyprine ». Il se met à sentir le liquide sur ces doigts, comme s'il reniflait de la drogue. Cet homme a des goûts très bizarres.

Il me soulève et se dirige vers le sofa. Il m'y balance et monte sur moi, en sens inverse. Son visage se trouve au niveau de mon vagin et son pénis au niveau de mon visage. Alors je lui fais une fellation pendant qu'il me lèche le vagin. J'adore. C'est si bon. Toutes ces sensations… Je l'entends également gémir de plaisir.

En peu de temps, chacun de nous deux atteint l'orgasme. Il ne se retient pas d'éjaculer sur mon visage, une autre de ses bizarreries.

Depuis que je suis devenue la gouvernante de Mikael, je croyais qu'il me traiterait mieux. Mais non, ça va de pire en pire. Il peut être doux quelques minutes (dans son intérêt, toujours) puis tout d'un coup redevenir brutal et violent.

Je ne cesse d'encaisser les maltraitances de Mikael.

Quoi qu'il puisse me faire endurer, je dois faire profil bas, me montrer docile, inoffensive et soumise, au moins pour parvenir à libérer les prisonnières du manoir.

Il se lève et part se rhabiller. Il s'installe à table et se sert à boire : du whisky. Moi également, je me lève et je pars récupérer mes sous-vêtements ainsi que ma robe. Je me dépêche de les enfiler.

— Ana. Raconte-moi une histoire. Tu as deux minutes pour en trouver une qui soit captivante et commencer à la narrer, de manière fluide, sans faire de pause, je te préviens.

Lui raconter une histoire ? Que je dois inventer en deux minutes en plus ? Je ne suis pas écrivaine et je ne pense pas avoir cette imagination débordante pour lui trouver un récit palpitant en si peu de temps. Pff, cet homme.

Je me mets à cogiter. Qu'est-ce que je peux bien lui raconter ?

— Il était une fois, une jeune femme qui se nommait Lydia, qui vivait une vie tranquille auprès de sa petite sœur et de sa mère.

— Ana, tu commences mal. Une vie tranquille est toujours ennuyeuse.

— Monseigneur, permettez-moi de vous demander de patienter, j'en viens à l'élément perturbateur très bientôt.

— Tu as trente secondes pour me sortir le premier rebondissement, je t'écoute.

— Un beau jour, Lydia perd sa petite sœur. Après avoir mené des enquêtes, elle découvre que celle-ci a été tuée par un monstre démoniaque, super puissant et qui contrôle tout le pays.

— Un monstre démoniaque dans l'histoire ? Voilà qui devient intéressant. Et après ?

— Alors, Lydia décide de dénoncer ce monstre démoniaque auprès des autorités publiques.

— Ana. Comment Lydia peut-elle être si stupide ? Comment dénoncer un monstre super puissant ? Mets de la cohérence dans ce que tu racontes, sinon tu seras sévèrement punie, je te préviens.

Je soupire et continue mon récit :

— Peut-être parce que Lydia croyait trop en la justice de son pays ?

— Mais non, la justice n'existe pas, voyons. Tout est question d'intérêt personnel, partout. Lydia est idiote. Mais continue. Et après ?

— Après avoir constaté que les hommes de la justice étaient corrompus, Lydia décide de se venger elle-même, en infiltrant le manoir de ce monstre démoniaque.

— Oh, il habite dans un manoir en plus. Intéressant tout ça. Continue. Et après ?

Mikael semble vraiment captivé par ce que je lui raconte ? Parfois, on dirait un gamin tout pourri gâté, cet homme.

— Ensuite, Lydia parvient à intégrer le manoir de son ennemi et décide de le tuer de ses propres mains.

— Ana. Tu ne m'as toujours pas décrit ce monstre démoniaque. Comment est-il ? C'est quel genre de monstre ? Je veux en apprendre plus sur lui. Tu n'es fixée que sur cette stupide Lydia.

J'ai juste envie de lui donner un coup de poing à la mâchoire, mais bien sûr, je ne peux pas.

— Eh bien… Ce monstre démoniaque s'appelait Michel.

— Michel ? Quel nom affreux. Rien de charismatique là-dedans. Trouve un meilleur nom sinon l'histoire perdra de sa saveur.

— Vous ne cessez de me couper le fil, Monseigneur. Je n'avais pas terminé. Bien que ce monstre s'appelle « Michel », il portait le surnom de « Drake ».

— Drake ? Comme le chanteur Drake ? Ana, pourquoi tu te fous de moi ?

Ah, il connait le chanteur Drake ? Donc Mikael n'a pas fait de voyage temporel pour atterrir à notre époque du 21ᵉ siècle ? Il ne vient vraiment pas de l'antiquité ?

Je poursuis le récit :

— Le monstre avait un second surnom et tout le monde l'appelait par ce surnom d'ailleurs : Drakael.

— Oh, voilà un nom assez intriguant. Poursuis. Et après ?

— Drakael était un ogre, géant, pervers, affreux et tout moche. Il était autant vilain de l'extérieur que de l'intérieur. Les gens racontaient qu'il avait une pierre à la place de son cœur. Et qu'il était le seul sur cette Terre à être né avec cette malformation.

— Quel personnage intéressant. Comparé à la fade Lydia. Et après ?

C'est toi qui es fade, ouais.

— Après… Lydia fait plusieurs tentatives pour tuer Drakael. Hélas, Drakael était plus puissant qu'elle, alors elle est devenue une esclave de cet ogre.

— Waouh, Ana. J'aime la tournure que prend cette histoire. Et après ?

— Seulement, il faut se méfier de l'eau qui dort. Car Lydia avait décidé de faire profil bas, uniquement pour gagner la confiance de Drakael et lui planter un couteau dans le dos.

— Ana. Si Drakael va mourir, tu peux stopper tout de suite ton récit.

Je n'arrive pas à y croire. C'est Drakael qui l'intéresse dans l'histoire et non la jeune fille qui vit une injustice.

Je n'ai même plus envie de continuer à raconter. Mikael me dégoûte. Et je commence à avoir les larmes aux yeux car cette histoire me rappelle ma vie actuelle...

Comme je ne dis plus rien, Mikael me regarde.

— Ana. Tu recommences avec ces larmes de crocodile ? Essuie-moi vite tout ça. Au plus vite.

J'essuie les larmes sur mon visage, mais ça revient, en quantité. Pourtant, je n'ai pas joué à la comédie cette fois-ci. J'ai ressenti ce que je racontais puisque c'est ma propre histoire et que celui à qui je suis en train de la raconter est le méchant principal, pendant que moi j'en suis le protagoniste ?

Souvent, dans les histoires, c'est le protagoniste qui gagne à la fin, n'est-ce pas ? Est-ce que ce sera également le cas avec moi... ?

CHAPITRE 25

Ana

Depuis que je suis devenue la gouvernante du château, j'ai eu le temps de visiter tous les coins et recoins de ce château lugubre. J'en connais parfaitement le plan maintenant, même si je ne suis pas encore entrée dans toutes les pièces. Normal, elles sont trop nombreuses. Une seule journée ne me suffira pas pour toutes les découvrir.

Je suis avec Nadia et les dix servantes alliées à nous.

Toutes debout autour de la petite table dans mon ancienne chambre des servantes, nous discutons de notre plan de sauvetage des prisonnières. Une guerre va se déclencher entre nous et les gardes de Mikael.

Pour être honnête, j'ai très peur. Mais, j'ai beaucoup plus peur de laisser ces femmes être vendues comme esclaves sexuelles ou avoir un autre destin encore plus tragique, sous l'emprise de Mikael.

Ça m'étonnerait qu'elles soient des futures esclaves sexuelles vu l'état dans lequel je les avais trouvées la première fois. Je ne connais toujours pas de quelle nature sont les activités nocturnes de Mikael. Cet homme est si prudent, prévenant et secret. Et Adrien non plus ne m'en dit pas plus. Pourquoi ? Je l'ignore.

Quoi qu'il en soit, j'ai décidé de tenir d'abord une discussion importante avec mes alliées. En guerre, l'aspect le plus important reste l'état psychologique des combattants. Donc, nous devons toutes croire en nous et en notre capacité d'atteindre l'objectif que nous nous serons fixé. Nous devons toutes visualiser cette image de grande victoire collective et préparer notre cerveau en lui laissant faire le reste. Notre cerveau commande nos actes ? Non, en réalité c'est nous-mêmes qui commandons d'abord notre cerveau en lui envoyant les messages qu'il capte.

Je fais partie de ceux qui croient que la force mentale prime sur la force physique. Car s'il ne s'agit que de force physique, ne nous leurrons pas, nous ne sommes pas de taille face aux gardes du manoir. C'est pourquoi, j'ai mes idées et ma stratégie.

Pour commencer, grâce au coup de main d'Adrien, j'ai su voler des pistolets et fusils auprès de la salle d'armement du manoir, pour en distribuer à chacune d'entre nous.

Je me demande de quel côté se positionne Adrien, en fin de compte. Car il se donne entièrement et m'aide depuis le début.

Eprouverait-il des sentiments amoureux à mon égard ? Ou serait-ce parce que lui également ne supporte pas son maitre, si cruel et désagréable ? Mais qu'il n'a pas d'autre choix que de le suivre dans ses actes immoraux ?

En tout cas, Adrien a profité du sommeil matinal de Mikael pour venir nous retrouver : Nadia, les dix servantes et moi, en cachette.

Il a pris quelques heures pour nous montrer comment manier les armes, même si ce n'est pas suffisant pour bien utiliser ces outils.

N'empêche, une fois sur le terrain pour aider les prisonnières à quitter ce château, les servantes et moi nous débrouillerons pour toucher nos cibles, à savoir les gardes, afin de laisser le passage libre aux évadées.

Puisque je suis la chef des servantes, j'ai veillé à ce que les repas donnés aux gardes, soient tous composés de substances toxiques visant à réduire leur énergie et à les affaiblir avec des tournis et des migraines pour toute la journée de libération des femmes emprisonnées.

Normalement, dès la nuit tombée, ils devront s'évanouir au moment pile de notre opération de fugue. Espérons que mes calculs se passent comme prévus.

Les clés des cellules de prison ne sont pas laissées avec la gouvernante ni avec aucun autre employé d'ailleurs. Donc sur ce coup, seul Adrien peut m'aider en récupérant les clés. Même si c'est une grande prise de risque car Mikael pourrait se douter de notre complice : son garde du corps et ami d'enfance.

Adrien me remet les clés des cellules de prison. Il me tire vers lui et me prend dans ses bras. Il est si inquiet, je le sens dans sa manière de me serrer contre lui.

— On donnera tout pour réussir, lui dis-je en souriant et pour le rassurer.

— Je ne te demande qu'une seule chose : reste en vie, stp.

Je hoche la tête, il me sourit puis il s'en va vite pour retourner aux côtés de son monstre de maître.

Avant cela, il veille à anéantir les gardes au sous-sol pour me laisser le chemin libre et exempt de tout danger. Adrien est trop adorable. Il s'inquiète pour moi mais c'est moi qui m'inquiète plutôt pour lui car en restant aux côtés de Mikael, je me dis qu'il peut mourir à tout moment tellement ce démon est imprévisible.

Suite à tout cela, je ne perds pas de temps. Je pars vite libérer les prisonnières. Ces braves femmes qui ont survécu jusqu'à aujourd'hui. Je leur remets des vêtements à porter avant qu'elles ne sortent du sous-sol. Elles s'habillent rapidement.

A présent, nous entamons l'opération d'évasion.

Les femmes enceintes sont la priorité, elles sont entourées par les autres femmes qui leur attrapent les mains. Nadia arrive et se place devant les prisonnières pour les guider vers la sortie. Pendant que moi, je mets le feu dans cet endroit dégoûtant.

Ensuite, je pars rejoindre les autres, déjà en route pour se diriger vers la porte de sortie du château.

Les prisonnières, les servantes alliées, Nadia et moi arrivons dans la cour d'entrée. Droit devant nous, je ne vois rien d'autres que cette putain de porte de sortie. Je suis déterminée plus que jamais à parvenir à faire regagner leur liberté à ces femmes.

Une dizaine de gardes nous aperçoivent et accourent vers nous.

Je laisse Nadia et les servantes alliées utiliser leurs armes bien chargées, pendant que je mène de front la fugue des prisonnières.

Elles suivent derrière moi. Nous courons un marathon vers la porte de sortie.

Je sais que si nous ne nous dépêchons pas, Mikael sera alerté et tout notre plan tombera à l'eau car tous les gardes du manoir vont venir ici et nous encercler. Donc, je compte utiliser le temps plutôt que la force. Après tout, nous sommes faibles autant en nombres autant que sur le plan physique. Nous n'avons jamais été entrainées pour devenir des gardes du corps. Donc, nous sommes conscientes de nos limites.

Pendant que je cours avec les prisonnières, sur chacune de mes mains, je tiens un fusil. Quiconque se place sur mon chemin, je lui tire dessus sans hésiter.

Une autre dizaine de gardes nous voient et nous attendent devant la porte de sortie, en plaçant leurs fusils pour se préparer à nous tirer dessus.

Soudain, ils commencent à perdre équilibre. Ils ne tiennent plus debout. Deux premiers gardes tombent. Les autres sont surpris et se demandent ce qui se passe.

Les prisonnières et moi venons d'arriver devant la porte, mais huit gardes sont encore debout.

Pourquoi ils ne sont pas encore tombés ? Non, pas ça.

Les huit gardes restants pointent tous leurs armes vers nous. L'un tire et une prisonnière tombe, son sang coulant à flot. Nous sommes toutes surprises. J'étends mes bras en large, comme pour protéger les femmes derrière moi.

— Je suis la gouvernante de ce manoir. Vous n'avez pas le droit de me tirer dessus, à moins que l'ordre vous soit donné par Monseigneur, d'après l'article 41 du règlement intérieur ! crié-je à ces foutus gardes.

Deux autres gardes tombent et s'évanouissent. Et ainsi de suite jusqu'à ne plus rester personne. Je n'y crois pas mes yeux.

— Vite ! C'est le moment ou jamais, crié-je aux prisonnières.

Elles s'empressent de se diriger vers la sortie mais elles me demandent de venir avec elles sinon je risquerais de subir le même sort si je reste dans ce manoir. Je suis si émue qu'elles pensent à moi.

— Ce n'est pas encore le moment pour moi. Mais bientôt, moi aussi, je sortirai d'ici. Partez au plus vite, leur rétorqué-je.

Elles continuent leur chemin. Certaines ont les larmes aux yeux. Peut-être, elles ne parviennent toujours pas à croire que leurs vies ont été sauvées et qu'elles vont enfin retrouver leur liberté.

Dès qu'elles franchissent le seuil de la porte, je ressens un grand soulagement. Une fois dehors, aucun autre garde ne leur tirera dessus ou ne tentera de les blesser, sans avoir reçu l'ordre de Mikael. J'ai bien lu également ce passage du règlement intérieur : une fois que nous sortons du manoir, c'est parce que Mikael et les gardes nous ont laissé le passage. Donc, les prisonnières ne seront pas considérées comme des évadées devant les hommes de sécurité qui les croiseront.

En tout cas, je leur ai dit de jouer le jeu, une fois dehors, de discuter, de sourire et de rire, comme si de rien n'était et qu'elles vont tout simplement rentrer chez elles.

Mais alors que je pensais que tout était terminé, la nuit d'aujourd'hui n'était que le début de mes plus sombres cauchemars…

CHAPITRE 26

Ana

Dans la cour, je fais demi-tour. J'accoure vers Nadia et les autres servantes. Les gardes qui étaient venus les intercepter sont tous tombés, évanouis également. Waouh, mon plan a vraiment fonctionné ?

Hélas, Mikael a été informé. Une cinquantaine de gardes débarquent en masse dans la cour. Je ne sais pas s'ils ont mangé le même repas que les gardes qui viennent de s'évanouir, mais on dirait bien que non.

Mikael a sorti ses gardes spéciaux. J'avais lu ça dans le règlement intérieur aussi. Oh, mon Dieu. Nous sommes en face des gardes spéciaux du manoir.

Sans hésiter, ils se mettent à tirer sur nos servantes alliées. Elles tentent de tirer en retour, malheureusement la plupart d'entre elles ratent leurs cibles alors que les gardes spéciaux visent bien et les atteignent, une à une.

— Elles n'y sont pour rien, arrêtez !!! crié-je, en voyant les servantes, impuissantes, commencer à tomber une à une.

J'ai deux fusils, je m'empresse de tirer devant moi, sans hésiter. Je parviens à blesser certains qui tombent. Etant immunisée, de par mon poste, je continue de tirer sur ces gardes, de même que Nadia qui tire aussi.

Je ressens de la peine en voyant nos servantes alliées commencer à tomber une à une.

Toutes les servantes sont à terre et mortes. Je vois un garde viser Nadia. Non pas elle. Je délaisse mes fusils et accoure sauter dans les bras de Nadia pour recevoir la balle à sa place. Je suis touchée au dos, en enlaçant Nadia. Je la vois déjà pleurer pour moi.

— Ana ? Ana !!!

Ma vision devient floue. Je ne vais pas tenir pour longtemps. Au moins, les prisonnières ont pu s'enfuir. Ça peut aller, me suis-je dite, pour me réconforter avant de m'effondrer.

Le même garde est sur le point de tirer sur Nadia. Mikael arrive dans la cour, avec Adrien. Je sais qu'Adrien doit être très inquiet de me voir effondrée et qu'il se contrôle de ne pas accourir vers moi.

Mikael me voit, couchée dans les bras de Nadia accroupie au sol. Il demande au garde d'arrêter et de ne pas tirer sur Nadia. Un autre garde vient lui faire part de la situation actuelle.

— Monseigneur. Les prisonnières se sont échappées. Mais nous pouvons les rattraper. Elles sont toujours dans la zone du château. Nous n'attendons que vos ordres.

Mikael ne dit rien et s'approche de moi, qui suis dans les bras de Nadia qui tremblote en pleurant.

— Quelle femelle admirable. Et... minable, dit Mikael.

Il sort son pistolet et le pointe vers moi. Non, merde. Suis déjà presque morte et tu veux en rajouter ?

Nadia est effrayée. De même qu'Adrien.

Encore, je dis déjà au revoir à ma mère. Et pardonne-moi Carla, de ne pas avoir pu te venger... Je ferme au maximum les yeux, prête à accepter mon tragique destin.

Mikael tire.

Mais ? Attendez. Je suis toujours en vie on dirait ?

Mikael a tiré sur un serpent qui se rapprochait de nous (Nadia et moi).

Je suis plus que surprise. Ce démon, viendrait-il de me sauver la vie ? Même si le terme « sauver » est trop fort. Car je sais que cet homme ne fait jamais rien sans raison valable.

— Monseigneur, les prisonnières... dit un garde.

Mikael tire direct sur ce garde. Il tombe et meurt.

— Pourquoi vouloir gâcher les efforts et le sacrifice de ma gouvernante ?

Tout le monde est surpris dans la cour. Mikael viendrait-il de dire à ses gardes de laisser libres ces prisonnières ? Et viendrait-il de prendre ma défense ?

— Après tout, ce n'est pas si souvent que je rencontre des femelles aussi téméraires et courageuses. Amenez-la dans sa chambre. Faites venir le médecin. Dès qu'elle se sera rétablie, envoyez-la immédiatement dans la chambre noire, dit Mikael, avant de s'en aller pour regagner l'intérieur.

Adrien et Nadia sont stupéfaits. Nadia pleure encore plus.

— Non pas la chambre noire pour Ana. De grâce, Monseigneur épargnez-la... Svp...

Je suis si attristée de voir Nadia pleurer toutes les larmes de son corps pour moi.

Adrien suit son maître à l'intérieur.

Quelle est donc cette chambre noire ? Pourquoi Nadia supplie ce vaurien de ne pas m'y amener ?

Tout à coup, Mikael revient dans la cour. Moi qui croyais que tout était fini maintenant. Que veut-il encore ? Il s'adresse à ses gardes :

— Tout compte fait, j'ai changé d'avis. Il serait préférable de rattraper ces sales putes puis de leur couper la langue et d'amputer leurs doigts afin qu'elles ne puissent ni écrire ni parler. Ainsi, elles ne pourront rien raconter sur moi. Ensuite, vous pourrez les laisser s'envoler de leurs propres ailes.

Couchée dans les bras de Nadia, je suis si choquée que j'en ai les larmes qui coulent. J'entends tout mais je ne peux ni parler ni réagir. Mikael est atroce et répugnant. Tous les mots sont faibles pour décrire l'insensibilité, profondément ancrée en cet homme.

CHAPITRE 27

Mikael

J'entre dans la salle de torture qui ressemble à la « grande salle d'exécution » mais en plus petite taille.

J'ai fait agenouiller Adrien, en menottant ses pieds et ses mains. Deux gardes le battent à coup de bâton en métal avec des piques aux alentours.

— Accouche. Que se passe-t-il entre MA gouvernante et toi ? lui demandé-je.

— Rien, Monseigneur. Comment oserais-je ?

Je souris car il est si drôle mon bras droit traître et menteur.

— Comment Ana a-t-elle eu les clés de la prison et de la salle d'armement ? Dont uniquement toi et moi savons où elles sont gardées.

Ce putain de traitre n'ouvre pas sa gueule aujourd'hui ? Comme par hasard, la seule fois où il a vraiment besoin de parler, il ne parle pas ?

— Augmentez les coups ! En intensité et en rapidité !

Je reste debout et j'observe ce beau spectacle : Adrien qui est battu jusqu'à ce qu'il tombe et s'évanouisse.

— Ne faites venir aucun médecin. Laissez-le pourrir ici tout seul. Si c'était un autre, tu sais déjà comment je me serai occupé de lui. Estime-toi heureux d'avoir eu un lien « fort » avec moi. Sale traitre !

Je me retourne et je m'en vais, sortir de cette pièce. Qu'est-ce que je suis furieux.

Si jamais Adrien tente de me voler mes personnes qui sont censés m'être dévouées, en commençant par cette garce de gouvernante excitante, il aura affaire à moi.

J'entre dans mon salon privé et je reçois un garde.

— Monseigneur, le sous-sol est en feu. Toutes les cellules de prison ont été détruites.

Je n'ai jamais été autant surpris de ma vie. Car oui, il en faut du cran pour avoir osé brûler même mon précieux sous-sol ?

Pas besoin d'enquêter pour connaitre le coupable. Seule une personne, assez cinglée, est capable de faire une chose pareille : Ana Duval...

J'en souris même, tellement cette femelle m'étonne de jour en jour. En bien ou en mal ? Peu importe.

Cette chipie d'Ana est allée si loin alors ?

— Dépêchez-vous d'éteindre le feu. Dès demain, je ferai reconstruire ma magnifique prison.

— Vos ordres sont des désirs, Monseigneur, me répond le garde, avant de s'en aller.

Ma gouvernante ne se contente donc pas de se rebeller uniquement à ce que je vois ? Mais elle se permet même de mettre le feu dans mon sous-sol, en plus de monter des employés contre moi ? Et d'en charmer également ? Comme ce faiblard d'Adrien.

Pourquoi, pendant tout ce temps, ai-je été si complaisant envers elle ? Juste parce qu'elle est bonne et que j'aime la baiser ? Serait-ce la raison ?

Ce qui est sûr, Ana Duval, cette chipie d'Ana, cette femelle cinglée et audacieuse aura une belle punition, une punition mémorable à vie : une longue et douloureuse séquestration qui lui fera signer, cette fois-ci, sa mort.

J'ai décidé d'amener cette garce dans ma chambre noire pour l'y enfermer et la posséder entièrement. Lui faire perdre toute sa volonté et faire d'elle mon plus grand toutou sexuel. Tout en sachant qu'aucune femelle n'a jamais survécu à mes actes sadiques.

Je ne veux pas d'une femelle faible, mais je ne veux pas non plus d'une femelle trop forte, qui me tient tête constamment.

Plus la femelle résiste, plus je deviens sadique. Et plus la femelle souffre, plus je prends du plaisir. Un beau cycle infernal, n'est-ce-pas ?

Avant d'amener Ana dans la chambre noire, je vais demander au gynécologue de lui faire un moyen de contraception durable afin qu'elle puisse être baisée sans risques de tomber enceinte.

CHAPITRE 28

Ana

J'ai regagné ma chambre (de gouvernante). Contrairement aux dortoirs pour les servantes, je suis seule dans cette pièce, avec un seul lit. Aussi, l'environnement est plus agréable et confortable que celui des dortoirs.

Je suis allongée au lit. Le médecin finit de m'examiner et de soigner ma blessure par balle, au dos. Il s'en va. Je reste pensive.

Pour la première fois, les prisons du manoir sont vides, aucune femme ne s'y trouve. Je n'ai jamais été aussi fière de moi. Je suis parvenue à toutes les libérer. Je suis si soulagée.

Depuis le jour où j'avais vu ces femmes emprisonnées et affamées, je n'arrivais plus à dormir tranquillement.

Carla… Je pense à toi. Il est si dommage que je ne sois pas venue plus tôt, peut-être qu'avec un peu de chance, j'aurais pu te sauver à temps toi également…

Oh non, ce n'est pas le moment d'avoir les larmes aux yeux. Je craque et pleure. Je déverse tout ce que j'avais contenu dans mon cœur depuis si longtemps. J'ai trop subi dernièrement. Et je me suis retenue de pleurer à plusieurs reprises.

Pour être honnête, je n'aime pas pleurer. Mais parfois, nos larmes coulent toutes seules, comme tout de suite. Tu me manques tellement, Carla…

Aujourd'hui, je reste encore dans le manoir, même si ça veut dire : signer ma mort. Je suis prête à perdre la vie si c'est pour anéantir Mikael et sauver toutes les femmes, futures victimes de son sadisme.

Je n'ai jamais voulu m'enfuir de toute façon. Je n'en suis qu'à la première étape de ma vengeance. Quand j'aurai la tête de Mikael, là je pourrai dormir sur mes lauriers et effacer cette haine, qui grandit chaque jour plus, dans mon cœur.

Dès le lendemain matin, dans ma chambre (de gouvernante), alors que je suis encore au lit, Mikael passe me rendre visite pour me parler des punitions que vont subir Adrien et Nadia, mes deux complices qui ont survécu.

Je me lève et m'adosse à la tête de mon lit en gardant la couverture sur moi. Mikael reste debout.

— Ils vont être emprisonnés pour un an au moins, dans mon sous-sol qui est en train d'être magistralement reconstruit, après que tu y aies mis le feu. Un plan encore plus magnifique sera construit au sous-sol. Finalement, merci de l'avoir détruit, ma gouvernante si téméraire et aventurière. Tu es le plus grand mal nécessaire que je n'aie jamais connu, Ana.

Je ne vais même pas répondre à ses dernières phrases provocatrices. Comme si j'en avais le droit, avec ce dictateur sanguinaire.

— Monseigneur, Adrien est votre élément et votre garde du corps. Comment pouvez-vous le punir de la même sorte que nous ?

— Ton sens de la justice est… Pathétique. Tout ce qui me rebute. Tu ressembles d'ailleurs à Lydia, ce personnage stupide dont tu me racontais son ennuyeuse histoire pour venger sa petite sœur.

Je ne vais pas me laisser atteindre par ses mots. Je vais me contenter de me taire, c'est mieux.

— Comment va ta blessure au dos ? me demande-t-il.

— Je me rétablis.

— Tu as intérêt à te rétablir le plus vite possible. J'ai un superbe cadeau pour toi. J'ai si hâte de te l'offrir, me dit-il en souriant.

A chaque fois que cet homme sourit, ça ne présage rien de bon.

— Ce qui te différencie des autres femelles, tu sais c'est quoi ? Tu n'abandonnes jamais. Tu trouves toujours un nouveau mensonge à inventer pour te sortir du pétrin. Sauf que cette fois-ci, tu n'auras même pas la possibilité de l'ouvrir, ta grande gueule. Ni même d'agir avec tes membres pour te défendre ou pour défendre d'autres femelles.

Je l'ignore et je garde mon regard fixé devant moi. Il a découvert mon vrai visage ? Il sait que je ne l'apprécie pas du tout ? Et alors ? Quand je pense qu'il va emprisonner les deux seuls amis que j'ai dans son manoir de merde… J'en ai le cœur si serré.

Il vient auprès de moi et s'assied au bord du lit. Il pose sa main sur mon menton en tournant de force mon visage afin que je le regarde droit dans les yeux. Je perçois de la

haine dans son regard. A présent, la haine que je lui vouais est devenue réciproque ?
Tant mieux.

— Quand même, je dois avouer que les femmes qui me résistent sont si excitantes.
Elles me donnent toujours cette ardente envie de les posséder et de les faire miennes.
Le seul hic ? Aucune d'entre elles n'a jamais survécu à mon amour possessif. Car oui,
je les ai aimées pourtant. Tu ne me crois pas ? Il existe plusieurs manières d'aimer. Et
pour moi, aimer ne peut aller sans posséder corps et âme l'autre pour la détruire. N'est-
ce pas plus beau ? me dit-il en souriant.

*Et moi ce que je pense dans tout ça ? Ça va de pire en pire. Rien de sensé ne sort de
la bouche de ce satané « mâle ». Il ne mérite même pas l'appellation « d'homme ».*

Je me suis reposée pendant trois jours. Même si le médecin avait demandé un repos
médical d'une semaine au minimum, Mikael n'a pas attendu. Ça ne m'étonne pas de lui,
c'est un pur égoïste.

Il a demandé à ses hommes de me faire sortir du lit et de m'amener dans la
« chambre noire ».

Encore une pièce que je ne connaissais pas. C'est à croire que ce manoir est rempli
de pièces que je n'ai pas encore pu visiter, malgré le fait que j'en détienne les clés.

Cependant, j'ai déjà des appréhensions quant à cette « chambre noire ». C'est quoi
exactement ? Qu'est-ce que Mikael compte y faire avec moi ? Pourquoi ne m'a-t-il pas
emprisonnée, à l'instar d'Adrien et de Nadia ?

CHAPITRE 29

Ana

Je marche dans le couloir, attrapée au bras, de gauche et de droite par deux gardes au total, qui m'amènent à une destination que j'ignore. Avec mes compétences en combat, je peux tenter d'affronter ces gardes, en plus ils ne sont que deux.

Mais à quoi cela va servir ? Même si je les affrontais, où pourrais-je m'enfuir dans ce château ? Tous les employés y sont déjà « prisonniers ».

Nous n'avons pas le droit de sortir ni de communiquer avec l'extérieur. Il n'y a nulle part où je puisse aller me cacher dans ce château, sans que les hommes de Mikael ne puissent me retrouver.

Si on me disait qu'il existait un endroit pareil en France et au 21e siècle, je ne l'aurais jamais cru. Comme quoi, il existe tout dans ce monde. Et parfois, le danger est plus près de chez soi qu'on ne le pense.

Je pense aux employés qui veulent démissionner. Qu'est-ce que Mikael fait d'eux ? Il ne les laisse donc pas sortir d'ici ? Les tuerait-il ?

Tellement de questions que je me pose, sans pouvoir avoir les réponses…

J'arrive au fin fond de l'interminable couloir où je marchais depuis une vingtaine de minutes maintenant. Je suis devant la porte fermée d'une pièce. Serait-ce la fameuse « chambre noire » ?

Un des gardes sort une clé et ouvre la porte. Les deux me balancent à l'intérieur. J'atterris par terre, sur les carreaux. Aussitôt ils referment la porte en me délaissant là-dedans.

Et que vois-je autour de moi ? Rien. C'est le néant. La pièce est obscure. Aucune lumière. Je suppose qu'il n'y a pas de fenêtre donc la lumière du jour ne peut y entrer.

Et même si je ne vois pas le décor, j'ai l'impression que la pièce est également vide. C'est à dire qu'elle ne contient pas de meubles. Mais je peux me tromper aussi.

Seulement, je ne sais pas quoi penser. Beaucoup de questions me taraudent l'esprit. Où suis-je ? Serait-ce une autre forme de prison pour Mikael ?

Les prisons que je connais sont au moins éclairées et possèdent des matelas où s'installer.

Moi qui croyais qu'être gouvernante, est un vrai privilège et que Mikael prendrait en compte cela ? J'ai dû oublier qu'il brise les règles comme il veut. Après tout, ce sont ses propres règles. Il peut se le permettre.

Je me sens bizarre dans cet endroit comme si je me retrouvais dans un trou tout noir. Si j'étais avec mon smartphone, j'aurais pu avoir une petite source de lumière.

Hélas, il semblerait que je sois enfermée dans une totale obscurité, entre quatre murs et rien d'autres à l'intérieur.

Que veut Mikael ? Va-t-il me laisser sombrer ici jusqu'à mourir ? Je sais qu'il en est capable. Cet homme est capable de tout.

Surtout que maintenant, il garde une rancune envers moi, depuis que j'ai libéré ses prisonnières et que j'ai brûlé son sous-sol.

Mon ventre grogne. C'est normal car j'ai faim. Les gardes ne m'ont même pas laissée le temps de prendre mon petit-déjeuner. Mais je ne les blâme pas, ils ont dû suivre uniquement l'ordre de leur satanique patron.

J'entends une clé maniée sur la porte. Quelqu'un viendrait-il me sauver ? Serait-ce Adrien ? Ou Nadia ? Puis je viens de me rappeler qu'ils doivent se trouver en prison actuellement. Donc, comment pourraient-ils venir à mon secours ?

La porte s'ouvre. Enfin une légère source de lumière. Cette aura, je sais déjà qui c'est : mon pire ennemi.

Il referme la porte et vient vers moi. Il tient sur une main une bougie et sur son autre main : un plat. Il me sourit.

— Ana. As-tu passé une belle nuit, hier ?

Je l'ignore et regarde de l'autre côté en croisant mes bras. Il dépose la bougie par terre. Je viens de découvrir la pièce puisque je vois un peu mieux maintenant. Et je n'avais pas tort. Elle est vide. Il n'y a rien à l'intérieur. A part moi. Et Mikael actuellement, qui ne va pas tarder, à m'y laisser seule sûrement.

Il dépose le plat devant moi.

— Bon appétit, me dit-il.

Je l'ignore toujours et n'essaie même pas de retourner mon visage afin d'éviter de croiser son regard.

— Même dans cette pièce, tu continues de te rebeller ? Ce ne sera pas pour longtemps, crois-moi.

— Monseigneur, si vous voulez me tuer, faites-le une bonne fois. C'est mieux.

— Te tuer ? Afin que tu échappes à la souffrance et à la douleur ? Pourquoi ferais-je une chose pareille alors que tu mérites le pire châtiment sur Terre ! Mange. Je ramène le plat. Fais vite.

Je me retourne et regarde le plat devant moi. Je vois quatre tranches de pain de mie. Avec cette grosse faim, ça m'étonnerait que je sois rassasiée avec. Mais bon, je n'ai pas le choix. Je vais devoir faire avec. Je prends le plat et le dépose sur moi. Je commence à manger.

— Pourrais-je savoir ce que vous comptez faire de moi ?

— Ana. Tu poses trop de questions. Encore de l'insolence que tu montres.

— Je n'oserais jamais, Monseigneur. Veuillez comprendre mon attitude. Je ne sais rien de ce qui se passe actuellement.

— Bientôt, tu sauras et tu comprendras tout. Alors n'espère pas obtenir des réponses de ma part.

Pour combien de temps compte-t-il me garder ici ? Ou bien, il va me faire sortir chaque soir ? Ne me dites pas que Mikael a l'intention de me séquestrer dans cette salle...

Je termine de manger et dépose le plat par terre.

— Je repasserai cet après-midi. En attendant, sois sage. D'ici peu, tu recevras une belle tenue à enfiler. A bientôt, me dit-il en prenant le plat et en soufflant la bougie pour l'éteindre. Il s'en va.

Une tenue à porter ? Il veut me faire porter une tenue ? Je ne sais plus quoi penser. Qu'est-ce que cet homme prépare ? Je suis si angoissée. Je me sens déjà impuissante, enfermée ici, sans aucun moyen de m'échapper...

Je me lève et tend mon bras pour avancer. Comme je ne vois rien, je cherche à toucher un mur pour m'asseoir et m'y adosser. J'arrive au mur, je me pose sur les carreaux, en couchant ma tête sur mes jambes. Et je reste ainsi toute la matinée jusqu'à finalement m'endormir.

Vers midi, la porte s'ouvre à nouveau. Un garde entre en me balançant un sac de vêtements.

— Monseigneur dit que vous pouvez vous doucher à côté, la salle de bain est là-bas. Il demande de vous changer immédiatement. Il arrive, me dit le garde avant de refermer la porte et de disparaître aussitôt.

Je n'ai même pas eu le temps de sortir un mot.

S'il y a des toilettes, dites-moi qu'elles sont éclairées au moins ? Comme je ne vois rien, je pose ma main sur le mur que je loge pour parvenir à repérer une porte (la porte des toilettes). J'y suis. J'ouvre et je vois que c'est éclairé par une petite bougie. C'est mieux que rien.

Je n'avais même pas remarqué ces toilettes à l'intérieur de la pièce. Alors je prends la petite bougie et je reviens dans la chambre. Je dépose la bougie par terre pour voir ce qui est dans le sac que je viens de recevoir.

Je fais sortir les vêtements et je suis choquée : c'est des robes de nuit en dentelles, toutes rouges ou noires, des combinaisons en cuir, des leggins en cuir également et dont la partie des fesses est déjà déchirée. C'est quoi ça ? Je suis vraiment tombée dans la demeure d'un malade mental.

Mikael chercherait-il à assouvir tous ses fantasmes avec moi, enfermée ici ?

Je viens de me rappeler qu'il m'a demandé d'enfiler une tenue. Alors j'apporte la bougie aux toilettes, je pars me changer en enfilant une robe de nuit en dentelle noire. Puis, je ressors des toilettes et je m'installe à nouveau sur les carreaux. Mon ventre gargouille car c'est l'heure du déjeuner. Mikael va-t-il m'apporter à manger quand il reviendra me voir ?

CHAPITRE 30

Ana

Pendant deux heures de temps, je suis dans la chambre noire, à attendre. A attendre. Ma faim ne disparaît pas, surtout après la petite portion que j'ai eue au petit déjeuner. Mais bon, j'essaie de relativiser. C'est toujours mieux que rien. Certains se trouvent dans des situations pires que la mienne en vivant une vraie famine. Je ne dois pas me plaindre. En plus, peut-être que ce monstre va m'apporter un repas bien copieux.

En parlant de lui, la porte s'ouvre à nouveau : c'est Mikael. Il entre en tenant avec lui une bougie, comme d'habitude. Par contre, je ne vois pas de plat avec lui. Aurait-il oublié que je n'ai pas mangé à midi ? Ou l'aurait-il fait exprès ? Il n'ose quand même pas ?

Il dépose la bougie par terre.

— Ana. Lève-toi.

Je fais comme il demande en me levant. Il s'approche de moi puis il marche en tournant autour de moi. Comme d'habitude, il me mate.

— Ça te va à merveille. Dorénavant, tu ne porteras plus que les vêtements que je t'ai apportés.

Il est sérieux ?

— Rassure-toi, pour ce premier jour, je serai doux car j'aime par-dessus tout surprendre. Tu t'attendais sûrement à ce que je sois dur avec toi. Patience, ma belle Ana. Bientôt, tu auras ta dose de bestialité de ma part. Aujourd'hui est un simple message de bienvenue. Je dois bien t'accueillir tout de même dans mon honorable chambre noire, me dit-il en soulevant mon menton et en me fixant.

Il rajoute :

— J'exige que tu me regardes droit dans les yeux quand je te parle.

Il me donne une gifle à la joue. Et ça lui fait sourire.

Il me prend et me fait agenouiller. Il baisse son pantalon. Je vois qu'il est déjà en érection. Serait-ce moi qui l'excite si facilement ?

D'ailleurs, pourquoi je me pose ce genre de questions idiotes. Qu'est-ce que ça peut me faire de savoir ça ?

Je lui fais une fellation. Il ferme les yeux et fait des gémissements de plaisir. Cinq minutes après, il fait sortir son pénis et retire la légère et courte robe qu'il m'a fait porter. Il place son pénis entre mes seins et le frotte en remuant brutalement mes seins. J'ai mal. Ça fait très mal. Il n'a aucune délicatesse dans ses mouvements, aucune douceur dans ses gestes. Je suis comme un objet pour lequel il retire son plaisir puis il le jette. Il éjacule sur ma poitrine en souriant.

— Ana. A ce soir, me dit-il, avant de se retourner.

Puis, il prend la bougie et l'éteint. Il se dirige vers la porte pour sortir.

Mikael est reparti. Comme ça. Après avoir joui, il s'est évaporé. Et moi j'ai encore plus faim. Je me sens si épuisée et vidée de toute mon énergie.

Va-t-il m'apporter à manger ce soir au moins ? Je me sens déjà triste et toute bizarre. Compte-t-il me faire passer les journées de la sorte ? Venir prendre du plaisir puis disparaître ? Pourquoi il fait ça ? Qu'est-ce qu'il y gagne ? Du plaisir ? Mais bien sûr, c'est un pur « sadique ».

Le soir tombé, Mikael revient, sans apporter de diner pour moi. Je suis choquée. Il se contente de me baiser puis il s'en va. Compte-t-il m'affamer également ?

Je reste accroupie au sol. Je n'ai nulle part où m'assoir de toute façon, à part les carreaux qui sont froids en plus. La pièce est vide et obscure. Je n'y vois pas de chauffage non plus... Or nous sommes en automne.

La pièce ne devrait pas s'appeler « chambre noire » mais plutôt « chambre froide », car je tremble et meurs de froid. Surtout que les vêtements que Mikael me force à porter, sont courts et légers.

Une semaine plus tard, c'est la même chose que je continue de vivre avec Mikael dans cette « chambre noire ».

J'ai peur. Je ne ressens rien d'autres que de la peur. Jusqu'à quand compte-t-il me garder ici ?

Je n'ai jamais eu autant peur de ma vie. Je n'ai jamais vécu une telle chose. Ma vie d'avant me manque. Une vie si simple et banale, comme tout le monde. Une jeune fille qui se battait chaque jour pour réussir dans sa vie. C'est tout ce que je faisais.

Aujourd'hui je suis complètement perdue, autant physiquement que mentalement. J'ai tellement peur que je tremble facilement et souvent dans cette pièce sombre où je suis enfermée.

Nous sommes à la deuxième semaine.

Je me suis endormie sur les carreaux, comme d'habitude, recroquevillée sur moi-même pour me réchauffer. Mais ça n'a servi à rien. J'ai eu froid toute la nuit. Sans compter ma faim qui ne disparaissait pas. Depuis hier matin, je n'ai rien mangé. Je n'ai bu que de l'eau la nuit avant de dormir. Je pars me doucher dans la salle de bain qui se trouve dans la pièce.

Dès le lever du soleil, Mikael se pointe. J'imagine qu'il revient de sa mystérieuse activité nocturne et qu'il va prendre sa dose sexuelle avant d'aller se coucher. Il m'apporte mon repas de toute la journée : quatre tranches de pain de mie. Comme d'habitude.

Depuis le premier jour, c'est la même chose qu'il me donne à manger. Il m'observe en train de manger. Il ne parle même pas. Moi aussi, je préfère qu'il reste silencieux. Je n'ai aucunement envie d'échanger quoi que ce soit avec lui.

C'est à peine que j'ai fini de manger qu'il me prend, me déshabille et me menotte les mains en me plaquant au mur, je lui montre dos. Il se dirige vers la porte. Que compte-t-il faire ? Il revient en tenant un fouet. Sans attendre, il me donne un coup de fouet aux fesses. Je lance un cri de douleur. Il enchaîne les coups de fouet, qui se font de plus en plus violents. Je n'aime pas du tout. Je ne cesse de hurler. Ça fait mal. Je risque de finir ma journée avec des bleus sur les fesses. Même si je sens un paradoxe en moi car mon vagin se lubrifie tout seul, comme s'il voulait accueillir le pénis de Mikael.

Mais je dois lutter et ne pas laisser mon désir prendre le dessus. Je sais que dans d'autres circonstances, j'aurais été très attirée par Mikael. La première fois que je l'ai vu, il m'a plu. Mais l'attirance est d'ordre irrationnel, ce n'est pas quelque chose qu'on contrôle. Par contre, mes actes, je peux les contrôler. C'est juste que mes réactions corporelles contredisent ma volonté.

J'entends Mikael gémir en même temps qu'il me fouette. J'imagine qu'il se masturbe et qu'il prend plaisir à me faire du mal et à m'entendre hurler de douleur. Cet homme a un vrai trouble de la personnalité sadique.

Cet acte qu'il fait n'est pas seulement un jeu pour lui, comme le font certains couples consentants. Mikael fait ce qui lui plait, sans chercher le contentement des autres. Du moment que l'individu souffre atrocement, il en ressent un plaisir intense.

Il jette le fouet et vient me pénétrer en levrette (par derrière). Mon vagin est déjà très mouillé quand son pénis entre avec fluidité et les mouvements, bien que violents, sont bons. Car je suis excitée. C'est tout et rien d'autres. Ça ne veut nullement dire que j'aime comment il me traite. Et je n'aimerai jamais cela, j'en suis sûre.

La pénétration se fait vive et rapide, je sens que mon corps va se casser en deux, tellement Mikael met de l'ardeur dans les allers-retours de son pénis dans mon vagin.

Et c'est ainsi de suite avec les jours qui passent.

En fin de semaine, la peur que je ressentais au début de ma séquestration se transforme peu à peu en dégoût.

Mikael vient chaque jour prendre sa dose sexuelle puis repartir.

Je me pose plein de questions concernant ma valeur en tant que femme. Aujourd'hui, où est ma dignité ? Maman, pardonne-moi... je crois que j'ai perdu ma dignité. La première valeur fondamentale que tu m'as inculquée depuis mon enfance. Cet homme vient de tout bafouer. Je me sens comme une moins que rien. Une femme sans aucune valeur.

Je suis dégoûtée par tout : mon corps, mon image, la tournure que ma vie a prise. Je me demande quel homme voudra un jour de moi s'il apprenait tout ce qu'il m'est arrivé. Je me demande quel avenir sentimental je pourrai bien avoir, si je survivais après cette séquestration. J'ai constamment envie de vomir.

La nuit, après qu'il soit parti, j'accoure dans la salle de bain pour prendre une douche. Mon corps me dégoûte tellement que je fais une crise en criant de rage sous le jet d'eau. Je veux nettoyer tout mon corps, faire disparaître à jamais les attouchements et marques de Mikael.

Je sors de la douche, j'ai des vertiges mais je me force pour ne pas tomber. Hors de question d'échouer à la mission qui m'a fait venir ici. Je survivrai à tout ce que Mikael voudra me faire subir. J'utiliserai toute la force intérieure qui est en moi et je garderai la foi jusqu'au bout.

CHAPITRE 31

Ana

Cela fait deux mois maintenant, que je vis la même torture, chaque jour. Rien n'a changé. Je suis toujours enfermée dans la chambre noire, vide et obscure. Le froid aussi augmente. Je reçois un seul petit repas par jour.

Aujourd'hui, Mikael entre et me menotte encore les mains. Il tient avec lui un spéculum, un objet en métal qui permet d'agrandir le trou du vagin par exemple. Je me demande ce qu'il veut faire avec moi. J'ai déjà peur.

— Monseigneur, non ! lui dis-je, en reculant.

— Où est passé ton courage ? me dit-il en me retournant de force. Il caresse délicatement mon dos en descendant jusqu'à mes fesses. Je tremble de peur.

— Et si tu te relaxais un peu ? me dit-il.

Il me donne une forte fessée. Je hurle. Lui, il sourit. Puis, il prend le spéculum et l'insère dans mon anus pour en élargir le trou. Oh mon Dieu. Je hurle comme pas possible. Je n'ai jamais eu autant mal de ma vie. J'en ai les larmes aux yeux. Il met son doigt dans ma bouche et me force à le sucer, sûrement pour me faire taire.

— Ce que je suis en train de faire est pour ton bien. En élargissant le trou de ton anus, tu n'auras pas mal lors des pénétrations et c'est ainsi que tu me remercies ?

Pour moi ? Il n'a qu'à aller le dire à une autre personne. Ce monstre ne fait jamais rien pour les autres. Tous ses actes visent un seul but : son plaisir et sa jouissance à l'extrême. Il est plus qu'obsédé et je pense que même les hôpitaux psychiatriques ne pourront rien pour lui.

Ensuite, il balance le spéculum, prend sa salive et fait entrer ses deux doigts dans mon anus. Il stimule violemment la paroi pour lubrifier. J'émets des cris forts. Il insère son pénis dans mon anus et me fait une sodomie.

Il gémit fort jusqu'à crier de jouissance. J'imagine qu'il a dû prendre son pied comme jamais. Il éjacule sur mes fesses et me donne une autre claque de fessée. Il se rhabille, enlève mes menottes et se retourne pour s'en aller. Je suis sans voix.

Je ressens un vide intérieur. Je commence à penser à la mort. Je vis un grand désespoir. Je n'ai plus goût à la vie. J'ai envie de mourir. De disparaître de ce monde si mes journées ne vont plus se limiter qu'à autant de tortures. Je pense au suicide. Mais encore une fois, quelque chose me retient : ma mère qui vit toujours. Comment pourrai-je partir et la laisser seule dans ce monde ? Ce serait si égoïste de ma part. Elle reste ma seule force et ma seule source de motivation pour continuer à vivre.

Carla, je ne t'ai même pas encore vengée et me voilà déjà si abattue. Qu'est-ce-que je suis nulle en fin de compte. Je me croyais plus forte que tout ça. Mais regarde ce que je subis chaque jour, dernièrement...

CHAPITRE 32

Mikael

Je suis si heureux dernièrement, depuis que j'ai enfermé mon meilleur jouet sexuel. Dorénavant, Ana ne vit plus que pour moi. Elle ne vit plus que pour satisfaire ma libido, mes envies, mes fantasmes, ma queue.

Elle est devenue une grande source de plaisir pour moi. Elle devient précieuse, je dirai. Car quiconque me fait jouir ne peut que devenir important à mes yeux. Enfin, jusqu'à ce que je rencontre un meilleur jouet, là je pourrai jeter l'ancien.

Pour l'instant, Ana est mon meilleur jouet sexuel. Comment pourrais-je la jeter ?

Non, je vais bien garder Ana dans cette chambre noire et continuer à la torturer sexuellement.

Déjà qu'elle m'excitait si facilement au début, maintenant que son corps et son être m'appartiennent et que je détiens tout contrôle sur elle, elle me rend littéralement fou de désir et d'envie de la baiser constamment.

J'ai cette envie de la mener à une destruction totale de son être.

Seulement, quelque chose me dérange. Ana a maigri. Elle a perdu ses formes, ses belles rondeurs, sa petite poitrine n'est plus ronde comme je l'aimais, ses fesses n'ont plus cette chair que j'adorais pétrir et taper bien fort. Il faut qu'elle redevienne comme elle était.

Dorénavant, elle aura droit à trois repas très consistants par jour. Je veillerai à ce qu'elle mange beaucoup de protéines. Ah, elle a également besoin de beaucoup de vitamine D puisqu'elle n'est plus exposée à la lumière du soleil depuis deux mois maintenant. Il ne faudrait pas qu'elle ait des carences.

Cependant, qu'elle ne se méprenne pas. Ce n'est pas parce que j'ai pitié d'elle que je lui offre toutes ces nouvelles faveurs. Non, loin de là.

En tant que mon toutou sexuel, Ana doit répondre à mes attentes et à mes fantasmes. Mon plaisir est ce qui me guide. Et pour avoir ce plaisir, Ana doit ressembler à l'image que je veux d'elle : à savoir, celle qu'elle était physiquement. Ensuite, elle doit être en bonne santé, sinon comment le sexe pourrait-il être exaltant et jouissif ?

Néanmoins, laissons-la croire que tout ce que je fais, est pour elle. C'est encore mieux si elle vit cette illusion et qu'elle découvre ensuite qu'elle ne représente qu'un objet sexuel pour moi.

CHAPITRE 33

Ana

Le troisième mois, je suis toujours dans cette chambre noire.

La seule chose qui ait changé ? Je reçois trois repas complets par jour, mais je suis bien consciente que Mikael le fait uniquement pour son propre intérêt.

Ce monstre continue de me brutaliser tout en y prenant un énorme plaisir. Parfois, sans même me pénétrer, il se branle et éjacule sur mon visage. Il éclate de rire. Cet homme est assurément malade. Et sa maladie semble incurable. Je n'ai même plus les mots pour le caractériser.

Pourtant, quelque chose commence à changer en moi. Quand Mikael est en retard et que je ne le vois pas, mon corps réagit en le réclamant. Son corps me manque souvent maintenant. Suis-je normale ? Qu'est ce qui m'arrive ?

J'ai l'impression de perdre totalement le sens de la réalité. Comme si j'étais définitivement entrée dans une bulle où il n'existerait plus que Mikael et moi.

Debout tous les deux, je montre dos à Mikael. Il se baisse et me mord les fesses comme un cannibale ou un vampire. Je crie de toutes mes forces. Ça fait mal. On dirait que ma peau se déchire. J'ai les larmes aux yeux qui apparaissent toutes seules, tellement la douleur est intense.

Lui, il est super excité. Ensuite, il lèche mes fesses.

Il ne tarde pas à me pénétrer, en sodomie pendant qu'il enfonce en même temps trois doigts dans mon vagin.

Je suis doublement pénétrée. Je hurle de douleur et mes cris augmentent l'excitation de Mikael. Il devient de plus en plus brutal dans les vas-et-viens de son pénis dans mon anus. Je l'entends même crier de jouissance, ce sale égoïste.

Mikael me dépasse, j'ai tellement envie de le tuer mais je me sens si faible. Il vient me baiser chaque jour, sans faute. Matin, midi et soir.

Il doit prendre une substance plus forte que le viagra, car ce n'est juste pas possible.

D'où provient toute cette libido ? Tout ça me dépasse.

En plus, je dois faire attention à ne pas me laisser atteindre par le « syndrome de Stockholm », je dois lutter et résister. Ne jamais m'attacher à ce connard, même pour survivre.

Le désir, que j'ai commencé à éprouver pour lui, date de la première fois que je l'ai vu, cela n'a rien à voir avec ma séquestration de maintenant. J'en suis au moins consciente et je parviens jusqu'à aujourd'hui, à faire la part des choses.

Mais, jusqu'à quand ? Jusqu'à quand, je tiendrai encore ?

Nous entrons dans le quatrième mois.

Aujourd'hui, Mikael a attaché une corde à mon cou et m'a mise à quatre pattes comme une chienne. Il m'a demandé de venir à lui. Au bout de la pièce, il est installé confortablement sur un fauteuil. Il attend mon arrivée pour lui faire sa fellation. Il n'attend même plus, il se lève et prend le fouet qu'il me frappe violemment aux fesses, pendant que je rame sur les carreaux.

— Accélère ! C'est lent !

J'obéis, je fais plus vite en ramant. Il me tire par la corde, j'ai mal au cou, j'étouffe encore. Il se marre tout seul en se branlant.

J'arrive enfin devant son fauteuil. Il me lâche et s'installe à nouveau. Je rapproche ma tête de son pénis qui bande dur et je commence à le sucer. Il m'attrape les cheveux et fait entrer plus profondément ma bouche pour accueillir son pénis dedans. J'ai l'impression que je vais vomir dans un instant car ma bouche ne peut pas contenir tout son énorme pénis.

Mais, il force. Il tire violemment mes cheveux en faisant des vas et viens avec ma tête pour prendre son plaisir dans la fellation. Il gémit de plus en plus fort, je sens qu'il va bientôt atteindre l'orgasme et bizarrement moi aussi je suis toute mouillée, je ne comprends même pas. Il éjacule dans ma bouche. J'imagine, c'est un de ses fantasmes aussi car il le fait souvent. Ce connard.

Il relâche mes cheveux et me sourit. Il prend son doigt et le fait entrer dans mon vagin. Il le stimule tout doucement avant d'augmenter en intensité les rotations de son doigt à l'intérieur. Je gémis, je vais bientôt jouir. Mais il retire son doigt juste avant mon orgasme, je le déteste.

Il enlève la corde autour de mon cou, je vois son pénis à nouveau en érection. Il me soulève et me dépose sur lui en s'asseyant sur le fauteuil. On est face à face. Il attrape mes fesses en écartant mes jambes et il insère sa verge dans mon vagin. Waouh, c'est trop bon. Je suis sans voix. J'aimerais que ça ne s'arrête jamais. Il fait des vas et viens vifs en gémissant fort comme moi. Il me donne en même temps des fessées durant la pénétration. On se rapproche de l'orgasme tous les deux je le sens de par nos mouvements encore plus sauvages et nos respirations qui se font plus fortes. Il jouit en moi puis il me pousse brusquement. Je tombe du fauteuil et je me retrouve par terre. Il se lève.

— Ana, à ce soir, me dit-il avec un petit sourire.

Puis, il s'en va pour sortir de la pièce.

Je suis sans force. Et je deviens mélancolique au fil des jours, de par ce destin auquel je ne m'attendais pas du tout.

Nadia et Adrien, les deux personnes qui me soutiennent et à qui je peux faire confiance, me manquent tellement...

A force de rester enfermée dans ce château, ils sont devenus comme une famille pour moi. D'ailleurs, vais-je les revoir un jour ?

Le soir tombé, après que j'aie diné, Mikael est revenu prendre sa dose sexuelle puis il s'en est allé.

CHAPITRE 34

Mikael

Il fait nuit. Je reviens de la chambre noire, après ma dernière partie de baise, avec cette chipie excitante d'Ana.

Je suis seul dans le balcon de ma chambre, je bois mon whisky. Mais je suis pensif. Une femelle occupe constamment mes pensées, dernièrement : Ana.

Elle commence à me fasciner. Je veux dire, elle n'est toujours pas tombée. Elle n'a toujours pas abandonné. Elle ne m'a même pas demandé de la tuer tout simplement, à l'instar de ce qu'auraient fait toutes ces autres femelles que je côtoie. Ana, ton instinct de survie me plaît. Ta force me touche. Je suis rarement touché. Tu devrais te sentir honorée.

Je me rends compte qu'il fait excessivement froid et qu'Ana dort dans une pièce sans chauffage. Je n'imagine pas combien elle doit avoir froid chaque nuit. Je fais appel à mes techniciens et leur demande d'installer au plus vite un chauffage dans la chambre noire. Non, un grand lit avec un matelas bien douillet d'abord. Sans oublier une grosse couverture, de la plus haute qualité.

Ana mérite une petite récompense. Qu'elle ne se méprenne surtout pas en pensant que je développe de l'empathie à son égard. J'en suis incapable.

Mais je peux dire que j'en suis venu à admirer cette femme. Depuis son entrée dans mon château jusqu'à aujourd'hui, tout le parcours de combattante qu'elle a mené.

Et puis, lui faire plaisir un laps de temps lui fera se reposer sur ses lauriers et croira que j'en ai terminé avec les tortures que je lui fais subir.

Mais c'est me méconnaître. Quand je commence à torturer une femelle dans la chambre noire, sa seule fin possible demeure la mort.

CHAPITRE 35

Ana

Je ne sais pas ce qui se passe mais tout à coup la chambre noire s'est transformée en chambre de princesse. Je précise « princesse gothique » car tout reste noir ou gris comme design dans le décor de la pièce.

Apparemment, Mikael n'aime pas les couleurs. Il ne s'entoure que de noir, gris et rouge bordeaux. Encore des aspects qui révèlent une personnalité mélancolique bien qu'il ne va jamais se l'avouer. Il en est même inconscient, peut-être ?

En tout cas, je suis plus que surprise. Avant, je restais constamment dans le noir. Aujourd'hui, la salle est éclairée de partout, par des grosses bougies noires.

Aussi, je vais dormir sur un lit. Après tant de mois à m'étaler sur les carreaux où tout mon corps s'est cassé. Et j'ai enfin un chauffage. Je pourrai dormir tranquillement dans le chaud ?

Je souris sans même le faire exprès. C'était spontané. Je ne dois pas sourire car je reste toujours une prisonnière de Mikael. C'est juste mon environnement qui est devenu plus confortable. Mais ça ne veut pas dire qu'il arrêtera de me torturer. Je ne dois pas me laisser amadouer par ses gestes. Au contraire, ça devrait me faire encore plus peur car ce monstre est très imprévisible. Il ne fait jamais rien sans rien. Il prévoit tout et calcule dans les moindres détails ce qu'il prépare. Je n'arrête pas de me demander ce qu'il va faire par la suite.

Dès que je monte sur le lit, je m'endors aussitôt, dans ma couverture. Je ne me suis jamais sentie aussi confortable.

CHAPITRE 36

Mikael

Je me prépare à aller à la chambre noire. J'ai tellement hâte d'y retrouver les fesses de ma chipie d'Ana.

Sur le chemin du retour de mon activité nocturne, je ne pensais plus qu'aux fesses d'Ana. J'étais déjà en érection. Les fesses d'Ana m'obsèdent comme jamais. J'ai constamment envie de les mordiller, les croquer, les dévorer entièrement. J'ai envie d'y laisser mes marques, à jamais. Pour montrer sa totale appartenance à moi, car cette femelle m'appartient déjà.

J'entre dans la chambre noire et je trouve Ana, toujours au lit, en train de dormir. Je la comprends. Cela faisait longtemps qu'elle n'avait pas dormi sur un lit ou un simple matelas.

Seulement, ça suffit. Il est temps qu'elle se réveille maintenant. J'ai envie de lui défoncer son beau cul et quand j'ai envie de quelque chose, je dois l'avoir sur le champ.

Je me dirige vers le lit. J'observe un petit moment cette femelle en train de dormir.

Qu'est-ce qu'elle est belle. Surtout quand elle dort.

Bref, que m'arrive-t-il ? Ai-je vraiment besoin de m'attarder sur le visage de cette sorcière ? Qui est allée mettre la pagaille dans mon château et qui est allée brûler mon sous-sol ?

Devrais-je la gifler fort pour la réveiller d'une manière qu'elle n'oubliera jamais de sa vie ? En plus, je ne voudrais pas qu'elle m'oublie de sa vie, même pour une seconde.

Non, je peux essayer autre chose peut-être, pour la réveiller ? Ma plus grande fantaisie sexuelle, toute simple et ordinaire… ?

Je monte sur le lit et j'enlève tout doucement la couverture d'Ana. En plus, elle est en legging cuir, déchiré au niveau des fesses, j'adore sa tenue. Je vois qu'elle porte les vêtements que je lui ai passés. Normal, a-t-elle le choix ?

Je fais entrer ma main dans le trou déchiré du legging. J'y appose ma main pour pétrir la chair des fesses d'Ana. Quelle sensation. Tout mon corps en vibre. Rien que de toucher les fesses d'Ana, m'excite au plus haut point. Je me baisse et je mords ses fesses en exposition.

Elle se réveille en sursaut. Mais elle ne peut pas se lever, je suis assis sur son dos, enfin au niveau de ses belles fesses.

— Bonjour Ana. Bien dormi ? lui dis-je, en souriant.

— Bonjour… me répond-t-elle, d'une petite voix toute mignonne. Normal, elle vient de se réveiller.

Mais je m'en fous. J'enlève mon pantalon et je la pénètre par derrière. Je fais entrer mon pénis profondément dans le vagin d'Ana. Je lui tire les cheveux jusqu'à soulever sa tête. Et le plus jouissif dans tout cela ? Elle gémit (de plaisir) de plus en plus fort.

En plus, durant la vive pénétration, elle se met à remuer ses fesses, serait-ce un moyen de me demander d'y aller plus vite et plus fort ?

Commencerait-elle à apprécier ma manière de la baiser ? En tout cas, j'en serais ravi.

CHAPITRE 37

Ana

Après être venu me réveiller brutalement pour me baiser, Mikael éjacule sur mon dos. Il se rhabille et s'apprête à partir.

— Tu dois te sentir honorée : en temps habituel, je ne baise une femelle qu'une seule fois puis je la jette. Jamais autant de fois. Celles qui entrent dans ma chambre noire sont les femelles les plus privilégiées. Bien qu'elles ne vivent jamais longtemps.

— Ravie d'être cette femelle privilégiée pour un mâle aussi bas de gamme que Monseigneur, lui répondis-je aussitôt, sur le coup de l'exaspération car ayant marre de l'entendre répéter « femelle » à tout bout de champ.

Il ne tarde pas à me donner une gifle, très douloureuse. A ce rythme, je risque de me retrouver avec des joues creusées.

Puis, il s'en va.

La même routine, depuis des mois.

J'ai appris à retirer du plaisir dans la douleur que Mikael m'inflige chaque jour. Je ne sais pas si c'est parce que j'ai toujours été masochiste au fond de moi, sans le savoir ou si c'est uniquement pour survivre que j'ai finalement pris goût aux actes sexuels et sadiques de Mikael.

En tout cas, je n'aurais jamais cru que la douleur et le plaisir pouvaient être autant liés.

En plus, je dois reconnaitre qu'au fil du temps, quelque chose a commencé à se créer entre Mikael et moi. Nos corps ont commencé à devenir accrocs l'un à l'autre, je le sais, je le sens.

Et je suppose que lui aussi, même s'il ne va jamais se l'avouer. Une alchimie physique et sexuelle existe entre nous deux.

Par contre, une alchimie morale et intellectuelle ? Je pense que jamais ça ne pourra exister entre nous car l'homme devant moi est tout simplement inhumain, de la pire manière qui puisse exister.

Une seule question me taraude l'esprit : pourquoi Mikael fait-il ce qu'il fait ?

Aujourd'hui, avec le temps qui passe, je me rends compte que je suis blessée de partout. Mon corps est rempli de cicatrices…

Ces derniers temps, je m'évanouis souvent. Je suis à bout de force, autant mentale que physique. C'est comme si je n'existais plus en tant qu'être humain mais que je n'étais qu'un objet sexuel dont ma seule raison de vivre est devenue : satisfaire Mikael.

Les deux seules choses qui me retiennent encore en vie : ma sœur à venger et ma mère qui a besoin de moi pour vivre encore longtemps et avoir une vieillesse heureuse…

Hélas, étant constamment à bout de force, je tombe et je m'évanouis encore, mais pour longtemps cette fois-ci…

Peut-être, est-il temps pour moi de te rejoindre Carla… J'ai lutté comme j'ai pu, j'ai donné tout ce que j'avais, pour continuer à survivre et à vivre. J'ai atteint mes limites. J'ai épuisé toutes mes réserves d'énergie. Pardonne-moi d'avoir échoué…

CHAPITRE 38

Mikael

J'entre dans la chambre noire et je trouve Ana, par terre, allongée. J'accoure vers elle. Pourquoi est-elle sur les carreaux ? A-t-elle finalement boudé les privilèges que je lui ai offerts pour un meilleur confort dans cette pièce ? Ne me dites pas qu'en plus d'être rebelle, Ana est également orgueilleuse ?

J'arrive et je me baisse au niveau d'Ana.

Je la secoue pour la réveiller.

— Ana ? Ana ?

Pourquoi Ana ne réagit pas ? Je me penche et tente vite d'écouter les battements de son cœur. Pourquoi je n'entends rien ? Je reste encore à l'écoute. Ah, j'entends son cœur battre. Je fais un soupir de soulagement.

Seulement, pourquoi elle ne réagit plus ?

Je m'inquiète rarement. Mais aujourd'hui, à ce moment précis, je m'inquiète vraiment. Serais-je allé trop loin avec elle ?

Je reconnais quand même que cette femme a une force incroyable, pour avoir tenu plus de quatre mois maintenant, face au calvaire que je lui fais subir...

J'ai fait venir le médecin du château. Ana a été immédiatement conduite dans sa chambre de gouvernante.

Le meilleur jouet sexuel, que je n'aie jamais eu, ne peut pas me quitter tout de suite. C'est encore trop tôt.

CHAPITRE 39

Ana

Il fait nuit. Je suis allongée sur le lit, dans ma chambre de gouvernante. La dernière chose dont je me souviens : mes maux de tête intenses, qui ne partaient pas. Je crois que je me suis finalement évanouie, dans cette pièce effrayante qu'est la chambre noire.

C'est donc Mikael qui m'a sortie de là-bas ? Depuis quand cet homme a un cœur ? Ou de l'empathie ? Pourquoi il ne m'a pas laissée pourrir là-bas ? C'est ma mort qu'il voulait, non ?

J'ai, à nouveau, des maux de tête. Toutes ces questions, que je me pose, me rendent encore plus malade. Je devrai mettre un peu en veilleuse mon cerveau.

La porte de ma chambre s'ouvre, quelqu'un entre. Tout mon corps me fait tellement mal que je ne peux même pas me lever pour voir qui c'est. Mais j'ai déjà deviné : Mikael. Ça ne peut être que lui qui puisse entrer si brusquement, sans frapper à la porte.

Je ne souhaite pas voir la tronche de ce gars, franchement. Je me retourne de l'autre côté du mur, pour ne pas avoir à croiser son regard.

Il vient s'installer au bord du lit. Qui lui a permis ? Je suis malade. Il le sait au moins, j'espère ?

— Ana. Je peux savoir pourquoi tu t'es tournée là-bas ? Regarde-moi ici. C'est un ordre.

Je soupire et je me retourne vers lui. Même pas un « bonjour » ? Ou un « comment tu te sens ? ».

Il dépose sa main sur mon front. Je suis surprise. Qu'est-ce qu'il fait, au juste ? Pourquoi ce geste affectif ?

— Tu n'as plus de fièvre, dépêche-toi de guérir.

Je savais qu'il n'était pas venu pour me rendre visite. Pourquoi le ferait-il ? Tout ce qui l'intéresse, c'est mon corps et son plaisir.

— Retire ta robe de nuit.

Hein ? Il veut quoi ?

— Monseigneur, svp… J'ai mal partout… Je…

— Ana. Je ne te ferai aucun mal.

Vraiment ? J'ai du mal à y croire, mais bon…

Je me force à me lever et à m'adosser à la tête du lit. J'enlève mon vêtement.

— Tu peux te recoucher, me dit Mikael.

Je suis si rassurée d'entendre cela. Je m'allonge donc à nouveau. Mikael se lève et se rapproche encore plus de moi. Je le vois sortir un pot de crème de la poche de son manteau.

Il ouvre le pot et met de la crème sur la paume de sa main puis il me l'applique sur mon corps. Je suis étonnée.

— C'est une crème pour adoucir ta peau et qui est efficace contre les cicatrices également. Au cas où tu te demanderais ce que je mets sur ta peau puisque je te connais.

Je souris sans faire exprès.

— Je peux savoir pourquoi tu souris ? Je vais arrêter l'application, tout de suite.

— Non, je ne souris plus.

— Qui t'a dit de ne pas sourire ?

— Mais vous venez de le dire, Monseigneur.

— Ana. Tu recommences déjà avec ton comportement de chipie ?

— Je n'oserais jamais, Monseigneur.

Mikael m'applique la crème sur tout mon corps en me faisant de doux massages.

Je me sens si bien. Si apaisée. J'espère que je ne suis pas en train de rêver. Je me demande ce qui s'est passé.

Mikael, se serait-il épris de moi en fin de compte ? Non, qu'est-ce que je raconte, c'est impossible.

Ou bien, serait-il victime du « Syndrome de Lima » ? Mon bourreau, commencerait-il à apprécier sa victime ?

Waouh, quelle douceur dans ses gestes. Qui m'aurait dit ça, je n'y aurai jamais cru.

Pourtant, je sais que tout cela ne va pas durer. Je ne dois pas me leurrer.

Je fais des grimaces de douleur car encore une fois, tout mon corps me fait mal.

Pourtant, les mains de Mikael atténuent la douleur…

Quel paradoxe.

CHAPITRE 40

Ana

Une semaine plus tard.

Nous sommes en début de matinée. Je reste allongée au lit, dans ma chambre de gouvernante. Et je suis convenablement mon traitement médical, en prenant les médicaments que le médecin m'a prescrits. Ainsi que les crèmes à appliquer sur mes cicatrices.

Mikael entre et me demande de me déshabiller. Comme d'habitude. Il n'a que ce mot à la bouche.

Par contre, je croyais qu'il prendrait en compte le fait que sois actuellement sous traitement médical et que mon corps a subi trop de dommages, dernièrement.

Donc, je ne pense même pas avoir la force nécessaire pour coucher avec lui. Ne me dites pas qu'il compte me brutaliser à nouveau ?

Je me lève et enlève mes vêtements. Son regard rempli de désir pour moi n'a jamais changé, depuis le premier jour qu'on s'est rencontrés.

— À présent, couche-toi, sur le ventre, me dit-il.

Je n'ai pas senti ce ton autoritaire qu'il a l'habitude d'employer quand il me parle. Quand il parle à tout le monde, je devrai dire.

Je m'allonge sur le ventre. Mikael vient me rejoindre sur le lit. Il enlève son manteau. Je me demande pourquoi il ne l'a pas fait depuis. Ou bien, serait-il venu ici dès qu'il est rentré ? Serait-il venu me voir directement sans même avoir pris son petit déjeuner ? Non, je ne pense pas que cet homme ait ce sens du sacrifice, quelque part en lui.

Et encore moins, à mon égard. Il se déshabille complètement. Il sort de la poche de son manteau une petite bouteille d'huile.

Qu'est-ce que cet homme va encore faire aujourd'hui ? Je suis si épuisée. Je ne sens même plus mes os. J'ai juste besoin d'un bon massage. Ça m'aurait fait tellement de bien.

Soudain, je sens des mains chaudes sur mon corps, sur mes épaules. Un effet très apaisant. Je n'en crois pas mes yeux. C'est Mikael qui me fait un massage avec l'huile que je l'ai vue sortir de la poche de son vêtement. En plus, j'adore l'odeur : c'est à la menthe poivrée.

Mikael commence par le haut de mon corps, il descend au niveau de mon dos. Je dois reconnaître que c'est un expert en massage. Je ne m'y attendais pas, venant de ce sale égoïste.

Je me sens dans un autre univers et exempte de tout stress, de toute pensée. Je suis si détendue et relaxée. En plus, il y met tellement de douceur.

Décidément, ces derniers jours, je suis agréablement surprise par ce monstre devant moi. Il me demande de me retourner et de lui montrer face. Je fais comme il dit. Il verse de l'huile sur la paume de ses mains et me masse les seins. Avec lenteur et délicatesse. Nous nous fixons en même temps. Nos regards se perdent l'un dans l'autre. Je sens que notre relation est en train de prendre une autre tournure, que ni lui, ni moi, ne contrôlons.

Il s'attarde sur mes tétons. Ce pervers. Il veut rendre érotique tout ce qu'il fait. J'avoue que j'aime cet aspect de sa personnalité. Enfin, dans ces rares moments où j'entrevois de la douceur et de la tendresse dans ses gestes.

Je commence à gémir. Il sourit.

— J'ai envie de te faire jouir comme jamais, me dit-il.

Rien que ces simples mots qu'il vient de prononcer augmentent mon excitation. Mon vagin brûle car ayant envie d'y faire entrer la verge de Mikael. Cet homme m'a rendue sexuellement dépendante de lui.

J'aurais aimé être en forme afin qu'il me prenne et me baise.

Il continue à me masser. Il descend jusqu'à mon bas ventre. Ensuite, il caresse mon clitoris, tout doucement. Je gémis de plus en plus fort en bougeant tout mon corps, sous l'effet du plaisir intense ressenti.

Il se branle en même temps et je le vois éjaculer. Pour une fois, ni sur mon visage ni sur mon corps.

Mais, je reste réaliste. Je sais que le comportement qu'il adopte actuellement n'est que temporaire. Je ne me fais pas de fausse idée. Comme toujours, depuis que j'ai rencontré Mikael, j'ai l'impression d'être devenue deux personnes dans un même corps. Car il me fait ressentir beaucoup de sentiments contradictoires. Actuellement, il me rend confuse.

A force de me caresser le clitoris et de stimuler mon vagin par son doigt, j'ai finalement atteint l'orgasme. Je me sens euphorique.

C'est bien qu'il pense à moi, à ce que j'aime, durant l'acte. Car il ne m'a pas massée uniquement pour lui et même après qu'il ait joui, il a continué de me caresser jusqu'à ce que j'aie atteint l'orgasme.

J'ai senti que le massage qu'il m'a offert s'est fait avec envie et passion. Peu de temps après, je m'endors... dans les bras de Mikael.

Tous les deux, dormons profondément, côte à côte.

Pourquoi je sens un léger changement dans sa manière de faire ? Comme s'il voulait que je prenne du plaisir intense ? Depuis quand Mikael pense-t-il aux autres avant de penser à lui ?

Qu'est ce qui se passe ?

En plus, moi aussi je deviens accro à ses touchers si brûlants. J'ai finalement pris goût à toutes les pratiques de cet inhumain.

Pourtant, je ne dois pas me laisser dominer par mes hormones. Je dois lutter et résister.

Je ne dois jamais m'attacher à cet homme, même sur le plan charnel et sexuel.

Le lendemain matin, Mikael vient encore me rendre visite. Je suis restée au lit, couchée et pensive.

Je crois que je commence à faire une dépression et à subir une dévalorisation de mon image. J'ai le regard vide et mon corps est sans vie.

Mais je n'ai pas du tout envie que Mikael me voit dans cet état. Je suis sûre que cela l'amusera et lui fera rire puisqu'il aime voir les autres malheureux. Il s'installe sur un fauteuil en face de mon lit.

— Serais-tu en train d'avoir un effet secondaire des médicaments que tu prends ? Devrais-je en parler au médecin ? Ou bien, serais-tu déprimée ?

Je me demande à quoi il joue. Essaierait-il de paraitre « gentil » avec moi ? Après tout ce qu'il m'a fait ? Il est la cause principale de mon état actuel.

— Je ne vois pas de quoi vous parlez, Monseigneur, rétorqué-je, en souriant.

— Ana. Tu joues très mal la comédie, surtout avec moi. Ces subterfuges ne marchent jamais avec quelqu'un d'aussi intelligent que moi.

Je roule des yeux et je l'écoute s'auto-complimenter, comme d'habitude.

— Qu'est ce qui se passe ? Accouche ! Ne suis-je pas assez important à tes yeux pour te confier à moi ?

Il voudrait que je me confie à lui ? Mais quel être humain sain d'esprit sur cette Terre voudrait se confier à toi, Mikael ?

— Dis-moi ce qui se passe et je vais tout régler, tout de suite.

Je reste silencieuse.

— Ana. C'est un ordre. Et gare à toi si tu me mens.

Je soupire et décide de lui dire la vérité.

— Dernièrement… J'ai des pensées noires.

— C'est-à-dire ? Détaille.

Je vais sortir ce que j'ai dans mon esprit et dans mon cœur. On dit qu'il est bien de se confier parfois, au lieu de tout contenir en soi. Et que cela peut être une première forme de « thérapie ».

— Je doute de moi… De ma valeur en tant que…

— Femme ?

Ah, donc il sait qu'on dit « femme » et non « femelle », ce connard.

J'ai honte. Je ne peux pas lui parler de mes états d'âme. C'est à cause de lui que je suis comme ça, aujourd'hui. Pourquoi je me confierai à lui ? Finalement, non, ce n'est pas possible. Je n'y arrive pas. Je risque de me montrer encore plus faible à ses yeux.

— Ana. Tu es la femme la plus courageuse que je connaisse. C'est rare de rencontrer des femmes qui puissent autant m'épater que toi. T'avoir rencontrée est un pur délice. Le sais-tu ?

Il est sérieux ? Sur tout ce qu'il vient de me dire ? Depuis quand Mikael possède une sensibilité pour sortir des mots qui puissent résonner chez moi ?

— Ne sombre pas dans la dépression. Je te préfère joyeuse, énergique, maligne et hélas… chipie, me dit-il. Depuis que tu es arrivée ici, mon manoir est plein de vie.

Je suis surprise d'entendre tout cela.

Dites-moi que je rêve ? Mikael est l'homme le plus contradictoire que je connaisse. Moi, qui aime déchiffrer la personnalité des gens, je me perds.

Pourquoi après m'avoir fait subir toutes ces atrocités, maintenant il se met à me remonter le moral ? A me consoler ? A m'aider à me relever, sans compter ses nombreux massages pour reprendre la forme ?

Non, je dois refuser de tomber dans son piège. Il fait tout cela uniquement pour obtenir à nouveau le plaisir qu'il avait avec moi.

Seulement, pourquoi je sens un peu de sincérité dans sa manière de me regarder et dans ses paroles ?

CHAPITRE 41

Mikael

Ana s'est rétablie, après deux semaines de repos, dans sa chambre (de gouvernante).

J'ai décidé de la libérer.

Elle vient de survivre à plus de quatre mois de séquestration et de torture, ce qu'aucune autre femelle séquestrée par moi, n'a pu faire par le passé.

Cette résistance et cet instinct de survie méritent bien une petite récompense, à savoir une liberté provisoire car c'est loin d'être terminé.

La seule fin possible pour cette femelle qui se la joue « forte » reste la mort.

La douce mort.

Cependant, je dois reconnaitre que je suis devenu accro au corps d'Ana. Je n'aime pas la tournure que prennent les choses.

J'aime avoir le contrôle sur tout et je ne supporte pas non plus l'attache envers une femelle, surtout envers cette garce, comprenez dans le mauvais sens du terme car cette femelle me tient tête.

Même si elle n'est pas de taille face à moi, elle lutte à chaque fois et donne tout ce qu'elle a. C'est un peu admirable, non ? Elle commence à m'intriguer et à me... plaire ?

CHAPITRE 42

Ana

Quand je sors, enfin, dans la cour du château et que je revois la lumière du jour, je n'en crois pas mes yeux.

Je n'aurais jamais cru que je pourrai me trouver à nouveau dehors, dans la simple nature et savourer les choses les plus insignifiantes de la vie telles que l'air pur, le vent, les arbres, le bruit des feuilles des arbres et surtout : le soleil.

J'observe avec délectation toutes ces fleurs colorées. Même les couleurs de la vie me manquaient. Mes yeux ne voyaient plus que du noir ou des bougies.

J'ai l'impression d'atterrir complètement dans un nouveau monde. Alors que je suis née dans ce monde dans lequel je me trouve actuellement.

Pour les autres, cet environnement autour de moi peut sembler banal, mais pour quelqu'un comme moi qui a été enfermée pendant des mois dans une pièce obscure, c'est un pur bonheur de me retrouver dans cette « banale » atmosphère.

Je pense soudain à Nadia et à Adrien. Je ferai tout pour que Mikael les libère.

J'attendrai à l'heure du déjeuner pour en profiter et lui faire cette requête.

CHAPITRE 43

Mikael

Je déjeune tranquillement dans mon salon privé.

Ana, ma putain de gouvernante sexy et guerrière, est debout à côté de moi. Je dois avouer qu'elle m'avait manqué.

Enfin, je la voyais chaque jour dans la chambre noire et je la baisais plusieurs fois par jour. Mais l'avoir à mes côtés lors de mes repas, ça m'avait manqué.

Je ne sais pas... Je crois que j'aime beaucoup sa présence.

Seulement, ça ne m'étonnerait pas que ce soit temporaire puisque je suis quelqu'un qui me lasse très vite, de tout.

— Mika. Mika. Ana de retour, dit mon nouveau perroquet.

Je souris. Ma chipie d'Ana avait même manqué à mon bordel de perroquet énervant. Je vois Ana sourire à mon perroquet. Et à moi ? Elle ne me sourit pas.

— Ana.

— Oui, Monseigneur ?

— Comment oses-tu sourire à quelqu'un d'autre que moi ?

— Euh... je ne comprends pas, Monseigneur. Excusez-moi si je vous ai causé du tort.

— Ana.

— Oui, Monseigneur.

— Souris-moi. Regarde-moi et fais-moi un sourire. Sincère.

Elle se tourne face à moi et me regarde. Je la regarde également.

— Monseigneur... J'aimerais tant vous sourire mais comment le pourrais-je ? J'ai le cœur brisé.

— Ana. Je t'ai vue sourire tout de suite à mon perroquet !

— Monseigneur, le sourire ne se force pas.

— Ana ! Quelle insolence !

Je sors mon pistolet et le pointe vers mon perroquet.

— N'oses-tu vraiment pas me sourire ?

— Monseigneur, que faites-vous ?

— J'ai subitement envie de tuer cet animal de compagnie. Je veux un nouveau. Tout ce qui dure me lasse et m'ennuie.

— Attendez ! Je vais vous sourire.

— Pas besoin. Je n'aime pas le sourire. Je trouve que c'est l'expression du visage la plus hypocrite qui existe dans ce monde. La majorité des gens qui sourient le « fakent » tout simplement.

— Monseigneur, le « quoi », dites-vous ? Et savez-vous que j'ai subitement envie de vous sourire de manière spontanée et sincère ?

Me dit-elle tout cela uniquement pour que je ne tire pas sur ce perroquet ? Cette femelle est si dangereuse. Tenterait-elle de me manipuler ? A ce que je vois, elle me méconnaît toujours.

— Pourquoi cette subite envie de me sourire ? lui demandé-je ?

— Parce que votre bonté m'a touchée ces derniers jours, où vous aviez pris soin de moi, avec douceur, pour que je me rétablisse...

Elle me sourit. Waouh, quel beau sourire elle possède, ma belle Ana. J'ai même envie de lui rendre ce sourire. Hélas, mon sourire ne sort de manière naturelle que lorsque je fais souffrir les autres.

Je range mon pistolet. Son sourire m'a légèrement adouci et ce, temporairement bien sûr.

Je termine de manger. Je me sers de l'eau.

— Ana. Pourquoi aurais-tu le cœur brisé ?

— Monseigneur, à ce propos... J'ai une requête.

— Réponds à ma question.

— C'est lié à ma requête.

— Accouche.

— Mes deux amis sont toujours emprisonnés. Je ne me sens pas libre, sans eux à mes côtés.

— Pourrais-je savoir depuis quand tu t'es liée d'amitié avec Adrien ?

Pourquoi je bouillonne de jalousie ? Trouve-t-elle Adrien plus agréable que moi ?

— Adrien est si fidèle à Monseigneur. C'est pourquoi je tiens à ce qu'il soit libéré mais je vous jure qu'il n'y a rien entre lui et moi. Je l'appelle « ami » car c'est votre employé et tous les employés de Monseigneur sont mes amis, me dit-elle en souriant.

Comme toujours, cette femelle intelligente trouve toujours les mots pour s'en sortir.

— Qu'est-ce que je gagnerai en retour ? Si je libère ces deux traîtres ?

Ana se met à réfléchir.

— Que désireriez-vous ? me demande-t-elle.

— Chaque jour, une fellation, matin, midi et soir. Avec la possibilité de me laisser mordre tes fesses à chaque fois que j'en aurai envie.

Je la vois bouche bée. Serait-elle choquée ? Depuis qu'elle est ma gouvernante, ne s'est-elle toujours pas habituée à ma très forte libido ? Et ne sait-elle pas rien que de la voir chaque jour, augmente ma libido et me donne très envie de la baiser, et ce, constamment ?

— Tant que vous les libérez, je ferai tout ce que vous voudrez, me répond-t-elle.

— Voilà qui me plaît bien. Tout en sachant que j'aurais pu t'exiger cela de force n'est-ce pas ? Et pourtant, j'ai préféré t'en faire la proposition. Qu'en penses-tu ? Me trouves-tu agréable ? lui demandé-je, en souriant.

Même si je ne sais plus ce qui m'arrive. Je deviens inhabituel avec Ana. Et je commence à être jaloux de ses amis. Tient-elle autant à moi ? M'aime-t-elle plus qu'elle aime ses amis ?

Si ce n'est pas le cas, je tuerai ses putains d'amis. Je les ferai disparaitre, à jamais.

— Effectivement. Vous ne m'avez pas forcée. Mais plutôt, vous m'avez fait un chantage très subtil.

— Ana. Encore quelle insolence ! Dépêche-toi de commencer la contrepartie de la libération de tes amis !

— Bien sûr, Monseigneur. Tous vos désirs sont des ordres.

Elle se met sous la table pour me sucer ma queue. Ah, qu'est-ce que j'ai hâte que ça commence...

CHAPITRE 44

Ana

Je me dirige au sous-sol, accompagnée par deux gardes qui vont ouvrir les cellules de Nadia et d'Adrien.

Je suis devant la cellule de Nadia. Elle vient d'être libérée. Elle saute dans mes bras et me serre fort. Je la serre encore plus fort.

Lorsqu'on se retire des bras de l'une et de l'autre, je vérifie sur son corps si elle n'a pas de sévices.

— Nadia. Tu es blessée quelque part ? Qu'est-ce qu'on t'a fait à l'intérieur ?

Nadia a les larmes aux yeux. Je ne comprends pas pourquoi. Ne devrait-elle pas être soulagée ? Elle vient d'être libérée. Ou bien aurait-elle subi des atrocités, elle également ? Oh, non, pas ça.

— Ana. C'est à moi de te demander si tu vas bien et si tu n'es pas blessée quelque part, me dit-elle, de manière triste.

— Je vais bien, je te rassure, lui rétorqué-je, en souriant.

— Ana. Je sais que même quand ça ne va pas, tu diras toujours « je vais bien ».

Je la serre à nouveau dans mes bras.

— Je suis si soulagée que tu sois en vie, lui dis-je.

— Moi aussi, je le suis pour toi, me répond-t-elle, en pleurant.

Ensuite Nadia et moi suivons les deux gardes qui vont libérer Adrien.

Arrivés devant la cellule d'Adrien, le garde lui ouvre la porte. Adrien sort enfin, lui aussi.

Il me serre fort dans ses bras. Je suis tellement émue et rassurée.

Nadia vient se joindre à notre câlin.

Dieu, merci. Mes deux amis ont survécu et ils vont bien. Ils sont enfin libérés, eux également. Je me retiens de ne plus verser de larmes encore. Avec Mikael comme ennemi, je dois devenir encore plus dure, apprendre à contenir mes larmes et à pleurer moins.

Ensemble, nous quittons le sous-sol. L'endroit que je déteste le plus dans ce château. Quand je pense que Mikael l'a complètement reconstruit et avec une telle rapidité.

Je me demande d'où provient la richesse de cet homme. Je ne le vois jamais travailler. Il est toujours aussi mystérieux.

Depuis le jour où je suis arrivée au manoir jusqu'à aujourd'hui, que sais-je vraiment de Mikael ?

A la suite de tout cela, je pars déjeuner avec Nadia. Ça faisait si longtemps. Adrien ne peut malheureusement pas se joindre à nous. Il doit regagner son poste de garde du corps auprès de son connard de patron. Nadia et moi nous installons dans la cour des servantes pour manger.

Je pense que je vais passer beaucoup plus de temps dans la nature dorénavant. Car ça m'avait manqué à un point inimaginable. Deux choses essentielles : l'air pur et la lumière du soleil. Les créations naturelles de Dieu.

Je me surprends à fermer les yeux et à respirer l'air pur en souriant.

— Je suis heureuse de te voir sourire, me dit Nadia.

Je souris car cela ne sert à rien de rester constamment énervée. Mais je sais que ce sourire cache une grande rancœur, qui n'a toujours pas disparu.

Je me dis que c'est juste le calme avant la tempête car avec Mikael, il faut s'attendre à tout. Que va-t-il faire prochainement ? Qui sera sa nouvelle proie ? Ou bien compte-t-il continuer à m'utiliser pour assouvir ses fantasmes sexuels ?

— Entre nous, qu'est-ce que Monseigneur t'a fait subir ? me demande Nadia.

J'ouvre les yeux. Je prends un temps de pause avant de répondre. Je repense à tout ce que j'ai subi dans cette chambre noire...

— Un seul mot pour tout te résumer : l'enfer... sur Terre.

Nadia me regarde tristement.

— Tu es vraiment forte. Tu as survécu pourtant. Ne te sous-estime pas, Ana.

— Je suis forte grâce à toi et Adrien, qui êtes là.

Nadia me sourit.

— Sais-tu que selon des rumeurs, aucune femme entrée dans la chambre noire n'a jamais survécu aux punitions de Monseigneur ?

— Je ne sais pas si je dois me sentir fière d'avoir survécu. Ou penser que c'est un exploit... Pour être honnête, j'étais à deux doigts de mourir, dans le vrai sens du terme. C'est parce que je me suis évanouie que Monseigneur m'a faite sortir de la pièce.

— C'est ce qui est encore plus incroyable je trouve, me dit Nadia.

— Ah oui, pourquoi ?

— Eh bien, il paraît que Monseigneur ne sauve jamais personne. Il préférait laisser les femmes pourrir dans la chambre noire plutôt que d'aller les secourir.

— Mais comment tu as eu toutes ces informations ?

— Le sujet de discussion préféré des servantes ici c'est Monseigneur et les femmes. Tu as dû le remarquer, je pense ?

— Oui, c'est vrai que beaucoup de rumeurs circulent.

— En tout cas, on dirait que Monseigneur n'est finalement pas si insensible à ton charme, me dit Nadia en souriant.

— Je préférerais qu'il en soit insensible et ne pas me faire de fausses idées.

— Je veux dire, il t'a même accordé cette requête de nous libérer, Adrien et moi.

— Oh Nadia tu sais, Monseigneur ne fait jamais rien gratuitement.

— Qu'est-ce que tu veux dire par là ? Qu'est-ce que tu dois faire en retour ?

— Rien, ne t'en fais pas. Tout va bien maintenant. C'est le plus important, rétorqué-je à Nadia, en lui souriant.

CHAPITRE 45

Mikael

Je suis dans mon salon privé. Je m'apprête à aller découvrir les femelles vierges qu'on m'a apportées aujourd'hui. Avant cela, Adrien tape à la porte.

Je le regarde avec mépris avant de lui demander d'entrer. Il se dirige vers moi.

— Monseigneur, merci pour votre clémence et votre bienveillance.

— Oh, Adrien. Epargne-moi de tes louanges, veux-tu ? Et tu as intérêt à t'éloigner de MA gouvernante. Tu es prévenu. L'amitié entre homme et femme ? Je n'y crois pas une seconde, lui dis-je, avant de continuer mon chemin pour sortir d'ici et aller exercer mon activité favorite : dépuceler les jeunes femelles qui m'attendent.

Je suis en peignoir. J'arrive dans la salle préférée de ma demeure : « Paradis sur Terre ».

Je suis tout heureux de pouvoir m'amuser, en ce bel après-midi, avec un temps bien gris. Le soleil a disparu, c'est magnifique. Même si je ne suis pas sorti.

Bref, je suis si impatient de pouvoir goûter à ces jeunes femelles vierges et de leur retirer toute innocence, de les détruire toutes, une à une.

Elles sont une dizaine. Comme chaque début, elles se baignent dans la piscine et s'amusent. Elles sont toutes nues. Il suffirait qu'elles entendent le coup de feu de mon pistolet et elles vont toutes sortir de l'eau, en furie. Ça me fera un beau spectacle.

Alors, je sors mon pistolet et je tire droit dans le mur. Voilà que les femelles, apeurées, sortent immédiatement de l'eau et courent partout.

Je vise l'une d'entre elles, qui finit par tomber dans la piscine, avec son sang qui change peu à peu la couleur de l'eau de la piscine. J'adore la couleur du sang. C'est la couleur de la vie, de la passion, de l'intensité.

Les femelles restantes commencent à crier de peur et à paniquer. Il est temps que je me divertisse un peu, à présent.

Je me dirige vers deux femelles qui vont être les premières à perdre leur virginité et à être pénétrées...

CHAPITRE 46

Ana

Je me dirige vers la salle « Paradis sur Terre ». Depuis que je suis dans ce manoir, j'ai vu que tout le monde assistait aux actes ignobles de Mikael, sans intervenir. Tout le monde lui exauce toujours ses vœux à ce petit bourgeois et malade mental.

Je sais que je vais me créer encore des problèmes, mais peu importe. Rien ne m'a amené dans ce château à part mettre fin aux actes diaboliques de Georges Mikael de Sade.

Et je n'abandonnerai jamais, tant que je serai en vie.

A aucun moment, je ne dois oublier ma mission principale ou m'en éloigner, malgré tout ce qui pourra arriver, au cours de mon chemin.

J'arrive devant la porte de la salle « Paradis sur Terre », je vois Adrien et deux gardes devant la porte, fermée. Même Adrien n'ose pas dire la vérité à son monstre de patron. Je ne le blâme pas. S'il le faisait, il serait immédiatement exécuté. Puisque c'est le seul moyen que détient Mikael pour terroriser tous ses employés.

— Stp, Ana, n'interfère pas, me dit Adrien.

— J'en serai incapable… Je ne peux pas rester sans rien faire.

Tous les agissements de Mikael envers les jeunes femmes ne cessent de me rappeler ma petite sœur Carla. Tout me renvoie à elle.

— Alors, attends à la sortie de Monseigneur, tu vas tenter de lui parler. Mais pas tout de suite, d'accord ?

Je comprends les inquiétudes d'Adrien. Mais je veux entrer dans cette salle et essayer au moins. Essayer du mieux que je peux pour arrêter Mikael et sauver ces nouvelles femmes qu'il a encore fait venir, contre leur volonté.

— Adrien, stp, laisse-moi passer ?

— Je suis navré, Ana. Je ne peux pas faire une chose pareille. Je ne peux ni désobéir à Monseigneur, encore moins prendre le risque de te voir blesser ou mourir…

Je ne peux pas me battre contre Adrien et je ne pense pas non plus être de taille face à lui. Il doit être beaucoup mieux entrainé que moi. Ce n'est pas pour rien qu'il est le meilleur élément de ce salopard de Mikael.

Sauf que je dois entrer dans cette salle, tout de suite.

Il me faut trouver une solution, au plus vite.

Soudain, j'ai une idée. Je me mets à taper fort à la porte. Adrien est surpris, il me tire aussitôt et se place carrément devant la porte pour m'empêcher tout accès, même pour y taper. Alors, je décide de crier à haute-voix, en utilisant toutes mes cordes vocales.

— Monseigneur !!! Je dois vous parler !!! Je dois vous voir !!! Monseigneur !!! Mikael !!!!

Adrien est très étonné. Mais le plus cool ? J'entends la voix de Mikael :

— Adrien, laisse cette chipie entrer.

Je souris à Adrien.

— Tu ne devrais pas, me dit-il, à basse voix.

— Ça va aller, ne t'inquiète pas.

Alors, Adrien m'ouvre la porte. Et j'entre.

Je suis bouche-bée. Je vois Mikael dans son peignoir noir, qu'il a ouvert bien sûr, pour exposer son pénis, le cerveau de son corps. Je vois trois femmes évanouies, allongées sur les carreaux ; cinq autres assises par terre, en train de trembloter et de pleurer de tous leurs corps. Elles sont plus que terrorisées. Enfin, la dernière que je vois, est en face de Mikael qui la doigte sauvagement, avec du sang qui se déverse, pendant que la femme pleure et crie de douleur.

Quelle atrocité. Suis-je arrivée trop tard ?

Voilà Mikael, en train de violer des jeunes femmes. C'est du viol car il les baise sans leurs consentements en les forçant. Mikael est pire qu'un monstre.

La prison du manoir va à nouveau se remplir. Je n'arrive pas à y croire. Tant que je ne me serais pas débarrassée de Mikael, le même cycle se répétera, sans cesse. Sauf que j'ai commencé à percevoir des choses que j'aurais aimé ne jamais percevoir…

Pourquoi j'ai l'impression que Mikael se venge à chaque fois qu'il se tape une femme ? Comme s'il détenait une rage profonde envers les femmes ? Mais de quoi se venge-t-il ?

Bien sûr ce sont mes connaissances en psychologie qui me fatiguent. On nous a toujours appris que l'homme n'agit jamais sans une raison bien précise, parfois inconsciente même.

Mikael cache trop de secrets. Je suis là maintenant depuis un bout de temps, mais que sais-je de lui ? A part qu'il aime faire du mal aux femmes, uniquement les femmes.

On nous a appris en psychologie que l'homme naît déjà avec des prédispositions puis c'est l'environnement dans lequel il atterrit qui façonne et oriente son comportement.

Ainsi, un individu né avec des tendances sadiques peut les voir s'atténuer au fil du temps s'il grandit dans une ambiance aimable, douce et chaleureuse. Tout comme un individu né avec un pacifisme exacerbé peut au fil du temps devenir belliqueux s'il a grandi dans un environnement de guerre, de rivalités où il est question de survie et de compétitivité.

Pour le cas de Mikael, je dirai plutôt qu'il est né avec des tendances agressives latentes en lui, qui se sont accentuées plus tard à cause de l'environnement néfaste dans lequel il a dû grandir.

Toutes ces choses que je raconte ne sont que des hypothèses. Puisque je ne sais rien de son enfance ou de son environnement familial.

Mais je suis sûre d'une chose : la relation avec sa mère n'a pas dû être facile car cette haine qu'il voue à la Femme est si profonde et intense. Or la première figure féminine commune à nous tous, êtres humains, demeure notre mère.

Aussi, quel est son problème avec les rousses ? Serait-ce lié à son enfance ? A sa mère ?

En agressant sexuellement ces pauvres femmes, Mikael croit qu'il est heureux.

En réalité, il souffre...

Son cerveau a associé ces actes de violence à du plaisir mais au fond, son être intérieur n'y retire aucun plaisir. Tout n'est qu'illusion. Et cette spirale est loin d'être terminée.

Mikael... Contre qui te venges-tu ? Pourquoi continues-tu de te leurrer ? Quels sont ces nombreux secrets que tu gardes en toi ?

Quand prendras-tu conscience de ta souffrance ? Quand prendras-tu la décision de sortir de ce monde illusoire que tu t'es créé autour de toi ?

Ne pouvant rester sans rien faire, j'accoure auprès de Mikael et j'interfère en me plaçant de force entre lui et la jeune femme qu'il doigtait violemment.

— Laisse-moi être toutes ces femmes pour toi !!! lui crié-je.

J'en ai marre de voir toutes ces atrocités et de ne pouvoir rien faire. Toutes ces femmes torturées et violentées auraient pu être ma petite sœur que j'ai perdue à cause de Mikael. Toutes ces femmes ont des familles qui les cherchent et les attendent. Je ne peux retenir mes larmes cette fois-ci. Non, je suis à bout.

— Déchaîne toute ta colère, ta violence et ta haine sur moi !! Et laisse-les s'en aller.

— C'était la raison pour laquelle tu as fait tout ce vacarme devant la porte pour me déconcentrer ? Je ne supporte pas qu'on me dérange lors de ces moments intimes et intenses que je partage avec mes nouveaux jouets. Où sont les gardes ? Venez prendre Ana et faites-la s'agenouiller dehors devant mon palais, toute la journée !

Je suis surprise. Comment peut-il me faire ça alors que je viens de sortir d'une séquestration de quatre mois et que je suis en train de me soigner peu à peu, pour retrouver la santé, autant mentale que physique…

CHAPITRE 47

Mikael

Pourquoi j'ai l'impression que je suis touché par ce que cette rebelle détestable a dit plus tôt ? Elle voudrait être toutes ces femmes pour moi ? J'en souris.

Force est de reconnaître qu'elle est vraiment audacieuse, cette femme. Et un peu trop martyr ? Qu'est-ce qu'elle est drôle ! Quand je dis ça me touche, je veux dire : ça me fait bien rire, tout ceci.

Comment a-t-elle pu gâcher ma journée qui s'annonçait si bien ? Ces moments de dépucelage me sont si précieux.

Ana, tu comptes continuer à m'emmerder, jusqu'à quand ?

Je suis dans le balcon de ma chambre. Je bois du bon lait. Et j'admire le beau temps qu'il fait. Il pleut. J'adore la pluie.

Mon traître de garde du corps et ami d'enfance, Adrien, tape à la porte. Je lui demande d'entrer. Pourquoi vient-il me déranger dans mon moment de solitude ?

— Monseigneur, excusez-moi d'interférer. C'était juste pour vous informer que votre gouvernante est toujours dehors, sous la pluie. Avec ce froid, elle risque d'attraper une grippe si on la laisse encore plus longtemps, dehors.

— Adrien. Tu me les mets. Je n'ai point besoin de ton sentimentalisme à deux balles. Du balai, maintenant.

— Je m'excuse de vous avoir offensé, Monseigneur, me dit-il, avant de s'en aller.

Le soir tombé, je suis dans mon salon privé. Il continue de pleuvoir. Ana est toujours dehors, agenouillée. Je l'observe à travers la fenêtre. Pourquoi je me sens, tout d'un coup, triste ? Serait-ce la pluie qui me rende ainsi ?

Pourtant, la pluie m'a toujours rendu joyeux. Donc, pourquoi une tristesse envahit tout mon être ?

Ana… Tu dois cesser de me tenir tête ou de tenter cela. Je préfère les femmes soumises. Seulement, il semblerait que je sois également fou des femmes rebelles comme toi, sans jamais l'avoir su ?

Vois-tu, je n'aime point te faire du mal. Mais, c'est toujours ta témérité qui me pousse à bout et qui me met en colère.

Je suis le maitre suprême de ce château. Tout le monde doit être d'accord avec mes actes, sans piper mot ni hausser sourcil. Alors, ce n'est certainement pas une chipie comme toi, qui va venir changer les règles dans ma demeure.

Peu de temps après, alors qu'il pleut toujours, je sors avec un grand parapluie pour aller prendre Ana, ma douce, belle, forte et fragile Ana.

J'arrive devant elle et je la trouve sagement agenouillée et toute trempée. Je lui tends la main, elle est surprise et prend du temps avant de réagir. Je la comprends, elle ne s'attendait pas à ce que je me déplace jusqu'ici pour venir la récupérer.

Cette femme doit se sentir vraiment honorée d'obtenir tous ces privilèges, rares, de ma part.

Elle me donne la main. Je l'aide à se relever. Nous sommes debout, face à face.

Soudain, le tonnerre gronde. Ana s'agrippe à mes bras. Que fait-elle comme ça ? Je la pousse, illico.

— Ana. En ce peu de temps que je t'ai laissée dehors, serais-tu devenue folle ? Je n'aime point enlacer les femelles et tu oses venir te blottir dans mes bras ?

Quelque chose ne va pas avec Ana. Je la sens effrayée. Que se passe-t-il ? Mais elle a froid bien sûr. Depuis quand suis-je si bête ?

J'enlève aussitôt mon manteau et je le mets sur elle. Elle est très surprise. Pour casser cet aspect qui vire au moment romantique, tout ce que je déteste, je lui donne le parapluie.

— Allez. Mets-toi au travail. Je suis ton supérieur, après tout.

Pourquoi elle sourit ? Elle prend le parapluie et nous couvre, elle et moi.

Aussi bizarre que cela puisse paraitre, j'ai soudainement envie de mettre mon bras autour d'elle, sans savoir pourquoi. Je la sens si fragile. L'aurais-je laissée trop longtemps dehors ? Non, depuis quand je pense aux autres ? Elle l'a mérité, point final.

Nous nous dirigeons à l'intérieur de mon Palais.

Dans le salon privé, dès que j'entre avec Ana, j'entends un autre bruit de tonnerre. Ana accoure se cacher sous la table. Qu'est-ce-qui lui arrive, tout d'un coup ? Ne me dites pas que c'est ce à quoi je pense ?

Alors, je me dirige vers la table et je m'installe en-dessous, aux côtés d'Ana, qui tremble, de peur ? Je la prends dans mes bras et je la serre fort, pour la rassurer. Elle est très surprise et émue.

Je viens de comprendre qu'Ana a peur du bruit de tonnerre. J'ai si mal pour elle.

Quand, cette maudite pluie, va-t-elle s'arrêter bon sang ? Finalement, je n'aime plus la pluie.

CHAPITRE 48

Ana

Mikael et moi, sommes tous les deux, assis sous la table. Il me serre fort dans ses bras.

— Ana. Je ne savais pas que tu avais peur du bruit de tonnerre. Te voir si effrayée, m'anéantit.

Je m'accroche encore plus aux bras de ce monstre, qui vient de me faire pourtant passer toute la journée dehors, sous la forte pluie. Et maintenant, voilà qu'il me procure apaisement et réconfort.

— Restons comme ça... Jusqu'à la fin de l'orage...

— Tout ce que tu voudras, Ana.

Il me caresse avec douceur les cheveux. Je fais entrer mes mains dans sa chemise et je lui caresse le dos en me serrant contre lui.

Je me sens si bien dans les bras de Mikael. C'est si absurde et inexplicable. Comment je peux me sentir autant en sécurité dans les bras de l'homme qui a failli me tuer à plusieurs reprises, qui m'a punie, sans aucune compassion et qui continue de commettre des actes cruels ?

J'ai l'impression que parfois, toutes les questions que l'on se pose n'ont tout simplement pas de raison d'être, car c'est la relation qui se crée, qui devient elle-même irrationnelle. Alors pourquoi s'acharner à vouloir trouver de la logique en tout ?

J'ai juste envie de me laisser aller, pour ces quelques minutes, dans les bras de Mikael, sans penser à rien. Seulement quelques minutes. Car je sais que ce genre de moments que je vis avec lui, ne durera jamais longtemps...

CHAPITRE 49

Mikael

Quand la pluie s'arrête, je fais venir le médecin pour examiner Ana.

En plus, elle doit poursuive son traitement entamé après la sortie de sa séquestration.

Même si la mort l'attend toujours. Ma belle Ana. Qui sait ? Peut-être que bientôt je la ferai retourner dans la fameuse chambre noire, devenue assez cool maintenant.

Tiens, ne devrai-je pas la réaménager et la ramener à son état initial ? Sinon, pourquoi l'appellation de « chambre noire » ?

CHAPITRE 50

Ana

Trois jours plus tard, c'est encore la même chose.

Dans la salle « Paradis sur Terre », cette fois-ci, Mikael viole une jeune fille de quinze ans, une mineure.

Je ne peux pas rester sans rien faire.

J'accoure comme une folle et je me place devant Mikael. Je le prends dans mes bras, je le serre fort pour le calmer car je parviens à voir derrière cet acte atroce, je n'ai jamais demandé à avoir autant de sensibilité et à percevoir des choses imperceptibles par la majorité des gens. Il souffre, il déverse sa rage sur cette jeune fille devant lui. Son cerveau ne sait pas si c'est une adolescente ou une innocente, tout ce qu'il voit devant lui est une femme.

Voilà le problème : Mikael voue une haine viscérale envers la femme, tout court. Je tremblote en le serrant dans mes bras.

— Qu'est-ce que tu fous comme ça ?! me hurle-t-il, avant de me pousser brusquement, je me retrouve sur les carreaux, une statue tombe sur ma jambe. Et ça fait mal. Très mal.

Mikael, pour la première fois, je le vois troublé. Il me regarde. Non, il n'a pas pitié, mais plutôt je dénote une once d'inquiétude dans son visage. Serait-ce à mon égard ? Qu'est-ce que je raconte encore ? Mikael se retourne et regarde l'adolescente qu'il violentait. Il demande à ses gardes de la faire sortir d'ici. Je souffle un bon coup de soulagement. Il demande qu'on me sorte d'ici, aussi.

Il ne m'a même pas regardée à nouveau, ni ne s'est excusé ou encore moins me demander si ça va. Pourquoi j'attendais un signe d'affection de sa part ? Cet homme est incapable de ressentir de l'empathie, à ce que je vois.

Je suis dans ma chambre, Nadia vient me voir pour m'aider à faire le pansement sur ma jambe. Elle est inquiète pour ma santé.

— Stp, Ana, tu dois rester soumise avec Monseigneur. Tu ne dois jamais intervenir, même quand ce qu'il fait est atroce, sinon tu risques de finir paralysée, avant l'heure.

— Ne t'inquiète pas pour moi, ça ira.

— C'est ce que tu dis, tout le temps… me dit Nadia, d'un air triste.

En même temps, qu'est-ce-que je peux dire d'autres ?

C'est moi qui ai décidé d'intégrer le château de Mikael et c'est lui qui y règne. Je dois assumer les conséquences de ma décision et de mon obstination à vouloir mettre fin aux actes barbares qu'il prend du plaisir à commettre, chaque jour.

CHAPITRE 51

Mikael

Il fait nuit. Je suis debout, au balcon de mon salon privé. Je bois, en observant le ciel et les étoiles.

Je repense à Ana. J'avoue avoir ressenti quelque chose, ce matin, quand cette femelle m'a pris dans ses bras, pour sauver cette jeune fille devant moi.

Qu'ai-je ressenti exactement ? Un sentiment de quiétude ? De sérénité ? D'apaisement ? Et… D'espoir ?

Ana. Encore une fois, qui es-tu ?

Non, Ana doit vivre ! Et rester à mes côtés. Peut-être qu'elle est ordinaire, mais elle ne l'est pas pour moi, on dirait.

Je demande immédiatement à Adrien de faire venir le médecin qui va soigner la blessure à la jambe de ma gouvernante. Je dois veiller à ce qu'elle soit rétablie dans les meilleurs délais.

Le lendemain, dès mon retour au manoir, à six heures du matin, je demande qu'on m'amène cette rebelle, dans ma chambre.

Ana vient se coucher dans ma chambre, comme je lui ai ordonné.

— Mets-toi toute nue. Je n'avais pas besoin de te le dire, non ?

Ana se lève et descend du lit. Elle se déshabille. Comment rater cela ? Je la dévore des yeux. Je n'ai jamais autant désiré une femme.

Quand Ana s'allonge de dos, je me couche un petit moment sur ses fesses. Ensuite, je me redresse et je « sniffe » ses fesses : ma meilleure drogue douce. Je les touche, les caresse, les pétrit. Je secoue ma tête entre la paire de ses belles fesses. Ana bouge légèrement et gémit.

Ses réactions durcissent ma queue. Enfin, je commence à mordre ses fesses. Mon meilleur divertissement sexuel, depuis que j'ai rencontré Ana. Avant, ce n'était que la simple fellation. Maintenant, c'est mordre les fesses d'Ana qui rentre direct dans le top un de mes plus grands plaisirs sexuels.

J'ai envie de dévorer toute la chair de ses fesses et de posséder entièrement Ana. Son vagin déverse un flot de liquides sur mon drap. Je vois qu'elle est hyper excitée. Qu'est-ce que j'adore.

Je demande à Ana de se lever. Je la soulève et la pose sur moi, qui suis assis au bord du lit. Elle me montre face et je suppose qu'elle doit sentir sur son ventre mon pénis en érection. Il n'y a qu'elle pour m'exciter sans aucun effort, rien qu'à la vue de son corps.

Je la regarde avec désir. Elle soutient mon regard. Tout ce que j'aime. Mais le pire ? Je crois que je commence à craquer pour ce bout de femme qu'est Ana.

— Ana, je n'aime pas la douceur, encore moins ce regard que tu me fais. Je ne connais pas tout ça, je ne l'ai jamais connu. Pourquoi tu ne me détestes pas comme toutes les autres femelles qui me rencontrent ? Même si certaines donnent l'air d'aimer être baisées durement, je sais qu'aucune d'entre elles ne m'apprécie vraiment. Après tout, je ne suis point appréciable. En plus, tu es têtue. Tu persistes dans cette façon que tu as de me regarder, comme si tu comprenais tout ce que je racontais...

Je ne sais pas ce qui m'arrive mais j'ai tout d'un coup envie d'embrasser cette femelle devant moi. Je voulais dire « femme ». Faudra que je m'habitue, ça viendra avec le temps. J'ai une ardente envie de goûter aux lèvres d'Ana.

Alors, je commence par lui caresser les cheveux, puis je dépose ma main sur sa joue et je l'embrasse, vigoureusement. Ma passion pour elle est si vive. Et je sais qu'elle est surprise, elle ne s'attendait pas à ce que je lui donne un baiser. Après tout, je n'embrasse jamais. Je me retire des lèvres d'Ana et garde mon regard plongé dans le sien.

Et waouh, j'ai aimé ce baiser. Ana, qui es-tu ? Pourquoi tu me fais tant d'effet ? Pourquoi j'ai envie de recommencer ? Mais pourquoi je le ferai ? Je n'ai jamais aimé embrasser les femelles. Je ne lui offrirai pas ce nouveau plaisir.

A ma grande surprise, Ana prend l'initiative. Elle pose ses mains sur mes joues et m'embrasse, d'un long baiser mouillé et langoureux. Chacun ferme les yeux et y met toute sa « flamme » pour l'autre.

Un simple baiser peut vite devenir érotique comme le nôtre. Sous l'effet de la passion, c'est elle-même qui retire mes vêtements. Que c'est magnifique.

Je suis si heureux de pouvoir baiser à nouveau ma chipie d'Ana. Combien de jours ai-je attendu ce moment ? Pendant tout ce temps, j'ai respecté le fait qu'Ana était en traitement médical (même si c'est toujours le cas). Je ne pouvais quand même pas la baiser à fond, alors qu'elle était encore si faible.

Mais comme on dit, « la patience est une vertu ».

Je fais tomber Ana sur le lit, elle est couchée de face. Je monte sur elle et lui suce ses seins en lui doigtant le vagin qui se lubrifie à une vitesse incroyable. Je caresse le ventre d'Ana avec ma langue. Elle émet des légers bruits de plaisir. En même temps, elle me caresse le torse et le dos. J'adore son toucher. Doux et sauvage en même temps. La combinaison parfaite. J'insère ma queue dans son vagin tout en lui suçant à nouveau ses jolis et petits seins ronds. Elle s'agrippe à mes cheveux comme pour me dire de ne jamais arrêter et j'adore ces moments où son corps la trahit.

Je constate qu'Ana devient de plus en plus active au lit. Je sens que je commence à aimer un peu trop cette femelle et qu'elle aussi, a finalement pris goût à moi. Que c'est excitant, tout ceci.

Ana, tu es la première femelle que je baise plus d'une fois. Non, que je prends du plaisir à baiser plus d'une fois.

Hélas, après que nous ayons joui, je me rends compte que je suis en train de m'attacher à Ana. Je dois garder ma relation avec elle, uniquement sexuelle.

Que m'arrive-t-il ?

Ou bien le sexe serait-il un autre moyen de s'attacher à une personne ? Un autre moyen de découvrir l'autre jusqu'à commencer à l'apprécier pour tout ce qu'elle est ? Comme ce qui est en train de m'arriver avec Ana ?

Je m'ennuie déjà. Le sexe était juste « basique » en ayant tenté de lui faire plaisir à elle. J'ai besoin d'un peu de stimulation pour augmenter mon plaisir ressenti.

Je regarde Ana et lui donne deux coups de gifle sur la joue. Elle est abasourdie. Haha, elle ne s'y attendait pas. J'adore l'effet de surprise sur son visage. Je la retourne en la faisant se coucher sur le ventre et je lui donne des fessées. De fortes fessées pour voir son postérieur changer de couleur et rougir. Elle hurle de douleur.

— J'ai mal ! Arrête stp...

Et moi, voilà déjà que ma queue se relève et se durcit. Après tout, la souffrance des autres me procure du plaisir. Encore plus quand il s'agit d'une femme aussi désirable qu'Ana.

Je mets ma salive sur ma main et stimule avec rapidité l'anus d'Ana pour le lubrifier et lui faire une sodomie mémorable. Je suis hors de contrôle dès que je me trouve devant les fesses d'Ana. Je la pénètre et c'est si sensationnel. Les effets ressentis font vibrer tout mon corps.

Ana aussi, prend énormément de plaisir. Je le sens et le vois dans ses gestes, ses gémissement, sa respiration. Je ne sais pas pourquoi elle joue à la « pudique ». Peut-être bien qu'elle l'était avant, mais depuis que je la baisais trois fois par jour dans la « chambre noire », elle ne l'est plus du tout.

Sur le point d'atteindre l'orgasme, je tire avec force les cheveux d'Ana. Elle crie encore. La pauvre. J'espère qu'elle ne va pas se casser la voix chaque jour, si c'est à ce rythme qu'elle compte réagir à chaque fois que je la baiserai, passionnément.

Les vas-et-viens sont si rapides et violents que j'éjacule très vite, sur les belles fesses d'Ana, en souriant.

Je me lève et je pars enfiler mon peignoir. Mais voilà qu'Ana semble mécontente et me fait des histoires :

— Monseigneur ! Je suis toujours en traitement médical et c'est de la sorte que vous me traitez ?

— Ana ? Serais-tu en train de me reprocher quelque chose ? C'est moi qui t'ai donné toute cette liberté ? Je dois la reprendre afin que tu n'oses même plus sortir tes pensées que tu devrais garder pour toi. J'ai attendu plus de deux semaines avant de pouvoir te toucher à nouveau !

— J'en ai marre, je ne suis pas un objet sexuel !!! crie-t-elle.

Elle a les larmes aux yeux. Sérieux ? Pourquoi pleurerait-elle ? Qu'est-ce que je lui ai fait ?

— J'ai mal partout... me dit-elle.

— Ana, dans la vie, il y a deux côtés : ceux qui font souffrir et ceux qui subissent. Je suis le premier et tu es la seconde. Quoi de plus normal ?

Pourquoi ne dit-elle plus rien ? Elle a l'air très en colère. Mais, ça passera. Elle finira par me pardonner et m'accepter tel que je suis.

Sinon, je risque de vraiment la renvoyer dans la chambre noire et l'y enfermer, afin qu'elle me donne ce que je veux. Elle a intérêt à rester sage et soumise.

Je m'empresse de la foutre dehors. Ses cris et ses larmes, en dehors du sexe, je n'en veux point.

CHAPITRE 52

Ana

Je suis retournée dans ma chambre (de gouvernante), après que ce monstre égoïste et pervers m'ait foutu le camp, de manière brusque, comme d'habitude.

Je suis assise sur mon lit. Je recommence à faire une dépression. J'ai perdu goût à tout. A la vie, à toute activité. Je ne me suis jamais sentie aussi vide, aussi dépravée.

Je n'en peux plus. Je ne peux plus supporter de voir Mikael maltraiter, dominer et avilir toutes ces femmes chaque semaine, sans que je n'y puisse rien, sans compter la manière dont il continue de me malmener chaque jour.

En fin de compte, à quoi je sers ? Ne suis-je pas qu'une sale incapable ? Mikael ne pourra jamais changer. Il ne le veut même pas. J'en ai marre de tout. Je suis à bout. Je sais qu'il n'est pas bien d'être découragée mais il semblerait que j'aie complètement perdu espoir…

La séquestration de quatre mois qu'il m'a fait subir me pèse toujours et influe sur ma psychologie. Il reste encore des séquelles... Je me sens affaiblie. J'ai besoin de sortir de cet endroit, le plus vite possible. Je commence à étouffer. J'ai besoin de revoir ma mère, elle me manque tant, ou au moins de l'entendre au téléphone.

J'ai besoin de voir autre chose que les murs de ce château, autre chose que la tronche de Mikael. Même si Nadia et Adrien seront les seuls qui vont me manquer.

Bien sûr, je reviendrai. Je ne pars pas pour toujours. Je reviendrai pour terminer ma mission de venger ma sœur et toutes ces autres femmes, violées, souillées et décédées, injustement.

Seulement, j'ai d'abord besoin de sortir un peu d'ici, de recharger mes batteries, de me reconstruire psychologiquement et émotionnellement. Je suis complètement brisée de l'intérieur. Tout est cassé et fissuré dans mon être.

J'ai besoin de douceur et d'un peu d'humanité. Ce que je ne peux jamais avoir auprès de mon pervers de « patron » que je côtoie chaque jour et qui continuera à me rabaisser et à rabaisser toutes les autres femmes qu'il rencontrera.

J'ai décidé, dès cet après-midi, vers quinze heures, de quitter le manoir. Sans prévenir Nadia ni Adrien puisqu'ils vont me dire que je prends un gros risque car je pourrai être attrapée par les gardes du manoir, dans la cour ou dans le quartier.

Cependant, j'ai mon plan...

Je suis dans le long couloir obscur du deuxième étage, éclairé par des petites bougies.

J'aperçois un garde qui arrive. Le couloir est vide heureusement. Je donne des coups de pied au garde qui passait. Il tombe et j'enchaine vite avec des coups de poing violents. Il finit par s'évanouir.

J'en profite pour le déshabiller et prendre ses vêtements, tout en gardant son caleçon bien sûr. Trop pudique pour aller aussi loin. De plus, je n'ai pas besoin de son caleçon. Je dois uniquement enfiler la tenue. Je sais que je suis en train de prendre un gros risque et qu'à tout moment quelqu'un peut passer et découvrir ce que je fais. Je m'empresse d'enfiler la tenue du garde. Je prends son arme également. Puis, je cache le corps de ce garde en le faisant entrer dans une pièce à côté.

— Pardonne-moi. C'est un mal nécessaire, dis-je au garde évanoui.

Puis je m'en vais.

Arrivée dans la cour, comme je suis habillée dans une tenue de garde et donc déguisée en homme, heureusement que mes seins ne sont pas énormes. Pour une fois que c'est positif. Et pour mes fesses un peu grosses, ça ne se remarque pas car le pantalon est ample. Espérons que les gardes se trouvant à la porte ne remarquent rien.

J'arrive à la porte et j'invente un mensonge en prenant la voix d'un homme :

— Ce soir, je pars garder les environs.

Ils m'ouvrent la porte principale du château. Super. Enfin, je vais sortir de cette prison.

CHAPITRE 53

Mikael

Je viens de finir de déjeuner. C'est ma servante VIP, qui a fait le service. Et je ne vois nulle part, Ana. Même ma servante VIP ignore où cette chipie se trouve.

Alors, je fais venir Nadia et Adrien. Je leur demande où est Ana. Aucun d'entre eux n'est capable de me répondre.

Je sors mon pistolet et le pointe vers Nadia, pour la tuer évidemment. Je n'ai point besoin d'incapables dans mon château. Mais voilà qu'elle panique déjà :

— Monseigneur, je vous le jure que j'ignore où se trouve Ana. Je m'inquiète autant que vous car si elle devait partir quelque part, je suis sûre qu'elle m'en aurait parlé. Donc, svp, je vous demande de la chercher...

Cette femelle est si émotive et d'un tel ennui.

Adrien qui rajoute :

— Monseigneur, je rejoins Nadia. Je crois qu'à l'heure actuelle, nous devons vite retrouver Ana. C'est le plus urgent afin de nous assurer qu'elle ne se trouve pas en danger, quelque part.

Un garde débarque en furie et tape à la porte.

— Entre et accouche. Fais court de grâce.

— Monseigneur, un de nos hommes a été retrouvé évanoui au second étage. Aussi, on...

Le garde arrête de parler. Il a l'air embarrassé.

— Aussi quoi ? Tu vas parler ou pas ?! lui criai-je.

— Aussi... on l'a trouvé en caleçon uniquement. Il a été déshabillé...

Je suis surpris. Comment ça il a été déshabillé ? Où sont passés ses vêtements ? D'abord évanoui puis vol de vêtements ?

Ana... Cette chipie d'Ana aurait-elle fait tout cela ? Décidément, cette femelle n'en a donc pas fini de me surprendre et de me provoquer ? N'a-t-elle pas eu assez de la chambre noire, on dirait ?

Aussitôt, je donne un ordre de la plus haute importante :

— Adrien, toi et les gardes spéciaux, vous devez impérativement retrouver ma gouvernante. Elle doit encore être dans les environs si elle a quitté, il y a peu. Si vous ne m'amenez pas Ana, vous n'avez pas besoin de rentrer au manoir car vous serez tous exécutés pour incompétence !

— Vos désirs sont des ordres, Monseigneur, me dit Adrien avant de s'en aller.

Je reste seul avec sa copine Nadia. Elle regarde vers le bas et commence à trembler. Aurait-elle peur de moi ? Vraiment ?

— Dis-moi tout ce que tu sais, si tu veux sortir vivante de cette pièce.

— Monseigneur, je ne vois pas de quoi vous parlez...

— Pourquoi Ana est partie ? Donne-moi une réponse satisfaisante si tu ne veux pas perdre ta vie tout de suite, lui dis-je en pointant mon arme vers elle.

— Monseigneur, je vous le jure que...

— Trêves de bavardage !!! Pourquoi Ana m'a quitté je demande ?!

Je suis sur les nerfs. Comment-a-t-elle osé s'éloigner de moi ? Ça ne va plus jamais se reproduire. Si je revois Ana, je m'assurerais qu'elle ne file plus jamais entre mes mains.

— Chère copine d'Ana, je t'écoute.

— Monseigneur... Ana a eu mal au cœur à cause de votre comportement envers elle... C'est tout ce qu'elle m'a dit. Je n'oserais jamais vous mentir...

— Tu peux disposer.

— Merci, Monseigneur.

Elle se retourne et s'en va.

Je pars me servir du whisky dans mon verre et je bois.

Ai-je été dur avec elle ? Quand ? Pourquoi ne m'en suis-je jamais rendu compte ?

Je risque de devenir fou. Ana me manque. Ma belle, sauvage et douce Ana. Reviens-moi... Comment oses-tu me quitter ? Je te ferai prisonnière à vie… Afin que tu ne t'éloignes plus jamais au grand jamais, de moi.

Je passe la journée à boire, en pensant à Ana. Je la veux tant à mes côtés. Je donnerai tout pour l'avoir à nouveau, à mes côtés.

Ana, j'apprendrai à te chérir. Tu as juste besoin de revenir auprès de moi.

Les envoyés spéciaux débarquent pour me dire qu'ils ont amené des jeunes femelles vierges.

— Elles ne m'intéressent pas. Je veux Ana. Apportez-moi Ana ! Bande d'incompétents !!

Ils sont étonnés. Ils partent également à la recherche d'Ana, en même temps que les gardes spéciaux.

CHAPITRE 54

Ana

Il fait déjà sombre. Normal, on est en hiver. Je marche à la hâte. Je suis toujours dans le quartier, c'est incroyable. Et pourtant, je marche à un rythme rapide. Je n'ose pas courir pour ne pas éveiller de soupçons auprès des gardes qui me voient passer.

Tout à coup, j'entends des bruits derrière et des pas qui s'approchent. J'espère que ce ne sont pas des gardes qui viennent après moi. Mais même si c'est le cas, je ne dois pas montrer ma peur, d'autant plus que je suis déguisée en homme donc je reste méconnaissable. Ils ne sauront pas que c'est moi.

Par contre... S'ils découvrent le garde déshabillé au second étage, les hommes de Mikael auront déjà l'information selon laquelle je porte la tenue des gardes du manoir. Je dois rester en alerte.

Je continue de marcher. Je prie fort dans ma tête d'arriver à sortir de ce quartier, sans que mon identité ne soit découverte.

Hélas, Adrien et les gardes finissent par m'intercepter et me reconnaissent. Enfin, Adrien me reconnait immédiatement. Je suis encerclée.

Une dizaine de gardes sortent leurs armes pour me tirer dessus. Auraient-ils reçu l'ordre de me tuer ?

— Ne tirez pas sur Ana. Monseigneur la veut intacte. C'est un ordre ! Baissez vos armes ! dit Adrien.

Ouf. Merci Adrien. J'ai failli avoir un arrêt cardiaque.

Je n'arrive pas à croire que j'ai été découverte et que je vais retourner dans ce maudit manoir. Juste une semaine de « break » au moins, sans voir la tronche de Mikael, sans répéter « Monseigneur » un million de fois par jour, sans constamment   jouer la comédie devant un homme que tu as envie de tuer, m'aurait fait énormément du bien.

Que veut Mikael ? Suis-je irremplaçable à ses yeux ? Ou bien tant qu'il ne m'aura pas complètement détruite, il ne me lâchera jamais ?

Non, je ne veux pas retourner auprès de lui et revivre des atrocités à n'en plus finir.

Puisque les gardes ne peuvent pas me tirer dessus et qu'ils ont rangé leurs pistolets, je décide de courir de toutes mes forces pour m'enfuir et parvenir à sortir de ce quartier pire qu'une prison. Les gardes et Adrien courent après moi.

— Stp, Ana. Monseigneur nous a donnés l'ordre de te ramener, sinon nous serons tous exécutés, me dit Adrien, pendant qu'il court derrière moi.

Dès que j'entends ces mots, je m'arrête. Je sais que Mikael a fait exprès de dire cette phrase à Adrien, afin que je revienne vers lui, ce monstre. Il sait que jamais je ne le regarderais exécuter Adrien, à cause de moi.

N'ayant plus le choix, je décide alors de retourner au manoir…

Je ne peux même pas avoir de temps mort dans mon cauchemar…

Il fait nuit. J'arrive dans le château.

Je marche le long du couloir du troisième étage, pour aller répondre à Mikael.

Que va-t-il m'arriver encore ? Qu'a-t-il prévu de nouveau ? Aller jusqu'à déployer tous les hommes de la sécurité de son château pour me retrouver ? Pourquoi est-il si fixé sur moi ? Serais-je celle qui lui procure le plus de plaisir dans son sadisme ?

J'arrive devant la porte du salon privé et je m'arrête. Je soupire et me force à entrer. Je n'ai pas envie de faire exécuter Adrien et les autres gardes, qui sont tous innocents. C'est la seule raison pour laquelle je suis revenue, si tôt.

Je tape à la porte. Aussitôt, je vois Mikael se retourner vers la porte. Il me fixe, longuement. Il est surpris. Je le vois rarement avec cette expression du visage.

— Entre, Ana.

J'entre alors et je m'arrête devant la porte.

Je vois Mikael se diriger vers moi, en se précipitant et avec force. Compte-t-il me frapper ? Ah non, cette fois ci, je refuse de subir sa violence. Devrai-je me préparer à bloquer son coup de poing ? Je me mets en position en croisant mes bras sur mon visage pour me protéger de toute agression venant de sa part.

Mikael arrive devant moi et me prend aussitôt dans ses bras. Je suis sans voix. Il me serre tellement fort que j'en étouffe.

— Comment as-tu osé me quitter ?

Toujours dans ses bras, il me caresse les cheveux, avec tendresse. Je ne sais plus rien de ce qui se passe. J'avoue que je suis complètement perdue.

Si je retire la fois où il pleuvait fort, c'est la première fois que Mikael me prend dans ses bras. Il aime tant le sexe avec moi que je lui ai manqué à ce point ? Je n'ai disparu qu'une demi-journée et on dirait que je suis partie depuis des années.

CHAPITRE 55

Mikael

Quand j'ai revu Ana, je n'y ai pas cru. Je l'ai attendue tellement longtemps. J'ai pensé ne jamais la revoir. Elle est dans mes bras. Et je ne compte pas la lâcher de sitôt.

Sa présence, son corps, tout son être m'avait manqué, en l'espace de si peu de temps.

Serais-je finalement devenu accro à ma chipie d'Ana, sans m'en être rendu compte ?

Non, il n'est jamais trop tard. Je la ferai mienne. C'est décidé.

Ana ne doit plus être loin de moi.

Tout de suite, je la ferai mienne. Je veux cette femme à mes côtés. Je n'ai jamais été autant sûr de ce que je voulais. Et j'ai toujours obtenu ce que je voulais. Ce n'est pas Ana qui fera l'exception. Le plus vite possible, cette situation doit changer.

Tout d'abord, je dois devenir plus agréable afin de me faire aimer par Ana.

Je dois parvenir à la charmer, à toucher son cœur. A lui faire changer l'image qu'elle a de moi.

Je dois cesser de la malmener et la traiter avec plus de douceur.

Je dois me battre pour améliorer mon comportement, auprès d'Ana.

Je veux qu'elle m'aime, comme elle aime ses amis. Beaucoup plus. Je veux qu'elle soit folle amoureuse de moi. Je veux qu'elle me désire comme elle n'a jamais désiré aucun homme. Je veux l'obséder autant qu'elle m'obsède. Je veux lui manquer chaque seconde comme elle me manque constamment dans la journée, dès qu'elle est un peu loin de moi. Je veux de la réciprocité dans ce flot d'émotions qui me submergent et qui sont tous orientés vers la même personne : Ana. Ma Ana.

Je me retire des bras d'Ana et je pars m'installer sur mon sofa.

— Viens poser ton cul, Ana.

Elle croise ses bras et me regarde avec mépris.

— Je voulais dire, viens t'asseoir, ajouté-je, en lui souriant.

Que suis-je bête. Pourquoi je ne réfléchis pas avant de parler ? Je commence déjà mal.

Elle vient s'asseoir sur l'autre sofa, à côté de moi. Mais que vois-je ? Ana a les larmes aux yeux. Serait-ce encore de ma faute ? Qu'est-ce que j'ai fait ? Depuis son entrée dans la pièce, je l'ai bien traitée, non ?

Je suis touché par tes larmes, Ana.

Hélas, je ne connais point la douceur. Je ne sais pas comment te réconforter. Je ne suis pas doué pour calmer les êtres humains que j'ai toujours vus comme des simples objets servant à satisfaire mes besoins et mes désirs.

Mais en même temps, je n'aime pas te voir pleurer. Enfin, si tu pleures à cause de moi, oui c'est jouissif. Mais si c'est à cause d'autre chose ou de quelqu'un d'autre, non je ne le supporterai pas. Comme ce qu'il se passe, tout de suite là.

— Ana. Pourrais-tu me dire ce qui se passe ? Je vais tout régler, sur le champ.

Elle m'ignore et ne parle pas. Elle tente d'essuyer ses larmes, qui coulent à nouveau.

— Ana. Pour une fois, pourrais-tu croire en ma bonne intention et me parler ?

Elle reste silencieuse. Je n'en dis pas plus et reste patient. J'attends qu'elle se livre d'elle-même.

Enfin, elle s'ouvre un peu à moi :

— Ça fait cinq mois que je n'ai pas parlé à ma mère... me dit-elle.

— Qu'est-ce qu'elle a ta mère ? En ne lui parlant pas, va-t-elle mourir ?

Elle me fixe avec mépris, comme d'habitude. Aurais-je dit quelque chose de fâcheux ? Je soupire et tente de l'énerver moins.

— Ma chère Ana, comment puis-je t'aider ?

— J'ai juste besoin de parler à ma mère... pour savoir comment elle va et j'ai besoin de sortir d'ici également... Je dois lui envoyer de l'argent. Elle suit un traitement et c'est moi qui lui prends ça en charge depuis le début...

Ana ne cesse de pleurer. Ça me fend le cœur, juste à moitié. Je ne suis pas si sensible tout de même. Bien qu'avec cette femelle, non je voulais dire cette femme, j'apprends à ressentir des choses. J'apprends à moins me centrer sur ma noble et majestueuse personne.

— Ana. J'ai une proposition à te faire : deviens mon épouse et je te promets deux choses incroyables en retour.

Je la vois très surprise. Elle ne s'attendait pas du tout à cette demande, je suppose. Je la vois réfléchir, hésiter. Je sais qu'elle continue de douter de moi et de ma « cruauté ».

— C'est quoi la proposition ? me demande-t-elle, d'une petite voix affaiblie.

— Je t'offre la moitié de ma richesse inépuisable et je ne toucherai plus aucune autre femelle que toi, femme autant pour moi. Tu as juste besoin de prêter serment que tu seras mon épouse jusqu'à la mort et que tu m'appartiendras, à vie. Que tu n'auras aucune interaction avec aucun autre homme que moi.

— Si j'accepte de devenir ton épouse, vas-tu arrêter de faire du mal à toutes ces femmes que tu kidnappes pour les faire venir ici ? Vas-tu arrêter de maltraiter tes propres employées domestiques ?

— Tout ce que tu voudras, Ana. Et avec la richesse que tu vas obtenir, tu pourras rester toute ta vie sans travailler.

Pff, encore un homme qui ne limite la femme qu'au matériel, en pensant que c'est tout ce qui nous intéresse ?

N'empêche, pour parler d'un rêve, c'en est un, dis donc. Je pourrai immédiatement offrir à ma mère la moitié de mon revenu. Enfin, elle vivra dans l'aisance, sans aucun souci. En plus, ça rallongera sa durée de vie car elle aura la tranquillité d'esprit.

CHAPITRE 56

Ana

J'ignore ce qui s'est passé, mais subitement, Mikael tente de jouer au « gentil ». Je garde les pieds sur Terre, ça ne durera pas. Je le sais déjà.

Nous sommes tous les deux, assis à table, dans le salon privé.

Il est en train de rédiger notre contrat de mariage, sur un carnet de note. Cet homme a des façons de faire si arriérées. On est au 21e siècle. Un contrat se tape sur un clavier, sur Microsoft Word et non à la main, avec un stylo à plume !

C'est à croire que Mikael vient vraiment d'une autre ère.

Je l'observe. Il est si concentré dans la rédaction. Je le vois rarement si calme, avec un air sérieux. C'est durant ces moments où il ne m'énerve pas, que je me rends compte de sa beauté, fascinante, envoûtante et ensorcelante.

Mikael arrête d'écrire, se redresse et me regarde.

— Ana. J'ai terminé la rédaction de notre contrat. Pour t'en résumer l'idée générale : « Ana Duval, devenue Ana de Sade, ou Madame de Sade appartient dorénavant à Mikael de Sade. De ce fait, Ana restera sa prisonnière à vie, mais en retour, son époux s'occupera d'elle et s'assurera qu'elle ne manquera jamais de rien, en tant que sa seule et éternelle épouse ».

Qu'est-ce que cet homme vient de sortir encore ? Je suis choquée. Il me prend toute ma liberté ? Et qu'est-ce que le mot « éternel » vient faire là-dedans ?

— Puis-je jeter un coup d'œil ? lui demandé-je, en souriant.

Il me remet le carnet de note et je commence à lire les articles. Je crois qu'à ce stade, je me suis vendue au diable. Je lis :

— Si jamais mon épouse Ana de Sade me trompait, elle serait exécutée à mort ?

— Exactement. Ni plus, ni moins. Dépêchons-nous de conclure et de signer. Je dois faire plus de mille copies de ce contrat, si précieux.

Je hais cet homme. Il se croit vraiment tout permis.

Après lecture du contrat, je suis bouche-bée.

En gros, je n'ai plus de vie et en échange Mikael promet qu'il me protégera et qu'il me rendra heureuse, tant que je lui obéirai ?

D'abord, arrêtons-nous au : « qu'il me rendra heureuse ». Comment compte-t-il s'y prendre ? En me brutalisant, comme il le fait si souvent ? Ce qui rejoint l'expression : « tant que je lui obéirai ». En d'autres termes, il continuera de faire avec moi ce qui lui plaît ? Mais moi, je la ferme et j'accepte tout ?

Je soupire. Il faut des contreparties. Déjà, il a écrit l'article selon lequel il va cesser de violenter les femmes. C'est un premier pas. Mais, je pense à Nadia. Je veux qu'elle ait un poste plus élevé encore et qu'elle reste près de moi.

— J'ai une autre contrepartie à faire ajouter.

— Ana. Ça commence à faire beaucoup. Je refuse.

— Alors, je ne signerai pas !

— Tu joues encore à l'insolente ?

— C'est ça : « je rendrai heureuse Ana » ? Tu ne comptes donc pas respecter tes engagements en tant que mon époux ?

— C'est quoi ta contrepartie ? Je te préviens, c'est le dernier ajout que je ferai. N'oublie pas non plus de respecter tes engagements, à savoir : obéir à ton époux, sans jamais remettre en question ni sa parole, ni ses actes.

Sale dictateur.

Je lui demande d'ajouter :

— Que Nadia devienne la gouvernante du manoir et que tu la respectes, elle également. Que tu ne tentes jamais de la maltraiter.

— Ana. Je t'ai dit, tant que tu resteras mon épouse, je ne ferai plus du mal à quiconque et je ne toucherai plus aucune autre femme que toi.

Et tu veux que j'y gobe ? Comme si un homme comme toi pouvait changer si vite en l'espace de quelques jours ? Non, même pas quelques jours. Quelques heures, ce qui est encore pire.

— D'accord, alors. Si tu le dis.

— Ne me crois-tu pas ?

— Bien sûr que je te crois, lui rétorqué-je, en souriant.

Après avoir fait les derniers ajouts dans le contrat, c'est le moment de signer. Seulement, encore une fois, je suis choquée par ce que je vois. Mikael ne signe pas avec le stylo mais avec son sang !

Il vient de mordre son pouce, qui saigne. Ensuite, il l'appose sur le papier pour y laisser son empreinte digitale. Et voilà, il a « signé ».

Pour un être humain, Mikael a des dents vraiment tranchantes. Je viens de me rendre compte qu'il fait attention à ne pas me créer une hémorragie lorsqu'il me mord les fesses. Car s'il y mettait toute la puissance de ses gencives, je serais paralysée, à l'heure actuelle.

Et si Mikael n'était pas qu'un simple humain ?

Non, j'ai regardé trop de films. Peut-être juste qu'il est né avec des dents plus tranchantes que la normale. Après tout, ça arrive de naitre avec des « anomalies » sur le plan physique.

— C'est ton tour de signer, Ana.

Il prend brusquement mon pouce et le met dans sa bouche pour le mordre. Je hurle de douleur et fais ressortir aussi vite mon doigt, qui saigne déjà. Il reprend mon pouce et le plaque sur le papier, pour y laisser la marque de mon sang et de mon empreinte digitale.

— En quoi cette signature est-elle valable ? lui demandé-je, toujours sous le choc.

— Chez moi, c'est ainsi qu'on signe, Ana.

— Chez toi ?

— Tu poses trop de questions.

Est-ce que cet homme viendrait-il de dire « chez lui » ? Il veut dire quoi par-là ? Sa vraie maison ? Son pays natal ? Donc, actuellement, Mikael n'est pas chez lui ?

— Sache juste une chose : aucun homme ne pourra jamais t'aimer comme moi, je t'aime.

Il ne manquait plus que ça. Depuis quand Mikael « m'aime » ? Il ne sait même pas c'est quoi « aimer ».

CHAPITRE 57

Ana

La même nuit, juste après la signature du contrat de mariage, Mikael réunit tout le monde dans la cour du Palais.

Il fait l'annonce qu'il vient de m'épouser, moi, son ancienne gouvernante et que je suis dorénavant Mme de Sade. Nadia est super contente pour moi. Je crois qu'elle ne connait pas vraiment la nature sadique de mon mari, c'est pourquoi.

Adrien aussi, me sourit légèrement. Je lis un peu de déception sur son visage. Je me demande s'il aurait des sentiments pour moi. Je ne peux pas savoir car Adrien est la personne la plus cool du château. Il est ferme et sévère tout en étant sympa avec tout le monde. Donc, peut-être que je me fais seulement des idées et qu'il n'éprouve rien pour moi.

Après avoir diné ensemble, Mikael me dit de regagner notre chambre à coucher.

— Pourquoi ? Et toi, tu vas où ? lui demandé-je.

— Ana. Tu recommences avec tes questions. Tu dois uniquement te contenter d'obéir, à mes ordres, me répond-t-il, en souriant, pour jouer les diplomates.

Pff, ça ne lui va même pas.

— Je veux t'accompagner.

— Je reviendrai vers cinq-heures du matin et je te baiserai toute la journée, rassure-toi.

C'est à croire qu'il n'a que ce mot à la bouche. Sale obsédé sexuel.

— Je ne peux vraiment pas t'accompagner ?

— Non, me répond-t-il, catégoriquement.

Je regarde vers le bas. Je suis triste et pensive.

— Je veux dire… Une prochaine fois, peut-être, ajoute-t-il.

Peut-être ? Je finirai par découvrir ce que tu pars manigancer, chaque nuit.

Je hoche la tête et lui souris.

Je rejoins donc notre chambre et je pars me coucher. Je sens que je vais bientôt m'endormir. Ma journée d'aujourd'hui était épuisante et remplie d'imprévus surtout.

Je suis devenue l'épouse de mon pire ennemi. Et pour parler de mariage, quel mariage ! Il n'y a même pas eu de cérémonie. Rien de rien.

Mais au moins, je suis rassurée. Tant que Mikael respecte ses engagements, je peux continuer à rester son épouse. Je veux dire, je désire cet homme, je ne me forcerai pas à coucher avec lui. Et ce n'est pas qu'il me déplait. Ce sont les actes qu'il fait qui me dégoûtent. S'il arrêtait vraiment de mener cette vie de crimes, peut-être que je pourrais lui pardonner un jour ?

Je sais qu'une rancune ne peut pas disparaitre si vite. Je parle pour mon cas, car il est évident que certaines personnes parviennent à pardonner plus facilement que d'autres. Moi, je suis tout l'opposé.

Jusqu'à présent, quand je regarde Mikael, je reste partagée. Je vois cet homme que je hais car il a tué ma sœur et plein d'autres femmes. Je vois en même temps cet homme qui me fascine, progressivement.

Et puis, il doit vraiment remercier Dieu de lui avoir donné autant de charme.

Le lendemain matin, Mikael me prête un smartphone, mais c'est uniquement pour appeler ma mère, dit-il. Au fait, il n'a pas de téléphone. Cet homme est de plus en plus bizarre. Il dépasse l'excentricité.

Je ne peux pas dire à ma mère que je me suis mariée. Pas maintenant, en tout cas. J'attendrai de voir comment les choses vont évoluer, ensuite je lui ferai l'annonce.

Seulement, ce « mariage » avec Mikael, est-il vraiment valable ? Je n'ai même pas eu l'aval de ma mère, elle risquerait de me tuer si elle apprenait tout cela. Sans compter que l'on n'a même pas eu de témoins. Et que rien ne s'est fait à la mairie ?

En France, seul le mariage civil est reconnu. Mikael, n'en serait-il pas au courant ? Ou plutôt, s'en foutrait-il ?

Pourquoi je me fatigue à vouloir rendre « normal » mon mariage avec ce monstre ? Aurais-je déjà oublié qu'il est tout sauf « normal » ? Donc, comment son mariage pourrait-il également être « commun » ?

Je compose le numéro de ma mère. Elle va se demander pourquoi je change à chaque fois, de numéro. La dernière fois que je l'avais appelée, c'était sur le numéro d'Adrien.

Et puis, Mikael est debout, à côté de moi, me surveillant pour s'assurer que je vais appeler uniquement ma mère.

— Salut maman, c'est Ana.

— Ana, oh mon Dieu. Ana, où étais-tu passée pendant tout ce temps ?

— Je suis vraiment désolée, maman. Je suis une mauvaise fille. Je sais que j'ai dû t'inquiéter comme pas possible. Je ne sais même pas par où commencer…

— Est-ce que tu vas bien ? Et ta santé ? Manges-tu à ta faim ? Es-tu bien logée ? Ana, c'est l'essentiel. Réponds-moi, stp.

A entendre ma mère parler, j'ai envie de pleurer. Elle me manque tant. J'aurais aimé avoir la possibilité d'aller à Bruxelles et de lui rendre visite. Finalement, tout l'argent que j'ai gagné ici, sans parler de la moitié de la richesse de mon connard de mari que j'ai encaissé, tout cela va me servir à quoi, si je ne peux pas avoir une once de liberté ?

— Maman, je vais bien. Je suis en bonne santé. Je mange à ma faim et je suis bien logée. Tu as oublié ? Je travaille dans la secte secrète dont je t'avais parlée. Je suis hyper bien payée.

Je vois Mikael qui me fixe d'un air interrogatif.

— Tu ne m'as toujours rien dit sur la nature de ton activité dans cette secte secrète.

— C'est normal, tout doit y rester secret. En plus, au moment où je te parle, je suis surveillée et écoutée par la secte, c'est pour te dire combien ma liberté est inexistante.

Je vois Mikael qui me fixe d'un air « attends que je t'attrape ».

— Mais alors, tu ne t'y plais pas ? Es-tu en train de postuler dans d'autres entreprises pour tenter ta chance ailleurs ? Je ne suis pas rassurée quant à cette secte, Ana. Même si tu es bien payée, ta sécurité prime sur tout.

— Oui, mais ne t'en fais pas. Et parlons maintenant de toi. Comment tu te sens dernièrement ? Veilles-tu à manger des repas équilibrés, avec des glucides lents et peu nombreux ?

— Oui, Ana. Seulement, je ne peux pas tout le temps acheter les meilleurs aliments tout en me procurant mes médicaments. C'est de plus en plus cher. Je me demande comment vivent les diabétiques qui n'ont pas de moyens financiers. Ça doit être dur pour eux… Car l'alimentation saine et de qualité coûte chère.

— A ce propos, je vais t'envoyer dans un instant de l'argent. Tu pourras t'acheter tout ce qui t'est nécessaire et même aller te reposer quelque part de calme, si tu veux.

— A t'entendre parler, on dirait que tu vas m'envoyer une somme énorme ? D'où ça provient, Ana ?

— Oh, maman. Je t'ai dit qu'on est super bien payé dans la secte.

Ma mère soupire.

— Si tu le dis.

— Allez, je vais devoir te laisser. Je vais te rappeler dans la semaine. Bisous.

— Bisous, ma chérie. Prends bien soin de toi.

Je raccroche et remet le smartphone à mon obsédé de mari.

Puis, il fait envoyer Adrien pour virer la somme d'un million d'euros à ma mère.

Je suis sans voix. Où est-ce-que Mikael a déniché tout cet argent ?

Bien sûr, tout ceci est beau, puisqu'en échange, je me suis vendue à Mikael. Je n'ai plus de liberté maintenant. Je ne m'appartiens plus.

Est-ce que c'est vraiment ce dont j'ai toujours rêvé ? Je sais que si Mikael n'avait jamais tué ma sœur, si Mikael n'était pas si cruel et criminel, avec plaisir, j'aurais adoré passer le restant de ma vie à ses côtés...

Parfois et très rarement, j'avoue qu'il est agréable et attachant.

CHAPITRE 58

Mikael

Ce soir, c'est notre lune de miel. J'ai choisi à Ana la tenue qu'elle allait porter : une longue robe noire, moulante et en dentelle, qui fait entrevoir ses sous-vêtements noirs.

Que c'est sexy. J'adore. Rien que la magnifique vue de la robe, qui met en valeur toutes les courbes d'Ana, durcit ma queue.

Ma queue, qui est tombée folle amoureuse de cette chipie d'Ana.

Sous le clair de la lune, nous sommes dans le « grand balcon des fleurs rouges », une salle spéciale de mon château, qui crée une petite ambiance romantique entre mon épouse, Ana ~~Duval~~ de Sade et moi, Mikael de Sade.

Comme son nom l'indique, le balcon est rempli de roses rouges, même si je préfère les roses noires, hélas qui ne poussent que dans mon pays natal.

Nous dinons autour d'une table, avec une nappe rouge vive, exprimant la couleur du sang ou de la Passion, comprenez entre mon épouse et moi.

La table est bien garnie en toute sorte de nourritures et de ma boisson alcoolisée préférée : le whisky. D'ailleurs, j'initierai bien Ana à mes goûts d'alcool. Ainsi, je ne vais plus boire seul, ou avec ce traitre d'Adrien, mais je boirai aux côtés de Madame de Sade.

— Ana, j'ai envie de mieux te connaitre.

— Moi, encore plus. J'ai envie de tout savoir sur toi.

— Avec le temps, tu sauras tout, sur moi.

— Voilà qui me conforte, me répond-t-elle, en souriant.

Son sourire que j'adore tant.

— Ana ?

— Oui, Monseigneur.

— Dorénavant, appelle-moi Mikael.

— D'accord, Mikael.

Je souris. Je me surprends à adorer la compagnie de cette femme devant moi : fragile et forte en même temps.

— Ana. Tu aimes quoi dans la vie ?

— La liberté.

— La liberté ? Comment ça ?

— Ne pas me sentir prisonnière, quelque part.

— Comment ça ?

— Tu fais exprès de ne pas comprendre, n'est-ce-pas ?

— Je ne vois pas du tout de quoi tu parles, Ana.

Et pourquoi fait-elle cette tête ? Que lui ai-je fait ? Ne suis-je pas un mari adorable ?

— Qu'aimes-tu manger ?

— Je mange du tout, Mikael. Je n'ai pas de préférences.

— Ana, tes réponses me blessent. Elles sont si froides.

— Je ne savais pas qu'une simple « servante » comme moi pouvait offenser le grand Monseigneur Mikael ?

— Ana, gardes-tu encore une rancune envers moi ?

— Non, comment oserais-je ? Tu es mon époux.

— Répète-le encore, dis-je, en souriant.

— Répéter quoi ?

— Que je suis ton époux, le seul et pour toujours.

— Je n'en ai pas envie.

— Ana ? Me désobéirais-tu ?

— Non, jamais. Mais moi également, je suis blessée, me dit-elle, d'un air triste.

— Comment puis-je t'aider ?

— Puisque je suis ton épouse, ne devrions-nous pas tout partager et devenir les meilleurs complices au monde ?

— Et si tu étais plus claire dans tes propos ?

— Pourquoi tu ne me laisses pas t'accompagner la nuit, quand tu sors ?

— Je le ferai, très prochainement, lui rétorqué-je, en lui souriant.

Elle hoche la tête et me sourit en retour.

Elle est si belle, mon épouse. Et si bonne. J'ai hâte de lui défoncer encore son beau cul. Après notre diner, bien sûr.

— Ana, j'ai envie de danser avec toi. Aimes-tu Mozart ?

Ainsi, nous avons passé la soirée à discuter. J'adore converser avec Ana.

Ensuite, nous avons dansé sur de la musique classique.

Enfin, nous allons nous offrir une petite intimité sexuelle.

CHAPITRE 59

Ana

Mikael et moi nous dirigeons vers notre chambre à coucher. Nous marchons dans le couloir interminable, obscur et éclairé par quelques petites bougies, tout au long du chemin.

Puisque Mikael ne sait pas être patient, il me soulève et me porte, sur lui, en écartant mes jambes. Il commence à m'embrasser, pendant que nous avançons. Je ferme les yeux et je me laisse aller, aux doux baisers de mon époux (monstrueux). Je l'embrasse avec autant d'ardeur. J'ai envie qu'il me prenne tout de suite. En plus, je sens son pénis en érection, j'adore savoir qu'il me désire autant. Durant notre baiser, je lui caresse en même temps son pénis, sous son pantalon.

Nous arrivons devant la porte et entrons dans la chambre. Il me fait descendre et commence à me caresser tout le corps, de bas en haut, pendant que je déboutonne sa chemise à vive allure, car hâte de faire entrer mes mains sur son torse et de toucher son corps chaud. Je reconnais que je suis très attirée par le corps de Mikael. Il est vraiment sexy et irrésistible. Je dirai qu'il est aussi beau que diabolique. Et aussi sexy que salopard.

Mikael me retourne, je lui montre dos. Je sais déjà ce qu'il va faire, ce pervers obsédé par les fesses. Il me donne une claque douloureuse au postérieur mais tout mon corps en vibre. Je ne sais pas pourquoi ce côté sauvage et bestial du sexe me plaît bien, finalement. C'est intense, c'est extrême et sensationnel.

Il enlève ma robe et arrache mes sous-vêtements. Il se baisse et me mord mes fesses, il les « mange » de tous les côtés. J'en frisonne. Et je me demande même si cet homme ne m'a pas « épousée » uniquement pour avoir mes fesses avec lui, tout le temps.

Il fait entrer sa tête dans mes seins puis il se met à les sucer un a un. Je gémis de plaisir. Il me soulève et me fait tomber sur notre lit.

— Mets-toi à quatre pattes. Ma queue te veut par derrière.

Je me retourne et me positionne à quatre pattes. J'ai si hâte qu'il me pénètre. Mon vagin brûle d'envie et d'impatience. Mikael monte au lit et se place derrière moi. Il me pénètre par derrière en enfonçant sa verge dure dans ma chatte, toute mouillée. Il fait des mouvements d'aller-retour vifs en gémissant de plaisir. Moi aussi, je bouge mon bassin pour sentir plus profondément son pénis.

Les vas et viens de Mikael se font de plus en plus violents et rapides.

Je vais bientôt atteindre l'orgasme, c'est si douloureux et bon en même temps, que j'en aie les larmes aux yeux.

Ainsi, durant cette nuit, nous avons fait l'amour trois fois, avant de nous endormir, pour de bon.

CHAPITRE 60

Adrien

Aujourd'hui, des journalistes sont venus en masse devant le château, pour avoir des interviews avec Monseigneur. Ce dernier m'a donné l'ordre de m'occuper de ce vacarme et de tous les expulser.

Il faut dire que « Mikael de Sade » est un personnage célèbre dans le monde, de par son nom, pourtant personne ne sait à quoi il ressemble. A chaque fois, c'est la même chose : je dois faire partir les médias qui viennent ici.

Je me dirige vers la porte d'entrée, pour aller rencontrer les reporters.

Dès que je sors, je fais face à une dizaine de journalistes, équipés de leurs micros et accompagnés de leurs caméramans. Ils n'attendent pas et commencent à poser des questions, avant même que je ne puisse sortir un mot.

— Pourquoi Mikael de Sade ne revient-il pas ? Les fans attendent avec impatience son retour.

— Que se passe-t-il ? Pourquoi Mikael de Sade s'est-il évaporé de la scène publique ?

— Les rumeurs selon lesquelles il aurait récemment épousé une jeune femme sont-elles vraies ? Qui est donc l'heureuse élue ?

Et ainsi de suite. Les journalistes ont posé tellement de questions. Mais je n'ai répondu à aucune d'elles. Monseigneur ne m'en a pas donné l'autorisation.

Je me suis contenté de tous les écouter parler, même s'ils s'attendaient à des réponses. Ensuite, je leur ai demandé, avec politesse, de partir car Mikael de Sade n'est pas ici et qu'il est le seul habilité à leur répondre.

Têtus, ils ont attendu une heure de plus. Puis, ils ont enfin commencé à partir, un à un.

CHAPITRE 61

Ana

Mikael ne me laisse même pas m'approcher de la porte de sortie. Il m'est interdit de pénétrer dans la cour d'entrée du château afin de ne pas m'échapper, selon le maudit contrat de mariage.

Décidément, ma liberté est complètement inexistante.

Je me dirige vers la chambre de notre nouvelle et merveilleuse gouvernante : mon amie Nadia.

Nadia et moi nous installons autour de la petite table ronde et buvons du café.

— Pourquoi des journalistes sont venus en masse ? Quelle est la profession de Mikael ? Qu'est ce qui l'a rendu si célèbre je veux dire ? demandé-je à Nadia, qui sait beaucoup de choses et qui a toujours des nouvelles informations à me donner, concernant mon monstre de mari.

— Même moi, je ne sais pas, me répond-t-elle.

C'est pour la première fois que Nadia « ne sait pas », waouh.

— Mais ce que je peux te dire, selon des rumeurs, « de Sade » ne serait pas le vrai nom de famille de Monseigneur, ajoute-t-elle.

— Ah bon ? Tu es sûre ? Enfin selon des rumeurs tu dis, donc il se pourrait que ce soit simplement des rumeurs. Même si... je trouve que trop de mystères rôdent autour de Mikael...

— Ce n'est pas tout. J'ai une fois entendu que Monseigneur n'était pas un humain ordinaire.

— C'est quoi un humain qui n'est pas ordinaire ? Bien sûr qu'il n'en est pas un puisqu'il est inhumain et sans cœur.

— Non, pas dans ce sens. J'avais entendu qu'il venait d'un autre monde et que tout est lié à sa famille qu'il a fuie, pour venir s'installer dans ce pays et dans ce château. Mais personne ne croit à ça bien sûr car cela signifierait que d'autres créatures, différentes des humains, existent sur Terre. On ne voit ça que dans les films. Haha.

Tout ce que Nadia me raconte fait un peu peur, tout de même.

J'ai épousé un homme, dont finalement je ne connais rien ? Mikael serait-il un imposteur ? Ou me cacherait-il d'autres choses ? Comme sa vraie identité ? C'est vrai que je ne connais même pas sa famille. C'est à croire qu'il n'en a pas.

CHAPITRE 62

Ana

Depuis que nous nous sommes mariés, Mikael me veut à ses côtés, tout le temps, à chaque seconde de la journée.

Je suppose que cet homme n'a jamais eu de copine auparavant. Il veut tout faire avec moi. Tout ! C'est incroyable.

Mais j'avoue que j'aime passer du temps à ses côtés, sans savoir pourquoi, je me sens bien avec lui. Alors que je ne devrai pas.

Cette nuit, Mikael a décidé de m'amener avec lui au « travail ». Je suis heureuse qu'il ait enfin décidé de s'ouvrir un peu plus à moi en me faisant découvrir ses activités nocturnes.

Seulement, j'ai un mauvais pressentiment quant à la nature de ce « travail ». J'ai peur de découvrir des choses atroces, je ne sais pas pourquoi je pense déjà ainsi.

Mais en étant auprès de Mikael, pour ne pas être déçue, il faut toujours s'attendre au pire et à l'inimaginable.

Mikael et moi entrons dans sa voiture. Adrien conduit pendant que mon monstre de mari et moi sommes assis au siège arrière.

Une autre voiture roule derrière nous, où se trouvent trois autres gardes du corps de Mikael.

— Tu as promis de te comporter en simple observateur et de ne jamais interférer dans mon activité, n'est-ce pas ? me dit Mikael.

— Pourquoi tu me le répètes encore ? Je t'en ai déjà fait la promesse. Tout le monde n'est pas comme toi.

— C'est parce que je te connais, que je t'en fais le rappel.

— Si tu te mets à insister sur mon silence et ma retenue, sûrement ce que tu dois faire là-bas doit être choquant ?

— Ana. Rien n'est choquant dans ce monde. Tout est question de sensibilité de l'individu.

Et il recommence avec ses phrases de « Monsieur je sais tout ». Je n'en dis pas plus et je me tais déjà.

J'ai hâte de découvrir « l'activité professionnelle » de mon mari.

Nous arrivons devant une sorte d'usine. Une petite usine. Nous sommes toujours dans le quartier de mon mari démoniaque. Nous descendons de la voiture. Mikael me tend sa main, je lui donne la mienne et il se dirige à l'intérieur. Je marche à côté de lui. Adrien marche derrière nous, avec les autres gardes du corps.

Dès que nous entrons dans l'usine, une odeur de cadavres m'empêche de faire un pas de plus. Je reste debout à la porte, l'usine est sombre. Comme dans le manoir, ce n'est éclairé que par des bougies. Mikael n'avance pas puisqu'il tient ma main et que je me suis arrêtée.

— Ana. Tu as voulu voir ce que je faisais, oui ou non ?

Je me mets déjà à observer les alentours de l'usine. Je suis sans voix. Je repère des cadavres de femmes sur les carreaux, avec plein de sang. Je vois des objets tranchants, de toute sorte. Des idées de l'activité de Mikael me traversent déjà l'esprit.

Je prends mon courage à deux mains et je décide d'avancer avec lui. Après tout, c'est moi qui ai insisté pour découvrir tout ceci.

Adrien et les autres gardes du corps restent devant la porte.

— Je ne vais pas te mentir. Ces femmes, que tu vois là, ont toutes été déflorées par moi, me dit Mikael.

Pourquoi m'avoue-t-il tout cela ? A-t-il vraiment décidé de tout partager avec moi et de ne plus rien me cacher ?

Mais je ne veux pas devenir ta complice, Mikael. Qu'est-ce que j'ai fait en ayant épousé cet homme... Ce monstre.

Mikael relâche ma main et se dirige vers un cadavre. Tous les cadavres sont des femmes. C'est hallucinant.

Il prend un coupe-coupe et se met à découper le corps allongé sur une table. Dites-moi que je rêve... Mon Dieu, c'est quoi ça... N'est-elle pas déjà morte ?

Mikael est très heureux et excité quand il se met à découper les organes d'une femme qu'il avait déviergée. Donc, si je comprends bien, chaque nuit se passe ainsi ?

Il prend une de ses prisonnières pour l'amener ici, la tuer pour ensuite la découper en morceaux et il en retire du plaisir ? Non, je ne peux rien comprendre à tout cela.

Je suis tellement sous le choc que je ne peux même pas réfléchir pour tenter de comprendre quoi que ce soit au comportement de Mikael.

Les images que je suis en train de voir me donnent envie de vomir. Je me retourne aussitôt pour montrer dos à cette femme que Mikael se plaît à trancher.

Je ne peux pas rester une seconde de plus dans cet endroit. Je cours vers la sortie. J'ouvre la porte et je sors.

Je reste dehors, malgré le froid qu'il fait, je préfère attendre à l'extérieur plutôt que de retourner à l'intérieur de cette usine, remplie de sang et d'odeur de corps décomposés, sans compter l'acte dégoûtant qu'effectue Mikael.

Je sais que je ne dois pas juger si vite. Ma raison n'émettra pas de conclusions hâtives. Et s'il s'agissait d'un dépeçage pathologique qui chosifie le corps ? En d'autres termes, Mikael est persuadé qu'en découpant le corps de ces jeunes femmes, il éradique un mal pour le bien commun ? Toujours cette haine envers la femme qui revient... Ou encore serait-ce lié à un de ses nombreux fantasmes morbides ? Mais comment ?

Je ne peux pas croire que Mikael ait passé des années à faire cette même activité. Mais dans quel but au juste ? Serais-je donc l'épouse d'un tueur en série ? Non, d'un auteur de « féminicide » ? Car apparemment, Mikael ne tue que les femmes. D'abord, il les détruit en leur prenant leur virginité, ensuite il les tue.

Pourquoi les femmes ? Quelle rancune garde-t-il contre les femmes ?

Tellement de questions. Tellement d'hypothèses. Aucune réponse. Aucun petit indice.

Certes, ma raison me permet d'émettre des hypothèses et de trouver une « logique » à ses crimes.

Seulement, mon cœur semble prendre le dessus. Aujourd'hui, je suis devenue l'épouse de Mikael et il me jurait de cesser tous ses crimes. Vais-je continuer à le laisser faire ? Je me sens encore si perdue... Et si partagée entre mon cœur et ma raison.

Mon cœur me dit que cet homme est fondamentalement mauvais. Ma raison me dit : « il faut d'abord comprendre la motivation antérieure avant de juger tout acte humain afin de le réparer ».

Pour une fois que c'est la raison qui semble plus compatissante ?

Durant tout le trajet du retour, dans la voiture, je suis restée silencieuse et éloignée de Mikael en étant assise au bout, près de la portière.

Mon époux me dégoûte et me répugne. Je n'ai même pas les mots pour décrire assez ce que je ressens. Mikael me dépasse.

CHAPITRE 63

Ana

Arrivés au manoir, vers cinq heures du matin, nous entrons dans le salon privé pour prendre notre petit déjeuner, avant d'aller au lit.

Mais, je ne m'installe pas à table, je reste debout. Je prends un couteau sur la table et le place autour de mon cou. Mikael est debout, en face de moi.

— Pourquoi devrais-je continuer à vivre ? Après tout, je peux mourir comme ces femmes que tu prends du plaisir à déchiqueter chaque nuit, lui dis-je.

— Ana. Dépose ce couteau et arrête de jouer avec le feu.

Je rapproche encore plus le couteau sur ma peau et je me fais une égratignure au cou.

— Ana !!! Qu'est-ce que tu fous ?! s'écrie Mikael en accourant vers moi.

— Ne t'approche pas ou je m'égorge tout de suite !!

Il s'arrête en plein chemin et tend son bras.

— Ana, stp. Remets-moi ce couteau. C'est dangereux. Tu pourrais te blesser. Tu t'es déjà blessée.

Je tremble de colère. Parfois, j'en ai tellement marre de ma vie. Depuis que j'ai rencontré Mikael, mes journées ne sont devenues qu'un enfer. Un enfer parfois rempli d'un peu de Paradis. Mais ce Paradis ne dure jamais longtemps. L'enfer revient constamment.

— Vas-tu arrêter de tuer ces pauvres femmes ? lui demandé-je.

— Ana. Je ferai tout ce que tu voudras. Ne te blesse pas.

Je souris. Car il est vraiment drôle, mon mari. Il a vraiment peur que je meure ? Alors qu'il passe son temps à mettre fin à la vie d'autres êtres humains.

— Ana. Je ne supporterai pas de te perdre. Dépose ce couteau et viens dans mes bras...

J'ai les larmes aux yeux mais ce n'est pas le bon moment. Je les nettoie au plus vite. Je dépose le couteau sur la table. Mikael vient vers moi et touche ma blessure au cou.

— Est-ce-que ça fait mal ?

— Ma blessure au cœur est encore plus douloureuse que ces blessures physiques, Mikael.

— Comment puis-je guérir ta blessure au cœur ?

— Tu ne le peux pas, Mikael. Puisque tu en es la principale cause.

Mikael me tire délicatement vers lui et me prend dans ses bras. Il me serre fort.

— Je te promets que je vais tout arrêter. J'ai juste besoin que tu restes auprès de moi.

— Je suis auprès de toi. Est-ce que ça t'a empêché d'aller commettre ces crimes pendant toutes ces nuits ?

— Ana. Je ne le referai plus. C'était plus fort que moi...

Je me demande jusqu'à quand je vais tenir. Jusqu'à quand je pourrai encore rester auprès de ce monstre. Certes, depuis qu'on s'est mariés, il ne s'est pas remis à violenter des femmes vierges. Mais pour combien de temps ? S'il se met toujours à découper ses victimes, c'est sûr qu'il recommencera bientôt à faire venir des femmes pour les amener dans sa salle « Paradis sur Terre » et abuser sexuellement d'elles...

Et moi, qu'est-ce que je peux faire dans tout ça ? Comment je peux arrêter tout ça ? Je ne peux pas laisser cet homme continuer à mener sa vie de la sorte. D'autant plus qu'il en souffre.

Pourtant, je suis sûre que jamais Mikael ne dira un jour « je veux être aidé ».

Suis-je amoureuse de lui ? Non, jamais. Comment je peux aimer un tel monstre ? Où serait la logique dedans ?

Je prie de ne jamais tomber amoureuse de Georges Mikael de Sade, l'homme qui a violé et tué ma petite sœur. Surtout après avoir découvert ses activités nocturnes, quand je pense que Carla a dû passer également par ce processus de décomposition de son corps et de découpage de ses organes, mon cœur brûle de colère envers mon connard et salopard de mari, hélas irrécupérable…

Je suis restée une semaine à bouder Mikael et à paraitre froide avec lui, rien n'y fait. Quand il veut faire l'amour, il te force et obtient ce qu'il veut.

Aujourd'hui, il a décidé de m'initier à ses passe-temps favoris, dans le château. Je me demande c'est quoi encore ces fameuses activités ? Puisqu'il ne fait jamais rien de « normal » et de « moral ».

Nous sommes dans une grande salle où je découvre les activités préférées de mon époux : tir à l'arc et tir à l'arme à feu.

Je suis sidérée. Est-il fou de vouloir m'apprendre tout cela ? Ne sait-il pas que je risque de devenir plus dangereuse pour lui et pour sa survie ?

— Ana, je viens d'un monde très dur et cruel où il faut s'y connaître en toutes ces techniques de défense, par les armes, surtout pour une humaine comme toi.

Euh, « une humaine comme moi » ? Encore une expression bizarre qu'il me sort.

Et sa façon de prononcer mon nom est si douce. Tout en contraste avec son être odieux et ses actes barbares. Il vient d'un monde dur et cruel ? Quoi ? Serait-il un mafieux ? Et puis quoi encore ?

Je ne sais toujours rien sur la famille de Mikael. Cet homme est vraiment étrange. Un vrai extraterrestre.

— Je ne supporterai pas de te perdre non plus. De ce fait, tu dois savoir te défendre avec une arme à feu. Tu te débrouilles déjà pas mal au combat. Ce qui est admirable.

Ok, pense-t-il vraiment ce qu'il vient de dire ? Ne sait-il pas que c'est uniquement pour le tuer que je me suis démerdée pour apprendre à me battre ?

Mikael prend plaisir à m'apprendre (un peu) plein de choses utiles pour se défendre contre l'ennemi. Mais je suis encore loin d'être une experte.

Seulement, pourquoi lorsque je l'observe, je ressens une solitude lointaine en lui ? Comme s'il avait grandi seul, n'étant entouré d'aucun enfant de son âge avec qui s'amuser et qu'il tente d'avoir tout cela avec moi, son épouse qu'il a achetée avec un contrat. J'en ai marre de mon côté hypersensible, que je dois mettre un peu en veilleuse.

Finalement, j'ai passé une super journée.

Hélas, je sais que tout ceci ne finira pas bien car jamais Mikael et moi ne pourrons être ensemble. Jusqu'à quand resterai-je encore son épouse et surtout, sa prisonnière ?

Pourquoi une partie de moi commence à apprécier ce monstre... ?

CHAPITRE 64

Mikael

Je sus confortablement installé à table pour attendre mon petit déjeuner. Même si dernièrement, pour ne pas frustrer mon épouse, j'ai arrêté mon activité nocturne et passionnante, j'ai quand même préservé mes habitudes de ne dormir que le jour, en début de matinée.

Avec le temps, je délaisserai cette habitude pour dormir la nuit, aux côtés d'Ana de Sade.

Quoi qu'il en soit, j'ai hâte de manger et d'aller retrouver mon épouse au lit. En espérant qu'elle ne soit pas encore réveillée. Comme ça, je la ferai sursauter du lit de par ma morsure sur ses magnifiques fesses. Humm rien que d'y penser, je sens ma queue qui se durcit.

Je suis si heureux depuis que j'ai épousé ma chipie d'Ana. Je peux l'avoir constamment à mes côtés et lui enfoncer ma queue dans son beau cul, comme je le souhaite. Après tout, elle m'appartient dorénavant. Et ce, à vie.

Néanmoins, je m'ennuie un peu, dernièrement. Ça fait un moment que je n'ai pas eu de plaisir extérieur au plaisir intense que je ressens avec Ana.

Mais si je ne devais prendre du plaisir qu'auprès d'elle, j'ai bien peur qu'elle ne survivrait pas. Car elle prendra mal ma forte envie de la dominer, de la « maltraiter » et de la « rabaisser ». Bien sûr, lors des actes sexuels, je continue de la traiter comme une salope et une moins que rien. Je dirais qu'elle y a finalement pris goût. Maintenant que j'y pense, elle et moi formons le couple parfait, qui se complète à merveille.

Mais en dehors du sexe, cette envie de faire souffrir les autres, subsiste et persiste.

C'est dur pour moi de résister à cette pulsion ancrée en moi, qui m'appelle sans cesse.

Tiens, tiens. Ma servante VIP frappe à la porte, pour me servir mon petit-déjeuner.

— Agenouille-toi. Et apporte-moi mes plats en restant agenouillée, lui dis-je en souriant.

— Monseigneur, j'ai bien peur de faire tomber les plats en faisant ainsi, ayez pitié, svp.

Pitié ? Qu'est-ce que la pitié ? La plus grande faiblesse de l'homme, non ?

— Oseriez-vous désobéir ?

— Jamais de la vie, Monseigneur. Tous vos désirs sont des ordres.

La servante VIP se met à genoux en veillant à bien tenir les deux plats de ses deux mains. Elle avance en gardant ses genoux collés au tapis. Quel spectacle. J'adore. Jusqu'à ce qu'il ait fallu que mon épouse volcanique débarque dans mon salon privé et voie ce qui se passe : ma servante VIP à genoux, pendant que je déguste mon petit-déjeuner.

— Vous pouvez vous relever et disposer, dit-elle à la servante VIP.

Cette dernière se lève et s'en va pour sortir de la salle.

Ana avance vers moi.

— Qu'est-ce qu'on s'était dit ? On s'était dit quoi, Mikael ?!!

Je rêve ou elle me crie dessus ? Lui ai-je donné autant de liberté ? Décidément, je suis un homme trop bon.

Je me lève et je lui donne une bonne gifle à la joue pour la remettre à sa place, cette effrontée.

— Ana. Je fais ce que je veux. Personne ne me commande, personne ne m'a jamais commandé et personne ne le fera.

Aussitôt, Ana me donne une forte gifle aussi, à la joue. Je suis très surpris. Vient-elle de me rendre la gifle ?

Depuis que je suis né, personne n'a jamais osé lever la main sur moi. Bien sûr, sauf Ana. La première fois fut le jour où j'ai reçu son coup de poing au visage, et aujourd'hui est la seconde fois, avec sa gifle…

— Je n'en peux plus !! Je ne veux plus de toi !! crie-t-elle.

Non, pas ces termes. Je ne veux pas qu'elle me déteste, je la veux amoureuse, à mes côtés, jusqu'à la mort. Alors, je la prends dans mes bras, pour tenter de la calmer.

— Je te promets que je ne vais plus lever la main sur toi. Je te le promets. Reste juste auprès de moi. Ma Ana, lui dis-je en caressant avec douceur ses cheveux.

— Traite mieux tes servantes, ce sont des êtres humains !

— Ana, ça suffit. Tu n'es ni ma mère encore moins ma professeur de morale. Personne ne me dicte ma conduite !!

Elle se retire de mes bras :

— J'ai dit, cesse de les traiter comme des moins que rien !! Tu es détestable !!! s'écrie-t-elle, avant de partir en courant.

Elle sort dans le couloir.

Je cours pour l'arrêter. Je lui attrape le bras.

— Lâche-moi. Lâche-moi Mikael !! Tu me mets à bout ! Tu me mets en colère ! Avec toi, je crie plus que d'habitude ! Je deviens même hystérique à force de te côtoyer !!

— Ana, d'accord. Je ferai des efforts. Je te ne ferai plus crier. Je te rendrai heureuse.

— Tu ne le peux pas, Mikael. Tu ne le pourras jamais... Je veux être seule, stp.

Je la relâche alors. Je la laisse continuer son chemin.

De toute façon, mes deux gardes vont la suivre.

Ana ne m'échappera, jamais.

CHAPITRE 65

Ana

Mikael me laisse m'en aller mais bien sûr, deux gardes marchent derrière moi. Cet homme me surveille constamment. Il a peur que je fuie à tout moment. Il est malade. Un vrai malade.

Je pars voir Nadia dans sa chambre de gouvernante. Les deux gardes restent dans le couloir, devant la porte fermée de la chambre.

— Tu t'es encore disputée avec lui ?

— Il fait des promesses en l'air. Je vais changer. Je vais m'améliorer. Je ferai des efforts et moi j'y gobe comme une idiote ! Cet homme ne changera jamais.

Nadia me serre fort fans ses bras. Elle a dû percevoir que dans ma relation avec Mikael, je souffre plus qu'autre chose.

Soudain, un garde accoure taper à la porte et entre.

— Madame de Sade, votre mari vient de faire un malaise.

Je suis tellement surprise que je me suis immédiatement levée et j'ai accouru au Palais. Nadia m'a suivie.

Comment ça Mikael a fait un malaise ? Et pourquoi je m'inquiète autant ? Si ça se trouve, c'est encore un subterfuge pour me berner et faire que j'aie pitié de lui et que je reste toute la journée à ses côtés.

J'arrive dans notre chambre à coucher avec Nadia et je vois Mikael allongé au lit, en train de respirer fort. Le médecin est à côté.

— Docteur, qu'arrive-t-il à mon mari ?

— Je ne saurais vous dire, hélas.

— Comment ça ? Vous ne savez pas de quoi il souffre ?!

Nadia me prend la main pour me calmer. C'est vrai que je n'ai pas à crier sur ce médecin. Il n'a rien fait. Comment je peux le forcer à me dire ce qu'il ne sait pas ?

Je pars auprès de Mikael et m'installe au bord du lit. Dès qu'il me voit, il me caresse le visage et je lis beaucoup d'affection dans ses yeux. Je pose ma main sur la sienne et je le regarde avec autant d'affection.

— Dis-moi ce que tu as...

Il ne peut même pas parler. Je ne comprends plus rien. Et surtout, ne devrais-je pas être contente ? J'ai toujours voulu sa mort. Et s'il était prêt de la mort ? Pourquoi, au contraire, cela me fait très mal de le voir dans cet état ?

— Peut-être... qu'il souffre d'une maladie qui n'a rien à voir avec le physique et c'est la raison pour laquelle je n'ai pu rien diagnostiquer lors des analyses. J'en suis navré, me dit le médecin.

— Vous parlez d'une maladie psychique ?

— Exactement...

Je soupire et remercie le docteur. Il s'en va.

— Ana, je vais te laisser avec Monseigneur. Si tu as besoin de moi, n'hésite pas.

Je hoche la tête et remercie Nadia. Elle sort également.

— Ana... M'aimes-tu ? me demande Mikael.

Pourquoi il me pose cette question dans cette situation qui ne va pas avec. Et quoi lui répondre ? Non, Mikael je ne t'aime pas. Je ne peux pas t'aimer, je ne dois pas t'aimer et je ne me permettrai jamais de t'aimer. Cependant... il semblerait que je ressente pour toi quelque chose de très fort et de paradoxal. Je crois que je tiens à toi... malheureusement je devrai dire ?

Par quelle magie tout ceci a pu arriver ? Je suis embrouillée, ne me demande pas si je t'aime. Je n'ose pas affronter la vérité au fond de mon cœur. Laisse-moi croire que je ne t'aime pas, car je te hais plus que tout.

— Ana, pourquoi tu ne réponds pas ? Comptes-tu me quitter encore ? ajoute-t-il.

— Non, je vais rester auprès de toi, comme tu le voudras, lui rétorqué-je, en souriant.

— Voilà qui me rassure. Viens te coucher auprès de moi. Je sens que je suis en train de guérir.

Hein ? Si vite ? Jouait-il de la comédie ? Non, si c'est ça, il va recevoir tout de suite un coup de poing au visage.

— Ana, qu'attends-tu ?

Je monte sur le lit et j'entre dans la couverture avec Mikael. Il se retourne vers moi et me regarde avec désir et affection. Il pose sa tête sur ma poitrine en m'enlaçant.

Aussitôt, il s'endort. Parfois et très rarement, il a l'air si innocent. Comme quand il dort.

Je ne comprends rien à ce qui se passe. Mais c'est rare de voir Mikael si vulnérable. Que lui est-il arrivé aujourd'hui ?

Peu de temps après, je m'endors avec lui.

L'après-midi, après avoir déjeuné ensemble, Mikael me fait découvrir autre chose : ses activités artistiques. Je suis très étonnée. Je n'aurais jamais cru que ce monstre détenait en lui une once de sensibilité, pour même s'adonner à un art.

Je découvre une salle de bibliothèque, remplie de livres, écrits par Mikael. Mon mari est un érudit ? Pas mal. Dommage juste que son cœur ne soit pas aussi bon que son esprit. Et puis, avant de parler, je devrais d'abord jeter un coup d'œil au contenu de ses écrits, qui pourraient se révéler aussi choquants que sa personne.

Ensuite, nous entrons dans une salle où se trouvent plein de tableaux peints.

En dehors du sexe, du tir à l'arc et du tir à l'arme, l'écriture et la peinture seraient donc les autres passe-temps de mon monstre de mari ?

Maintenant que j'y pense, peut-être qu'en tapant son nom sur Google, je peux y trouver des informations sur ce qui l'a rendu célèbre. Mais dans cette prison, où vais-je pouvoir trouver de la connexion internet et Google, de surcroît ?

— Est-ce que ce sont les métiers qui t'ont fait connaitre du public ? Mais depuis quand es-tu écrivain et peintre ?

— J'étais appelé artiste prodige. Car j'ai commencé très tôt à écrire des romans et à peindre. A l'âge de dix ans, j'ai commencé à peindre des tableaux très esthétiques et souvent restés énigmatiques aux yeux des acheteurs et des critiques d'art. A l'âge de douze ans, j'ai écrit des Bestseller, traduits partout dans le monde.

— Pourquoi tu as arrêté ?

Je vois qu'il prend du temps à répondre et je sens de la mélancolie dans son regard.

— Dépuceler des femelles est une activité plus excitante, tu ne trouves pas ?

Pourquoi j'ai l'impression qu'il se ment à lui-même sans le savoir ? Et cela voudrait-il dire qu'il exerçait ces deux activités artistiques pour combler un vide en lui ? Ou exprimer une souffrance étouffée, avec qui il ne pouvait en parler ?

Mikael, qui es-tu vraiment ? Et que caches-tu ? Je soupire.

Comment je voyais ce monstre commence à se nuancer.

Je découvre plein d'autres facettes que je n'aurais jamais imaginées, en mon pire ennemi, Mikael. Je commence à ressentir sa souffrance sans même que je ne sache de quoi il souffre.

Finalement, était-ce une bonne idée d'avoir accepté de devenir son épouse ? Je me sens vulnérable et j'ai peur de développer de vrais sentiments amoureux pour ce monstre. Ce qui est inconcevable et surtout, immoral car comment pourrais-je me permettre de faire entrer Mikael dans mon cœur ? Enfin, il est déjà dans mon cœur puisque ce dernier ne renferme que de la haine actuellement. Et toute cette haine, c'est Mikael. C'est pourquoi, il est dans mon cœur. Depuis un long moment maintenant.

Seulement, j'ai peur de faire encore de la place dans mon cœur à Mikael, dans une autre partie. Cette partie, je ne saurais l'appeler « Amour ». Mais plutôt : Compassion ? Passion ?

Quoi qu'il en soit, j'ai envie de le prendre dans mes bras.

C'est mon mari, je peux le faire, non ? Pourtant, je me retiens. Je ne dois pas. Et je ne peux pas. Je suis si partagée...

Plus tard, quand j'observe attentivement les tableaux de Mikael, quelque chose retient mon attention. Tout le monde sait que Mikael ne supporte pas les rousses. Alors, comment se fait-il qu'il ne peigne que des portraits de femmes rousses ?

Tous ses tableaux comportent le même portrait : une jeune femme rousse, très belle. Seulement, sur chacun des tableaux, sur chacun des portraits, il a ajouté des gouttelettes de sang, ou un couteau venant percer le cœur de la femme rousse. Tous ses portraits peints contiennent du sang.

D'abord, pourquoi cette fascination avec le sang ?

Ensuite, qui est cette femme ?

Mais surtout, que représente-t-elle aux yeux de Mikael ?

CHAPITRE 66

Mikael

Dans ma salle de peinture, j'ai demandé à mon épouse de se déshabiller.

Ma sensuelle Ana est debout. Elle est toute nue. Elle me montre dos pour m'exposer sa magnifique cambrure et ses fesses, qui me rendent fou, de désir sans limites.

J'ai envie d'aller la baiser tout de suite et de la prendre en levrette. Mais je me contrôle et je patiente. Je vais me contenter de la peindre et de l'immortaliser sur mes tableaux.

Je vais mettre en valeur le beau cul de mon épouse, ma douce, forte et fragile Ana.

Ma belle Ana.

Dans toute sa splendeur.

Dans toute sa douceur.

Dans toute sa férocité.

Dans toute sa nudité.

Dans tout le pouvoir érotique qu'elle a sur moi, sans le savoir.

Je suis vraiment dingue de cette femme.

Je suis fol amoureux d'elle.

Je l'aime à en mourir.

Et je pourrais l'aimer à en crever.

Ana, j'ai juste besoin de ton amour. Donne-moi tout ton cœur. Aime-moi comme tu n'as jamais aimé. Je veux ton esprit, ton corps, ton cœur et ton âme. Je veux tout de toi. Tant que j'ai ça, je serai le plus heureux. Et si tu ne me donnes pas tout de toi, je resterai le plus cruel.

Après avoir passé la demi-journée dans ma salle de peinture, avec mon épouse à mes côtés, le soir tombé, nous partons diner au salon privé.

Mais je n'apprécie guère ce que je vois devant moi : Ana sourit si facilement à mon garde du corps et bras droit, Adrien. Pourquoi donc ?

Et pourquoi cela me perce le cœur ?

Pourquoi Ana ne me sourit jamais si facilement ?

Pourquoi ne ressent-elle pas une once de sympathie à mon égard ?

Ana, pourquoi tu ne m'aimes pas ?

Pourquoi tu ne partages pas tous les sentiments que j'éprouve pour toi ?

J'ai si mal au cœur…

Je sens que j'ai urgemment besoin de me défouler…

En dehors du temps que je passe avec Ana, une seule activité, me permet de décompresser au maximum…

CHAPITRE 67

Ana

En pleine nuit, nous dormons. Je suis couchée aux côtés de Mikael. Je suis blottie dans ses bras et il m'enlace fort.

Mais quelques minutes plus tard, Mikael se lève. Il n'est pas parvenu à dormir de toute la nuit. Le pire ? Il a décidé d'aller exercer son activité dégoûtante, de noctambule.

Il est presque obsédé. Je ne comprends pas. Il me dit qu'il lui faut vite des femelles. Et d'après ce que je comprends, il va aller violenter des servantes pour les amener dans son usine, afin de découper ensuite leurs corps.

Je me rends compte que Mikael est accro à cette activité, mais c'est beaucoup plus profond que tout cela…

Avant qu'il ne sorte de la chambre, je me lève et je le retiens de toutes mes forces, en me plaçant devant lui et en tendant mes bras pour lui empêcher d'avancer.

— Stp, contrôle-toi, ne sors pas. Tu y es parvenu pendant presque une semaine. Pourquoi craquer maintenant ? Qu'est-ce que ça te procure de découper des femmes ?!

Hélas, rien n'y fait. Mikael me pousse brutalement, je tombe et sans même me regarder, il s'en va sortir de la chambre.

Je me lève et accoure tirer son bras pour le faire revenir dans la chambre mais Mikael est méconnaissable. Même son regard devient plus noir et sombre, en ce moment. Je ne dirai pas qu'il est possédé ni qu'il est hanté mais il doit être très blessé et traumatisé par un événement que j'ignore encore. Il s'arrête et se retourne pour me parler :

— Ana. Ma chère Ana. Juste cette nuit. Je suis incapable de te violenter pour te découper en morceaux. Tu es la seule femme envers qui j'en suis incapable d'ailleurs. Mais j'ai besoin de le faire. C'est un besoin, Ana. Un besoin et non un simple désir ou une envie passagère. Laisse-moi y aller. Tu veux bien ? Je ne veux pas te faire du mal.

J'ai les larmes aux yeux. J'aimerais tellement comprendre tout ce qu'il est en train de me raconter. Enfin je comprends mais je ne saisis pas tout.

Il ressent un besoin irrépressible d'aller agresser sexuellement des femmes pour les tuer ensuite et les découper en morceaux ? Mais pourquoi, au juste ?

Mikael, aurais-tu été victime d'un lot d'agressions sexuelles, toi aussi ? Durant ton enfance ? Ou alors quoi ?

Je craque et pleure. Depuis que je suis devenue « l'épouse » de Mikael, je suis devenue beaucoup plus émotive car il me fait passer par tous les états possibles.

D'un coup, il peut faire des efforts et être adorable. La seconde qui suit, il devient violent, la seconde d'après, il est froid et indifférent et ainsi de suite. C'est toujours les extrêmes avec lui.

Après sa demande de le laisser partir car il m'a même suppliée et pour la première fois, j'ai lu de la détresse dans les yeux de Mikael, au lieu de la cruauté. J'ai fait un grand soupir, j'ai reculé d'un pas et je l'ai laissé partir.

Je sais que je n'ai pas bien fait. Mais soyons réaliste. J'étais incapable de l'arrêter à ce moment précis. Un animal qui veut sa proie est incontrôlable. Un drogué qui veut sa dose devient fou. C'est cette même impression que j'ai eue, avec Mikael.

Autant j'ai envie de savoir ce qui se cache derrière son comportement sadique, absurde et immoral, autant je n'ai qu'une seule envie : fuir cet endroit.

Je n'en peux plus. Quelle femme serait capable d'être l'épouse de ce monstre ?

Je me dis que seule la mort pourra arrêter Mikael.

Et seule la mort de Mikael pourra me sauver et me réconforter.

Seule la mort de Mikael pourra venger ma sœur et toutes les femmes victimes de son sadisme.

Seule la mort de Mikael pourra mettre un terme définitif à toute cette calamité.

Pourtant, quelque chose me retient de le tuer. Je ne sais plus ce qui m'arrive... Je ne peux pas dire que j'aime cet enfoiré. Car je le hais autant. Il m'attire autant qu'il me révulse...

Serait-ce mon sens de l'empathie ? Mais comment je peux en avoir pour un monstre pareil ?

Peut-être qu'en tant que « psychologue », je m'obstine à vouloir comprendre le pourquoi de son comportement pour l'aider ?

Seulement, ce ne sont pas tous les individus « dérangés » et « déviants » qui peuvent être aidés. Il existe certains qui restent sans espoir et qu'il faut tout simplement finir par interner, voire emprisonner, quelque part, à vie. Serait-ce le cas avec Mikael ?

En y réfléchissant, c'est comme si Mikael ne faisait pas tous ces actes dans le seul but de satisfaire sa libido, mais qu'il avait un besoin pressant d'agir contre une souffrance intérieure, qui revient sans cesse.

Il pense désirer uniquement les femmes vierges. Je dirai plutôt qu'il a un besoin inconscient de les détruire, car la virginité représente l'innocence. Comme si par le passé, il a été grandement déçu par une figure féminine. Comme si son seul moyen d'apaiser son âme était de se donner à ces activités sexuelles en dépucelant, violant et découpant une à une ces femmes...

Tout ce que je soulève ne reste que des hypothèses. Et en aucun cas, cela veut dire que je le soutiendrai dans ce qu'il fait.

Mais, si je parvenais à comprendre le fondement de son comportement si destructeur, autant pour lui que pour toutes ces femmes, je pourrai peut-être tenter de l'aider. Enfin, s'il a envie d'être aidé. Car je sais que tout individu doit d'abord manifester une volonté de changer, d'évoluer, avant de chercher de l'aide extérieure.

Dans le cas de Mikael, c'est très compliqué car il se leurre. Il pense aller bien et mener une vie convenable, une vie qu'il a décidée lui-même de mener ainsi. Or, il se trompe. Sa profonde blessure ou cette rancune ou encore cette rage qu'il garde en lui, a finalement pris le dessus sur tout son être, en lui faisant commettre chaque jour, des atrocités.

CHAPITRE 68

Ana

Le matin, je suis dans la chambre à coucher. Mikael revient de son activité nocturne, tordue et criminelle.

Nous sommes debout face à face.

— Dans le contrat, tu avais stipulé que tu ne ferais plus de mal à aucune femme et tu n'as pas respecté cet engagement ! Je demande le divorce et la résiliation du contrat. Je ne veux plus rien de toi. Ni l'argent ni ta fidélité sexuelle. Rien de rien. Je veux redevenir la simple servante que j'étais. Je veux juste que tu me laisses continuer à envoyer une partie de ma paie à ma mère. C'est tout ce que je te demande.

— Divorcer ? Tu es à moi, Ana. Tu ne comprends toujours pas ? J'ai besoin de toi, de ta présence, de ton corps, ta voix, tes mots, ton mental, ta force, ton tout. Car tu me donnes Espoir. Je n'ai jamais connu ce sentiment que tout ira peut-être mieux demain. Avec toi, je ressens cela. Et tu veux me quitter ? Hors de question. Tu m'appartiens, à vie. Mets-toi ça dans le crâne.

Je suis très surprise d'entendre tous ces mots. Et c'est reparti. Je ne vais tout de même pas me laisser attendrir par ce démon ? Je lui donne espoir ? Mais comment ça ?

— Sauf que tu ne m'aimes pas, Mikael ! Tu es incapable d'aimer ! Tu es juste...

— Je suis juste ?

Comment expliquer à ce cinglé qu'il est juste atteint du « Syndrome de Lima ».

A savoir qu'il est fasciné et qu'il est devenu admiratif face à ma persévérance et à ma résilience pour lui résister, en tant que sa captive. Il m'admire juste, et ce, temporairement.

Donc, je ne me ferai pas de mauvaise idée. Et je souhaite d'ailleurs qu'il ne m'aime jamais. Entre lui et moi, il ne peut y exister d'histoire d'amour.

Il plonge son regard dans le mien, il me caresse le visage, je vois de l'affection dans ses yeux, oh non pas ça, de grâce. Et puis, pourquoi j'aime tant son toucher ? Pourquoi j'ai envie de l'embrasser ?

Il dépose ses mains sur mes joues en me caressant délicatement jusqu'aux lobes de mes oreilles avant de venir poser un doux baiser sur mes lèvres. Son baiser devient violent, j'ai l'impression qu'il veut me manger et ma culotte commence déjà à mouiller, j'ai envie de lui.

Je réponds au baiser avec autant d'ardeur. Il met tellement de force et de passion dans sa façon de m'embrasser que je recule de plus en plus, jusqu'à me retrouver plaquée contre le mur. Il déchire mes vêtements, il ne sait jamais y aller doucement. Il devient comme une bête sauvage lorsqu'il me désire.

Il dépose de doux baisers chauds sur mon cou, il descend avec sa langue et me suce les tétons. Moi aussi je sens un violent désir qui m'anime. Alors, je déboutonne à un rythme effréné sa chemise et je lui caresse le torse en descendant jusqu'à son bas ventre. Je fais descendre son pantalon, je vois son pénis en érection, je le caresse. Me revoilà en train de culpabiliser d'éprouver de la passion pour cet homme.

« Passion » est le mot exact car ce n'est nullement de l'amour. Nous sommes d'accord que l'amour, ce n'est pas forcément de la passion et qu'on peut ressentir de la passion pour quelqu'un sans en être amoureux ? Ou bien ?

En tout cas, je succombe trop facilement à cette passion violente entre Mikael et moi. Entre lui et moi, tout est de l'ordre de l'irrationnel, du pulsionnel et du bestial. Nos corps sont devenus accrocs.

Je n'aurais jamais cru que ce genre de choses m'arriverait un jour. Il me caresse avec sa langue jusqu'au ventre. J'en frissonne. Puis, il me soulève et me balance sur le lit. Il me retourne pour que je lui montre dos. Il me donne une forte fessée. Et qu'est-ce que j'adore. Peut-être qu'il est parvenu à me formater « sexuellement » ?

Dans d'autres circonstances, Mikael serait l'amant de mes rêves. Avec lui, j'ai finalement découvert ce que j'aimais et ce que j'aimais moins, sexuellement.

Je ne comprends pas que son sadisme ait fini par me plaire, sur le plan sexuel.

Il remue mes fesses, il en est fou et ça m'excite encore plus. Il prend son pénis et le fait entrer dans mon vagin qui était déjà tout humide car impatient d'y recueillir la verge de Mikael. Il me tire les cheveux en même temps qu'il fait des vas-et-viens intenses. Tout mon corps parle et bouge tout seul pour aller au même rythme que Mikael. Et l'entendre gémir de plus en plus fort me rassure quant à l'effet que j'ai également sur lui.

Je reperds la raison durant ces courts instants charnels avec mon pire ennemi. Je suis sur le point d'atteindre l'orgasme, je crie car c'est si intense ce que je ressens actuellement dans tout mon corps, il accélère le rythme des allers-retours de sa verge, tout en me donnant de fortes claques aux fesses et ça me pousse à remuer encore plus mon bassin, rendant la sensation pour nous deux, encore plus savoureuse et jouissive.

J'aime me faire baiser par Mikael. J'adore ça. Je donnerai tout pour me faire baiser par lui, chaque jour. Et je me déteste pour ressentir cela...

Il fait ressortir son pénis et éjacule sur mes fesses. Dès qu'il finit, il me prend et me dépose sur lui en s'asseyant sur le bord du lit. Il m'enlace fermement comme s'il voulait me posséder à jamais et ne faire qu'un avec moi.

— Ana.

— Oui ?

— Jamais, je ne te laisserai t'éloigner de moi.

— Pourquoi ?

Il hume mon corps, mon dos, mon cou, mes oreilles. Il est littéralement obsédé par moi.

— Car tu es trop précieuse pour moi.

— Comment ?

— Pourquoi te faire le plaisir d'y répondre ? me souffle-t-il a l'oreille avant de la mordiller. Et il recommence. Il fait entrer son doigt dans mon vagin et le stimule ardemment sans aucune douceur. Et moi je gémis comme une désespérée. Je suis si perdue...

Je ne confonds pas les choses. Je ne suis pas amoureuse de Mikael. Mais ce salaud me passionne et c'est ce qui est pire. Car la passion est irrationnelle et souvent excessive.

Ça ne m'étonnerait pas qu'il ressente la même chose à mon égard même s'il doit penser qu'il est amoureux. Ce genre d'individu ne peut tout simplement pas « aimer » comme la majorité des êtres humains, même si je ne dois pas le juger sans preuves. J'ai assez observé Mikael pour être sûre de ce que je dis sur lui.

En plus de montrer des symptômes du trouble de la personnalité antisociale (que les gens appellent « psychopathie »), Mikael est également atteint du trouble de la personnalité sadique.

Le fait de combiner ces deux troubles de personnalité est très dangereux pour la société. Et Mikael en est le parfait exemple.

CHAPITRE 69

Ana

Dès que Mikael et moi nous disputons, la minute qui suit, nous nous jetons dans les bras de l'un et de l'autre.

Nous nous évadons temporairement dans nos ébats sexuels, torrides et violents.

Malheureusement, le sexe ne résout pas tout. Ça calme juste temporairement, mais à la fin, le conflit du couple subsiste toujours et va revenir à la surface.

Le vrai problème de notre couple doit être résolu. Mais, quel est ce problème ? J'ai l'impression qu'il y en a tellement. Et existe-t-il une ou des solutions ?

En début de soirée, je suis partie au bord du lac, pour y passer un petit moment avec Adrien. J'ai besoin d'un peu de chaleur humaine, d'un peu de sympathie et d'être auprès d'un homme doux, dont je sens qu'il me respecte, en tant que femme.

Oui, j'en ai marre de mon conjoint. Irrécupérable, odieux, désagréable et désespérant.

Pour être honnête, j'aime bien Adrien. Et je ne doute pas qu'il ferait un merveilleux mari.

Pourtant, je sais que ma relation avec Adrien restera toujours platonique. Je suis dégoûtée par mon corps et je me sens incapable d'éprouver du désir...

Aussi illogique que cela puisse paraitre, j'ai pris goût aux actes sexuels de Mikael, mais je lutterai pour ne pas continuer à aimer cela.

C'est comme si cet homme était parvenu à me conditionner, sexuellement. D'autant plus qu'il est ma première expérience sexuelle...

Pour ce qui en est d'Adrien, je me dis qu'il mérite mieux que moi... Une femme plus propre, avec un corps moins usité que le mien...

Mikael m'a complètement détruite. Ce n'est pas seulement sur le plan physique, mais même sur le plan psychologique et d'estime de soi.

Je n'aurais jamais pensé dire ça mais j'ai urgemment besoin de faire une thérapie, pour me reprendre, pour retrouver confiance en moi, croire à nouveau en ma valeur en tant que femme, avoir à nouveau goût à la vie et aux choses simples qui nous entourent, même un petit sourire sincère.

Mes sourires ne sont devenus qu'un masque, car à l'intérieur de moi, je ne suis plus qu'une fleur fanée. Mon cœur est devenu vide et pourri. Ça ne m'étonnerait pas qu'il soit cramé et tout noir. Mon corps ne m'appartient plus mais appartient à un psychopathe et obsédé sexuel.

Je ne sais pas si j'aurai la force de continuer à haïr Mikael, car même haïr une personne, demande de l'énergie. Or, je suis vraiment à bout...

En me voyant abattue, Adrien tente de me réconforter, en me prenant dans ses bras. Il me caresse, délicatement, les cheveux et le dos. Je m'accroche fort à lui et ferme les yeux.

CHAPITRE 70

Mikael

Où est passée Ana ? N'est-elle pas sensée rester constamment surveillée ? Pourquoi mes gardes l'ont perdue de vue ? Ils seront exécutés à mort, pour incompétence, ces sales faiblards.

Je cherche Ana, partout dans mon château.

Puis, j'atterris au bord de mon lac et que vois-je ? Mon épouse dans les bras de mon garde du corps et ami d'enfance ?

J'ai si mal au cœur. Je n'ai jamais eu autant mal au cœur. C'est comme si on me l'arrachait et que la douleur était réelle.

Ana... Qu'est-ce qu'Adrien t'offre que je ne t'offre pas ?

De la sympathie ?

De la douceur ?

De la gentillesse ?

De la tendresse ?

De la loyauté ?

Je sais que tu es blessée après que je sois parti coucher avec d'autres femmes vierges puis découper leurs organes. Je sais que je suis détestable.

Mais avec toi à mes côtés, je lutte constamment contre mes démons intérieurs pour être meilleur. Et c'est de la sorte que tu me le rends ?

Je ressens rarement de la tristesse mais je crois bien qu'aujourd'hui, une tristesse incommensurable envahit tout mon être.

Pourquoi avec mon ami d'enfance en plus ?

Ana. Ça aurait pu être n'importe qui sauf Adrien... La douleur n'en est que plus intense. Ma blessure au cœur n'en est que plus profonde et mortelle.

Ana, tu es la première femme que j'ai eu envie de garder auprès de moi, pour toute la vie.

Pourquoi tu ne peux pas ressentir les mêmes sentiments que je ressens pour toi ?

Pourquoi tu ne me voues que de la haine ?

Vas-tu m'aimer un jour, de la même manière que je t'aime ?

Qu'est ce qui t'empêche de m'aimer ?

La tristesse que je ressentais se transforme peu à peu en colère noire.

Finalement, je pense bien que l'amour et la mort sont autant liés que la vie et la mort ou l'amour et la haine ou encore le plaisir et la douleur.

Car bien que je t'aime, Ana, j'ai envie de te tuer.

Bien que j'aie envie de vivre, j'ai également envie de quitter ce monde aujourd'hui.

Bien que je t'aime, Ana, je te hais en même temps.

Et bien que tu m'aies souvent fait ressentir du plaisir, Ana, à ce moment précis, tu me fais souffrir comme jamais.

Quant à toi, Adrien... J'ai toujours douté de tes sentiments envers Ana. Mais je n'aurais jamais cru que mon épouse, ma douce et belle Ana tomberait dans tes bras et me serait infidèle, à cause de toi, qui es sensé être l'homme le plus fidèle à mes côtés.

En cette nuit d'aujourd'hui, tous les trois : Ana, Adrien et moi, ne pouvons tous survivre.

Une rage indescriptible m'anime. La jalousie est l'émotion la plus intense que l'être humain puisse expérimenter. J'en suis la preuve vivante.

J'ai l'impression d'être percé par des couteaux tranchants de partout dans mon corps. Et le seul moyen de mettre fin à cette douleur qui augmente de plus en plus est de... Tuer. Tuer tous les traitres, autour de moi.

Dès qu'Ana et Adrien me voient, ils s'éloignent aussitôt et sont gênés. Mais de quoi devriez-vous être gênés, bande d'imbéciles ?

Je sors mon pistolet de la poche de mon manteau et le pointe vers Adrien. Ana est surprise et se place devant Adrien.

— Mikael !! Qu'est-ce que tu fais ? Reviens sur tes sens !

Adrien la pousse.

— Je mérite de mourir, Ana. Je suis déjà prêt à accepter mon châtiment, n'interfère pas, stp... dit Adrien.

Qu'est-ce qu'ils sont pathétiques. Les voir ainsi, me met encore plus en colère.

Ana tend ses bras et vient se placer devant moi.

— Tu vas devoir me tuer d'abord. Arrête ça tout de suite Mikael ! Adrien n'est rien d'autre qu'un ami ! On va parler ! Rentrons au Palais ! me dit mon épouse infidèle, en me prenant la main.

Je la pousse aussitôt. Elle tombe. Je n'ai pas pitié. Je m'en tape qu'elle soit blessée. Qu'elle aille au diable. Actuellement, mon cœur ne contient que rancœur et haine.

J'appelle mes gardes et je leur demande de bloquer mon épouse afin qu'elle reste tranquille et n'interfère pas. Deux gardes retiennent Ana qui se débat pour accourir vers Adrien.

— Mikael !! Je ne te le pardonnerai jamais si tu le tues !!

Adrien est debout, près de l'eau. Je suis en face de lui.

— J'ai été heureux de vous avoir servi, Monseigneur. Avant de mourir, je n'ai qu'une seule dernière volonté : svp, chérissez mieux Ana.

Les larmes d'Ana coulent. Elle pleure, à haute voix en plus.

Et j'ai encore plus mal au cœur en l'entendant pleurer pour un autre homme que moi, son propre mari. Je suis anéanti...

— Mikael, stp ne le tue pas... dit-elle, en pleurant toutes les larmes de son corps.

Pense-t-elle que je suis touché par ses larmes ?

Je suis sur le point de tirer sur Adrien, je ne sais pas pourquoi ma main tremble. D'habitude je tire sur mes cibles sans hésiter, donc que m'arrive-t-il aujourd'hui ?

Peu importe, ça doit être la jalousie qui m'envahit. Je ne dois pas être trop émotionnel sinon je risque de viser mal et de ne pas atteindre d'un seul coup, le cœur de mon ami d'enfance de traître.

J'appuie et je tire sur Adrien, qui ferme les yeux, prêt à mourir. La balle l'atteint en plein cœur. Il reste debout quelques secondes avant de finalement tomber, lentement. Son sang s'écoule sur l'herbe.

Quel homme brave et admirable. Pour être honnête, j'ai toujours été jaloux d'Adrien. Il est tout ce que je n'ai jamais pu être : un homme droit, altruiste, sensible, compatissant et aimable. Toujours là pour les autres, attentif et attentionné.

J'ai si mal de perdre mon garde du corps et mon meilleur élément, mais surtout mon ami d'enfance. Le seul ami que j'aie eu dans ma vie. Je retiens mes larmes car comment un homme de ma stature peut-il pleurer en public, devant ses gardes et devant son épouse ?

J'entends Ana qui continue de pleurer le nom d'Adrien.

Adrien est mort maintenant. Pourquoi ne la ferme-t-elle pas ?

Je me retourne et je me dirige vers mon Palais. Je songerai à ce qu'Adrien ait des funérailles dignes d'un grand homme, afin que son nom, ses exploits et sa grandeur humaine restent à jamais gravés dans notre famille royale.

Les gardes attrapent Ana et l'amènent dans ma chambre à coucher.

A présent, mon épouse et moi devons nous confronter.

Ou peut-être bien, que je devrai la tuer, elle également.

CHAPITRE 71

Ana

Mikael est un être indéfinissable. J'ai perdu tout espoir en cet homme.

Chaque jour, les choses s'empirent.

Chaque jour, je découvre un peu plus sa cruauté.

Comment ai-je pu accepter de devenir son épouse ? Je me souviens. C'était pour sauver toutes ces femmes innocentes qu'il faisait venir en les violant et en les tuant à la fin. Mais finalement ce mariage avec lui a servi à quoi ? Rien n'a changé. Il est resté le même qu'avant, voire pire.

Au lieu de tenter de diminuer la haine que je lui voue, il passe son temps à l'augmenter. Je suis rancunière et je l'ai toujours été. C'est mon pire défaut et Mikael a touché ce côté vulnérable en moi.

D'abord ma Carla, ensuite Adrien.

Je n'oublierai jamais ces nombreuses fois où Adrien m'a sauvé la vie et où il a été présent pour moi, dans des moments de détresse.

Au moins, Adrien était attendrissant et respectueux de la femme. Tout ce que Mikael ne sera jamais. Même s'il s'effaçait la mémoire pour recommencer sa vie à zéro, il reproduirait les mêmes actes vils.

Mikael est le diable en personne…

Je suis en colère. Je suis enragée et furieuse. Dans notre chambre à coucher, je suis debout en face de mon mari. Le plus grand regret de ma vie ? Avoir « épousé » cet homme, en « signant » un contrat de merde avec lui.

— Je demande tout de suite le divorce ! C'est décidé, je quitte ce château, cette nuit même ! Je ne reste pas une seconde de plus ici ! Laisse-moi partir, de grâce. Si tu m'aimes comme tu le dis. Laisse-moi m'en aller. Je n'en peux plus. Je ne te demande rien. Juste ma liberté. Je veux retrouver ma liberté et quitter ici le plus vite possible. Je te rembourserai l'argent que tu as donné à ma mère.

— Bien sûr que je peux te laisser t'en aller. Par un seul moyen : la mort. Je t'ai toujours dit que seule la mort nous séparera, Ana.

Mikael avance vers moi et plonge son regard dans le mien. Nos regards ne sont remplis que de haine.

— Pourquoi se mentir et rester côte à côte, Mikael ? On ne s'aime pas. On ne s'est jamais aimés ! Tu ne m'as jamais aimé ! Tu ne sais même pas c'est quoi « aimer » !!!

— Tu es fixée sur une seule définition du mot « aimer » alors qu'il existe plusieurs façons d'aimer.

— Un être aussi égoïste et sadique que toi ne peut aimer personne d'autres que sa propre personne !! Tu es dégoûtant !! Je te hais !! Je te hais Mikael !!! Rends-moi ma liberté !!!

Subitement, il m'étrangle :

— Tu sembles oublier qu'on a signé ensemble un contrat par nos sangs, pour sceller notre union, à vie !! Seule la mort nous séparera, Ana !!

Son étranglement se fait plus violent et je commence à étouffer, à manquer d'air.

— J'ai cette subite envie de te percer le cœur avec un couteau bien tranchant ! Je te hais, Ana !!! Je te hais tellement !!! Comment tu peux me tromper, moi ton propre mari ? Avec ce salopard d'Adrien !!

Je ne sens que de l'étouffement qui m'envahit. Je suis à bout de souffle mais Mikael est autant en colère que moi. Il ne se rend même pas compte que je vais mourir, suffoquée dans quelques secondes. Je perds conscience. Ça y est. Je crois que je suis entre la vie et la mort.

Soudain, Mikael réalise son erreur. Apeuré, il retire ses mains de mon cou.

— Ana ? Ana ? Ana !!! crie-t-il, en me remuant d'un air désespéré.

Il me soulève vite et m'allonge sur le lit. Je sens qu'il est inquiet et nerveux. Il me fait immédiatement un massage cardiaque pour tenter de me réanimer.

— Ana... Ne me quitte pas... Tu ne peux pas me quitter. Tu ne le peux, sans mon aval !!!

Je sens une goutte de larmes tomber sur mon visage. C'est la première fois que je « vois » Mikael pleurer.

Pleurerait-il pour moi ? Vraiment ? Si je mourais aujourd'hui, lui manquerais-je ? Pourquoi c'est si important pour moi ? Après tout, je ne l'aime pas non ?

Dans de rares cas, comme tout de suite, je le sens si vulnérable, si faible, si impuissant et si triste. Il pleure de tout son corps, en collant son front au mien. Et moi que fais-je ? J'ai repris conscience grâce à son massage cardiaque.

Je ne veux pas le voir dans cet état de détresse. Aussi bizarre que ça puisse paraître, le voir en larmes, me fend le cœur.

Aurais-je développé un lien émotionnel avec ce monstre ? Je ne contrôle plus mon corps. Mes bras se soulèvent tous seuls et enlacent Mikael, comme pour le réconforter et pour lui dire en même temps : « *Je suis là. Je vais bien. Je suis encore en vie* ».

Je l'enlace fortement et pleure avec lui. Tous les deux pleurons toutes les larmes de nos corps car c'est comme si nous savions déjà que cette relation destructrice et malsaine que nous vivons, était perdue d'avance.

Trop de malheurs, de drames, de rancunes, de violence et d'interdit entourent notre relation. Comment peut-on s'aimer dans ces conditions ? Avec autant de facteurs défavorables au développement d'une histoire d'amour saine, stable et durable.

Nos pleurs, tous les deux, sont comme un moyen de nous dire « au revoir » car chacun de nous sait que cette relation ne peut plus continuer.

Chacun de nous sait qu'il ne peut y avoir de fin heureuse...

Les pleurs sont notre unique moyen de déverser cette peine d'expérimenter une relation amoureuse impossible, dans tous les sens du terme...

CHAPITRE 72

Mikael

Après ce déversement d'émotions que ma tendre épouse et moi avons eu ensemble, nous nous sommes mis à table pour dîner ensemble.

Hélas, aucun de nous deux n'a d'appétit. Nous nous sommes plutôt mis à boire, car nous sommes devenus dépressifs.

Cette passion noire que nous nous vouons, l'un à l'autre, nous ronge, nous consume et nous détruit chaque jour, un peu plus.

Nous savons que la fin approche.

Pourtant, nous aimerions tellement la retarder...

Nous avons bu jusqu'à nous saouler.

— J'ai peur de te perdre, Ana. Mais j'ai encore plus peur que ma jalousie l'emporte sur cette peur et que je sois obligé de mettre fin à ta vie, afin que tu me sois fidèle à jamais. Afin que tu n'aies jamais l'opportunité de rencontrer un autre homme que moi.

— Moi également si je le pouvais, tu n'aurais couché avec aucune autre femme que moi. Je te déteste rien que pour ça, Mikael ! Et comme si ça ne suffisait pas, tu te mets à maltraiter les femmes dans toute la ville puis tu les jettes comme des ordures, avant de les découper en morceaux. Comme ce que tu as fait à ma sœur !!!

— Ta sœur ? J'ai déjà rencontré ta sœur ? Quand ? C'est qui ? Elle est comment ?

Ana a encore les larmes aux yeux. Décidément, ne suis-je capable que de la faire pleurer ? Qu'ai-je encore fait ?

— Ma sœur… S'appelait Carla. Elle a disparu, enfin tu me l'as prise à l'âge de dix-sept ans, elle n'était même pas encore majeur !! Elle était rousse comme moi… Et elle était petite de taille, avec un visage tout innocent, sur lequel se trouvait un grain de beauté près de ses lèvres, à droite… J'ignore comment elle a apparu devant toi, mais si ce sont tes envoyés spéciaux qui l'ont amenée, j'imagine qu'ils ont dû cacher la vraie couleur de ses cheveux… Et pour la suite, tout le monde la connait. Tu as dû la violer, l'emprisonner avant de la tuer et de la décou… me dit Ana, incapable de continuer à parler, elle pleure encore de tout son corps jusqu'à en trembler.

Et moi, je viens de me souvenir de cette jeune fille, comme si c'était hier.

Maintenant qu'Ana l'évoque, c'est vrai qu'elle a des traits de ressemblance avec cette jeune rousse. Dès la première fois que j'ai vu Ana, lors de la candidature pour devenir servante VIP, je ne m'étais donc pas trompé quand je trouvais que le visage d'Ana m'était familier…

J'avoue que sa petite sœur était mignonne et que son visage m'avait également attiré, dès que mes yeux se sont posés sur elle. Dommage qu'elle se soit présentée en rousse, sinon je ne l'aurais sûrement pas tuée, dans l'immédiat.

— Donc, l'histoire que tu me racontais sur Lydia et le monstre démoniaque, c'était toi et moi… ? demandé-je à Ana.

Elle hoche la tête, en me regardant avec tristesse et désarroi.

Et là, je viens de tout comprendre depuis le début.

Je viens de comprendre d'où provient la haine d'Ana à mon égard et pourquoi à plusieurs reprises, elle a voulu me tuer.

Comme si tous les drames autour de ma relation avec ma belle Ana ne suffisaient pas, il a fallu qu'un nouveau drame vienne s'y ajouter encore. Je viens de me rendre compte qu'Ana ne pourra jamais me voir comme un homme sain, pur et normal.

A ses yeux, je resterai toujours celui qui a tué sa sœur...

Je ne savais même pas tout ceci...

Mais, c'est bien la première fois de ma vie que je regrette d'avoir commis une telle atrocité. Comment j'ai pu faire une chose pareille à la femme que j'aime ?

Non, je veux dire, pourquoi je n'ai pas rencontré Ana depuis mon enfance... ?

Je suis sûr que les choses auraient pris une autre tournure et que je serais devenu meilleur que l'homme que je suis devenu aujourd'hui...

CHAPITRE 73

Ana

Après avoir passé la soirée à nous saouler, nous sommes partis nous coucher.

Il est cinq heures du matin. Je suis seule sur le lit. Mikael est sûrement reparti faire son activité criminelle nocturne, à savoir, découper des cadavres de femmes...

Pourquoi je me borne à croire que cet homme pourrait changer, un jour ?

Dès qu'il entre dans la chambre, je reste silencieuse et l'observe avec haine. De toute ma vie, je n'ai jamais autant haï un être humain.

— Ana. Pas besoin de me faire ce regard. Je sais ce que tu souhaites. Une séparation ? Un divorce ? Non seulement tu ne peux pas divorcer, ce vocabulaire n'existe même pas dans notre contrat, mais en plus, jamais je ne te laisserai t'éloigner de moi. Tu es à moi, à vie. Et c'est également moi, qui peux décider de mettre fin à notre mariage, par un seul moyen : la mort. Seule la mort pourra nous séparer, Ana. Il est temps que tu mémorises cette phrase. Pourtant, c'est écrit noir sur blanc dans notre contrat.

Je ne sors aucun mot et reste muette.

— Tu persistes dans ta rébellion ? Tu recevras une belle surprise, sous peu. Les punitions que tu recevais de ma part, ne te manqueraient-elles pas un peu ?

Mikael me séquestre une deuxième fois dans la « chambre noire ». Il m'y enferme et s'en va.

Je n'arrive pas à y croire.

...

Je n'ai même plus la force de narrer...

Je suis dépossédée de toute vitalité...

Ces temps-ci, il m'arrive de penser à la mort, à me suicider. Ce qui ne m'était jamais arrivé pourtant. Je n'ai jamais eu ce genre de pensée car je me suis toujours battue dans ma vie. Malgré tout ce qui pouvait m'arriver, je luttais jusqu'au bout.

Mais, je ne suis qu'un être humain, ma force est-elle inépuisable ? Je ne pense pas...

Maintenant, même Adrien m'a quitté...

Mikael me laisse dans la pièce une journée entière, sans me donner à manger.

La nuit tombée, alors que Mikael est sorti du manoir, Nadia vient m'apporter de la nourriture et de l'eau, tout cela en cachette.

— En tant que son épouse et en tant que la maitresse de ce manoir, comment Monseigneur peut-il te traiter de la sorte ?

— Nadia… N'essaie pas de comprendre… Car il est difficile de comprendre Monseigneur. Tu vas seulement te perdre dans tes raisonnements…

— Ana, quelque chose te fait mal ? Ta voix est si faible.

— Non, tout va bien… lui dis-je, en souriant.

— Je sais que je ne devrai pas dire ça, mais tu dois fuir au plus vite d'ici. J'ai peur que Monseigneur devienne de plus en plus cruel avec toi et que tu y perdes la vie… me dit Nadia.

— Stp, fais-moi une faveur. Ne reviens pas ici pour me voir. C'est trop risqué. J'ai déjà perdu un ami. Je ne supporterai pas d'en perdre un autre…

Quand Nadia est sortie, je suis allée m'allonger au lit, mais j'ai eu une insomnie toute la nuit. Je n'ai pas pu dormir. J'ai besoin d'effacer la haine qui prend plus de place dans mon cœur. J'ai besoin de tuer le méchant de l'histoire. J'ai besoin de rétablir l'ordre dans ce monde. Je sais que je ne suis pas Dieu, je sais que je n'ai pas à décider de l'avenir d'un autre être-humain, mais comme on dit, il existe exception à toute chose.

Comment pourrais-je m'enfuir d'ici et laisser Mikael continuer à commettre des crimes ? Jusqu'à quand ?

Le pire, il est allé faire de moi, son épouse…

Je n'ai même plus envie de me marier, avec qui que ce soit.

CHAPITRE 74

Ana

Le matin, de bonne heure, à son retour, Mikael me retrouve dans la chambre noire et m'apporte un petit-déjeuner copieux, je me lève et je m'adosse à la tête du lit. Il dépose le plat sur moi.

— Bon appétit, me dit-il.

Je suis sans commentaire. Je me demande si cet homme n'abriterait pas mille autres personnalités, en lui.

— Tu as bien dîné hier ? me demande-t-il.

Je suis surprise. Comment il sait que j'ai pu dîner ?

— Tu te demandes sûrement comment je le sais ? J'ai tout simplement deviné. La gouvernante de mon château est ta meilleure copine. Elle a dû t'apporter à manger.

— Ne lui fais rien, Mikael !!

— Waouh, du calme. Je ne vais rien lui faire. En tout cas, pas pour le moment, me dit-il, en me caressant le visage et en souriant.

J'ai dû le dire un million de fois, mais je le redis : je hais cet homme.

— Ana. Tu me manques. Atrocement. Ton corps me manque. Tes fesses me manquent. Tes doux baisers me manquent. Dormir à tes côtés, me manque. Tes câlins apaisants me manquent.

Je ne vais pas me laisser toucher par ses mots. Je refuse. Je garde le visage fermé et je me contente de manger, sans même le regarder.

— Tu es la première femme qui me fait ressentir ce sentiment de « manque ». Je n'ai jamais assez de toi, de ton corps, de ta présence, de ton tout.

Je résisterai à ses mots, même si ma culotte commence déjà à mouiller rien qu'en l'entendant « mentir ».

— Je sais que tu dois te dire : « cet homme ment. Tout ce qui sort de sa bouche n'est que mensonges ». Je sais que tu t'es déjà faite une image de moi… Mais si tu regardes bien les choses, quel intérêt aurais-je à te mentir ? Tu es ici, dans mon château, tu ne peux pas m'échapper et je peux faire ce que je veux de toi. J'ai décidé de te faire ces aveux car il se pourrait qu'on ne se revoie plus…

— Ça veut dire quoi ? lui demandé-je, en déposant mon plat par terre.

Mikael attrape mon visage de ses deux mains et plonge son regard rempli de désir, dans le mien. Moi aussi, je le regarde, intensément.

— J'adore tes yeux. J'ai envie de peindre ton portrait, maintenant que j'ai déjà ton corps sur une planche. Ana, sais-tu que je n'ai jamais peint aucune autre femme que cette sorcière rousse ?

« Sorcière rousse » ? S'il l'appelle « sorcière », ça veut déjà dire qu'il déteste cette femme, qu'il a passé des années à peindre ?

— Ana. Tu te souviens quand je te disais que tu étais la personne qui me donnait Espoir… Ce n'était pas non plus des mensonges.

Pourquoi Mikael est encore devenu bizarre ? Que se passe-t-il ?

Il s'approche encore plus de mon visage et m'embrasse, d'un baiser doux, mouillé et langoureux. On s'embrasse jusqu'à tomber sur le lit. Il se détache de moi et me dévisage à nouveau, d'un regard ivre et amoureux.

Il se lève et descend du lit.

— Déshabille-toi et couche-toi sur le ventre.

J'enlève tous mes vêtements et je fais comme il dit. Je sais déjà ce qu'il compte faire. Après tout, c'est mon (maudit) époux. Je connais parfaitement ses goûts et envies, mieux que quiconque. Et s'il y a bien deux choses auxquelles je n'arrive pas encore à résister complètement, c'est le désir et la passion, que j'éprouve pour ce monstre.

Il se déshabille aussi et prend la ceinture en cuir de son pantalon. Il s'approche de moi et me frappe une première fois, aux fesses. Je sursaute légèrement. Lui, il sourit. Il enchaine des violents coups de ceinture. Je hurle légèrement de douleur tout en prenant du plaisir. Et je me trouve « folle ». Serait-ce mon corps qui s'est définitivement adapté au sadisme de mon monstre de mari ?

Mon vagin déverse à flot, du liquide d'excitation sur le drap, pendant que Mikael me brutalise.

Il dépose la ceinture en cuir.

— Si tu veux te faire pardonner pour ton infidélité, baisse toi et suce ma queue. Je m'en tape que tu ne comprennes pas mes sentiments pour toi. Il existe mille façons d'aimer et j'ai MA façon de t'aimer.

Je descends du lit et je lui fais une fellation, tantôt douce, tantôt vive. Il jouit et éjacule sur mon visage, ce connard.

— Maintenant, expose-moi ton beau cul afin que je t'amène au huitième ciel.

Je souris sans faire exprès. Cet homme est un vrai malade.

Je remonte sur le lit, je me couche sur le ventre. Il monte me rejoindre et avec sa langue, il me lèche tendrement le vagin. Je gémis, je bouge dans tous les sens, sous l'effet de l'excitation qui monte de plus en plus et du plaisir ressenti. Ensuite, il plonge sa tête dans mes fesses et les secoue. Il les sniffe, comme d'habitude. Pour finir, il les mord, délicatement.

Il fallait qu'il me morde, je m'y attendais. J'ai également pris goût à ses morsures si intenses et sensuelles, qui me remuent tout le corps et me donnent la chair de poule, comme jamais.

Encore en érection (quel humain peut avoir toute cette libido ?), Mikael insère son pénis dans mon vagin et fait des mouvements de vas et viens. C'est si bon. Tout mon corps vibre de plaisir. Il éjacule à nouveau, sur mon dos. Puis, il s'allonge en déposant sa tête sur mes fesses.

— Tu m'appartiens, Ana. Ton esprit, ton cœur, ton corps et ton âme sont tous à moi. N'essaie jamais d'aller vers un autre homme. Sinon, je les tuerai tous. Si tu ne veux pas les voir mourir, contente-toi de rester auprès de moi à jamais et d'obéir à tous mes désirs. Je te libère de la chambre noire. Après tout, tu es mon épouse, tu mérites un meilleur traitement, me dit-il en me donnant une dernière fessée, avec ses grandes mains chaudes. Il se lève pour s'habiller. Puis, il s'en va, en me laissant la clé de la pièce.

Mes fesses sont toutes rouges et brûlent mais en même temps je ne comprends pas pourquoi j'ai (encore) ressenti du plaisir. Ça me fait peur car c'est irrationnel. J'en suis venue à ne pouvoir ressentir du plaisir que lorsque c'est associé à de la douleur. On dirait que Mikael a vraiment réussi à me conditionner, à me façonner à son image...

La sensation des mains de Mikael sur mon corps est indescriptible. C'est électrique. Surtout quand il les pose sur mes fesses, j'avoue que cela m'excite très vite.

Mais je ne devrai pas, je dois me reprendre. Je ne peux pas aimer les actes d'un violeur comme ce type, quand même. Je vis un grand conflit entre mon corps et ma raison.

Je n'ai pas cité mon cœur car je me sens incapable d'y faire entrer un jour, Mikael. C'est impensable. A moins que j'aie été hypnotisée, dans le vrai sens du terme.

Il ne pourra jamais exister de l'amour entre Mikael et moi. Car après tout, peut-on trouver l'amour dans l'obscurité ? Dans le chaos ? Dans la douleur ? Dans la souffrance ?

Après ce magnifique orgasme qui a remué tout mon corps, voilà que je reviens à la dure réalité.

Mikael m'a arraché ma petite sœur, Carla.

Mikael m'a également arraché mon ami, Adrien.

Et tôt ou tard, Mikael va m'arracher mon amie, Nadia…

Mikael pourrait même m'arracher ma mère, si je parvenais à retourner auprès d'elle…

Il n'existe rien que Mikael ne soit pas capable de faire, si c'est pour obtenir ce qu'il veut.

Je ne me laisserai aveugler ni par le désir ni par la passion que j'éprouve pour mon mari criminel.

Ce n'est pas pour rien que j'ai fait des études supérieures en psychologie. Je dois être plus forte mentalement. Je dois me relever, me reprendre et faire la part des choses.

Moi, Ana Duval, si je ne tue pas Mikael de mes propres mains, je ne mérite pas de continuer à vivre !

CHAPITRE 75

Mikael

Malgré la légère punition que j'ai infligée à mon épouse infidèle, malgré le plaisir que j'ai pris tout à l'heure durant nos ébats sexuels, malgré tout ce que j'ai pu essayer, ma souffrance ne disparait pas.

Ma peine ne cesse d'accroître, depuis que mon épouse, la seule femme que j'aie aimée, m'a trompé. Elle a osé se blottir dans les bras d'un autre homme que moi et y chercher réconfort ?

Ana de Sade, si je te tue, ne m'en veux pas. C'est pour ton bien et pour mon bien. Je ne supporterai jamais que tu continues de vivre, si c'est pour offrir ton cœur et ton cul à un autre homme que moi.

Même si Adrien est mort maintenant, qui sera le prochain avec qui tu me seras infidèle ? A moins que je ne continue de t'enfermer dans une pièce, à vie…

Quoi qu'il en soit, je t'ai toujours prévenue : c'est soit moi soit la mort.

Et apparemment, tu as choisi la mort.

Si tu ne m'appartiens pas, tu n'appartiendras à personne d'autres. Mais sache au moins une chose : je t'ai aimée. Même si mon amour trop possessif et obsessionnel diffère de l'amour fade et habituel des êtres humains.

J'espère ne pas te retrouver au paradis ni en enfer car où que tu sois, je te tuerai à nouveau pour la trahison que tu m'as fait ressentir mais surtout pour cet excès de passion grandissante que j'ai eue, pour une belle et sale garce comme toi.

Je n'ai jamais été si prévenant envers une femme et c'est de la sorte que tu me remercies ? En me trompant ? Avec un ami d'enfance, en plus ?

Ana, je vais te faire disparaitre de ce monde.

Et ne plus avoir d'attache.

Ne plus avoir de faiblesse.

Cette violente jalousie, qui m'anime, grandit de plus en plus.

Le seul moyen d'y mettre fin est de te tuer.

Ma douce, belle, forte et fragile Ana…

CHAPITRE 76

Au même moment qu'Ana et Mikael décident de s'entretuer, des gardes impériaux (d'un royaume) débarquent devant la porte du château et s'adressent aux hommes de sécurité, à l'entrée.

— Nous devons impérativement entrer. Nous sommes venus délivrer un message de la plus haute-importance. Le Roi Démon est souffrant. Nous sommes venus chercher le jeune maître. Il est temps qu'il rentre pour se préparer aux responsabilités qui l'attendent. C'est un ordre impérial !

Alors, les gardes de Mikael ouvrent la porte pour laisser ces gens, entrer.

CHAPITRE 77

Ana

Je suis sortie de la chambre noire. J'ai pris un couteau avec moi. C'est bien caché dans la poche de ma veste en jean.

J'entre dans la chambre à coucher pour retrouver Mikael et le tuer, une bonne fois pour toutes. Il est installé au bord du lit et on dirait qu'il m'attendait. Je me place face à lui et le fixe. Je lui souris pour jouer le jeu. Je veux aller l'enlacer en montant sur lui, afin de pouvoir lui enfoncer le couteau.

Mais je suis surprise et je m'arrête en cours de chemin : Mikael a sorti son pistolet et l'a pointé vers moi. Il me sourit.

— Ce qui me fait encore plus mal que tout, c'est que tu n'as jamais cru en mes sentiments amoureux… me dit-il.

— Un homme comme toi ne devrait jamais parler d'amour. Si tu m'aimes vraiment comme tu le dis, je prie qu'aucune femme sur cette Terre ne soit aimée par toi.

— Ana de Sade, adieu… me dit-il, en appuyant pour tirer.

Je ferme les yeux, pour accepter ma mort, ma terrible défaite. J'entends le coup de feu.

…

Des secondes plus tard, je suis restée intacte, je ne comprends pas. J'ouvre les yeux et je vois que Mikael a raté sa cible : la balle a atterri sur le mur. C'était à deux doigts de m'atteindre. Je ne sais quoi penser. Mikael, a-t-il fait exprès de rater son tir ? Ne peut-il finalement pas se résoudre à me tuer ?

Je le regarde. Il commence à trembler, le pistolet tombe de sa main. Il s'attrape la tête et crie de douleur. C'est comme ce qui lui était arrivé les fois passées où il avait tenté de me tirer dessus, à chaque fois.

Deux gardes entrent vite dans la chambre et me prennent de force pour me faire sortir. Je me débats mais ils parviennent à m'amener dans le couloir. Mais aujourd'hui, je suis bien décidée. Je dois savoir ce qui se passe exactement.

Cette fois-ci, je dois découvrir le secret de Mikael, surtout si je dois trouver son point faible pour pouvoir le tuer et mettre fin au cauchemar qu'il me fait subir, qu'il fait subir à toutes ces femmes innocentes, ainsi que venger Carla et Adrien.

Si je ne me trompe, c'est le moment ou jamais car Mikael doit être en position de faiblesse.

Il est temps d'utiliser mes compétences en combat. Je me bats contre les deux gardes qui m'ont fait sortir. Ils ne doivent pas être aussi forts qu'Adrien et Mikael. Je dois pouvoir m'en sortir. L'un me blesse au bras gauche mais je parviens à mettre à terre tous les deux.

Néanmoins, ce n'est que temporaire, je dois faire vite car les deux gardes pourraient se relever. Je ne les ai pas tués. Même si je veux me venger, je ne suis pas une meurtrière. Et je souhaite de ne jamais le devenir, malgré ce que je vais faire dans un instant.

J'accoure pour entrer dans la chambre de Mikael, mon petit couteau est avec moi. Aujourd'hui, à coup sûr, je ne vais pas le rater.

Il est toujours assis au bord du lit et semble aller mieux. Même si je le trouve un peu bizarre, je n'ai pas le temps de rester là pour analyser quoi que ce soit. Je ne vois plus rien que ma vengeance.

Je cours de toutes mes forces pour aller lui enfoncer le couteau. Ça y est. J'appuie sur le couteau pour le faire entrer plus profondément et percer le cœur pourri de ce monstre. Son sang se déverse et tâche mes vêtements.

Carla, je t'ai enfin vengée, me suis-je dite, soulagée. Je souris.

J'ai les larmes aux yeux. En réalité, je suis autant soulagée que profondément triste.

Le couteau tombe sur les carreaux et je suis incapable de détourner mon regard (mélancolique) du (beau) visage de Mikael.

Aussi paradoxal que cela puisse paraître, qu'est-ce que tu vas me manquer... Mon beau monstre.

Peut-être que c'est ça, l'amour ? Aimer et continuer à aimer l'autre, malgré tous ses vices... ?

Mikael, tu es l'être le plus imparfait et le plus ignoble que j'aie jamais connu mais en même temps, celui que je n'ai pas pu m'empêcher de finalement aimer ?

T'ai-je aimé ? Ou m'as-tu conditionnée à t'aimer ? Ou m'as-tu tout simplement passionnée, comme jamais aucun homme n'a pu le faire ?

Pourtant, quelque chose cloche. Mikael ne m'aurait jamais laissée faire. Mikael se serait défendu et ne m'aurait même pas laissée l'approcher, pour le tuer.

Oh, mon Dieu. Qui est cet homme devant moi ? Même s'il lui ressemble, ce n'est pas Mikael... Je le sais. Où est passé Mikael ?

Cet homme devant moi est mourant, avec toute cette perte continuelle de sang, il ne lui reste plus beaucoup de temps à vivre mais voilà qu'il tente de me dire quelque chose, avec beaucoup de peine. Les mots sortent difficilement de sa bouche mais il tient à parler :

— De...viens ma psy... et... mon épouse en... Je... contrat... trône...

Qu'est-ce qu'il raconte ? Il ne bouge plus. Est-il déjà mort ? Tout à coup, je viens de saisir le tout. Oh, non. Ne me dites pas que...

A suivre.

Tome 2

Beautiful Monster : Captive sous Contrat

https://www.amazon.fr/dp/B092QQMGMY

Abonnez-vous à ma page Amazon pour rester informés de la sortie du Tome 2. Bisous.

Contact : dark.flower.romance@gmail.com